HAS BEEN

Catalogage avant publication de Bibliothèque et Archives nationales
du Québec et Bibliothèque et Archives Canada

Caron, Claire, 1954-
Has been
(Polar)
Texte en français seulement.
ISBN 978-2-89585-222-3
I. Titre.
PS8555.A761H37 2012   C843'.6   C2011-942578-5
PS9555.A761H37 2012

Photo de couverture : © nickfree, iStockphoto

Les Éditeurs réunis bénéficient du soutien financier de la SODEC
et du Programme de crédits d'impôt du gouvernement du Québec.

Nous remercions le Conseil des Arts du Canada
de l'aide accordée à notre programme de publication.

Nous reconnaissons l'aide financière du gouvernement du Canada
par l'entremise du Fonds du livre du Canada pour nos activités d'édition.

Édition :
LES ÉDITEURS RÉUNIS
www.lesediteursreunis.com

Distribution au Canada :
PROLOGUE
www.prologue.ca

Distribution en Europe :
DNM
www.librairieduquebec.fr

 *Suivez Les Éditeurs réunis sur Facebook.*

Imprimé au Canada

Dépôt légal : 2012
Bibliothèque et Archives nationales du Québec
Bibliothèque nationale du Canada
Bibliothèque nationale de France

CLAIRE CARON

HAS BEEN

POLAR

LES ÉDITEURS RÉUNIS

À ma sœur Nicole,
pour son encouragement et son aide inestimables.

DÉCEMBRE

Mon ex-femme habite un loft immense et ultra moderne dans le Vieux-Montréal. De là, on domine le fleuve d'un côté, la ville de l'autre. À cette hauteur, l'illusion du pouvoir absolu est extrêmement forte. C'est sans doute pour cela que Corinne a choisi l'endroit. Elle a investi dans le luxe, mais surtout dans la puissance. Elle croit que, comme on ne prête qu'aux riches, on ne donne du pouvoir qu'à ceux qui en ont déjà. Elle n'a pas tort, bien sûr, même si le pouvoir le plus redoutable, c'est celui dont les autres n'ont pas conscience…

L'immeuble est cossu mais austère, on le remarque à peine. Le véritable luxe n'est pas ostentatoire. Je ne croise personne, ni sur le trottoir couvert de neige fraîche, ni dans le hall de marbre noir, ni dans l'ascenseur. Est-ce que les riches résidents ont déjà tous déserté le secteur pour fêter la nouvelle année au chaud à Saint-Barthélemy ou à Los Cabos ? Ici, il n'y a pas de gardien à la porte. Douze propriétaires se partagent six étages et ils sont sans doute persuadés d'être invincibles parce qu'ils sont discrets : donc pas de portier à casquette pour attirer l'attention.

« Julien ? Qu'est-ce que tu fais là ? »

Elle a ouvert la porte en grand, le sourire fendu jusqu'aux oreilles et le corps légèrement arqué vers l'arrière pour mettre en valeur sa poitrine. Comme un ballon qui se dégonfle, son élan s'est arrêté net et son sourire s'est figé en me reconnaissant.

« Excuse-moi, tu attendais quelqu'un d'autre ? »

Elle est en tenue légère : pyjama d'intérieur en satin couleur champagne, pieds nus, cheveux ébouriffés. Elle est sublime d'élégance et de grâce, dans cet ensemble à la fois chic et décontracté, un *look* terriblement étudié. On dirait qu'elle fait la première page d'un magasine pour les riches et célèbres, dans son propre rôle de riche et célèbre, croquée prétendument sur le vif, dans son intérieur douillet.

« Heu… non, c'est que Scott m'avait dit qu'il serait occupé toute la soirée. Alors, quand j'ai entendu sonner, j'ai cru qu'il avait pu se libérer, en fin de compte. »

Scott ? Ce doit être l'amant dont elle m'a parlé. Je l'avais oublié, celui-là. Heureusement qu'il est absent, son existence m'était complètement sortie de l'esprit. J'espère qu'il n'aura pas la malencontreuse idée de se pointer. Corinne a un air vraiment dépité. Normal : le gars a vingt-cinq ans, elle en a quinze de plus. Elle doit passer son temps à se demander ce qu'il fait quand il n'est pas avec elle, s'il regarde les autres femmes, s'il n'est pas en train d'en sauter une autre pendant qu'elle poireaute à l'attendre. Et le reste du temps, elle doit le surveiller de près. On a beau être la femme la plus puissante du monde de la télé, on a aussi ses petites faiblesses. Et on vient d'avoir quarante ans.

« Est-ce que je peux entrer deux minutes ? »

« Écoute, Julien, je suis en train de faire mes valises, est-ce que c'est très urgent ? »

« Corinne, sois un peu indulgente, il fait un temps de chien dehors ! Comme tu seras absente pour le Nouvel An, je suis venu te souhaiter une bonne année. Et puis, tu ne pourras pas voir le *Bye Bye*, alors je me suis dit que je pourrais te raconter en primeur quelques sketches. À condition que tu ne les révèles à personne, évidemment ! »

Elle me scanne des pieds à la tête. Sur mon manteau fondent encore quelques flocons et mes cheveux humides collent à mon front. J'ai sans doute l'air d'un chien mouillé. Elle réfléchit, les yeux plissés, comme si la décision impliquait des conséquences sérieuses, puis rouvre à regret la porte de bois massif qu'elle avait à demi refermée.

« Allez, entre, on va trinquer à ton retour sur le petit écran. J'ai justement une bouteille de champagne au frais. »

Réflexion faite, passer un moment en compagnie de son ex, voilà qui pourrait peut-être allumer une étincelle de jalousie chez son nouvel amant. Dans la tête de Corinne, tout est stratégie.

Elle a de la classe, quand même, la petite Garceau. Même à l'époque où elle faisait la météo à Sherbrooke, alors qu'elle n'avait jamais pris l'avion de sa vie, elle avait l'assurance de quelqu'un qui a bourlingué, qui en a vu d'autres. Je contemple son décor pendant qu'elle va chercher la bouteille et deux flûtes. Tout est raffiné, chaque objet a été choisi avec soin. Évidemment, il y a là la touche de la meilleure décoratrice en ville, mais la personnalité de Corinne imprègne chaque meuble. Personne ne pourrait lui imposer quelque chose qui ne lui plairait pas absolument. Je le sais, j'ai essayé.

J'entends le cristal tinter quand elle ouvre une armoire. Ses verres doivent coûter une fortune, mais ça ne l'empêche pas de les traiter avec désinvolture, comme de vulgaires gobelets à moutarde. Je m'assois sur un canapé blanc aux lignes pures, une importation italienne cousue main. Sur le mur d'en face trônent côte à côte deux toiles immenses de Corno : un nu masculin aux muscles proéminents, maculés de rouge et de bleu, et un portrait de femme étonnant. Il me faut quelques secondes pour m'apercevoir qu'il s'agit de Corinne, magnifiée, sexualisée, rendue vamp par les coups de pinceaux explosifs de l'artiste. Dans la vie, Corinne est belle, mais d'une beauté froide et classique qui, sans le support de beaux vêtements et d'une coiffure impeccable, ne serait peut-être pas aussi évidente. Sur la toile, sa beauté est sauvage, furieuse, provocante. C'est pour ça que je ne l'ai pas reconnue. Ce n'est pas la véritable Corinne que l'artiste a peinte, mais une version exaltée, peut-être commandée par le modèle. J'imagine très bien Corinne prendre contact avec l'artiste à New York et lui préciser avec aplomb qu'elle va lui acheter un nu masculin et qu'en même temps, elle voudrait qu'elle exécute son portrait dans une version sensuelle.

« Qu'est-ce que tu en penses ? »

« C'est très réussi. Évidemment, l'artiste a du talent et le modèle est superbe, alors… Est-ce que tu as posé pour elle ? »

« Je n'ai pas eu le temps, tu penses bien. Mais elle avait en main quelques photos et une commande précise. Elle a un peu rechigné au début quand je lui ai demandé de me rendre plus pulpeuse que nature, elle prétendait que ça n'était pas ma personnalité et qu'elle allait chercher le moi profond de ses modèles, mais le chèque a eu raison de tous ses arguments. Et aussi la perspective d'avoir sous la main un modèle vivant exceptionnel pour le nu masculin. C'est Scott que tu vois là, à côté. »

Si elle a transformé Corinne en bombe sexuelle, Corno peut tout aussi bien modifier un petit maigrichon à lunettes pour en faire un Adonis aux muscles saillants. J'ai très envie de me moquer. En ce moment, les sarcasmes me montent à la gorge, irrépressibles comme des haut-le-cœur, mais je ne voudrais pas que la soirée s'écourte alors je réfrène mes élans.

« Est-ce qu'on voit sa nature profonde ou bien a-t-il été modifié, lui aussi ? »

« Non, ça c'est tout Scott, sans retouches. Une merveille de la nature. »

Ses yeux brillent alors qu'elle me tend une coupe de champagne. Dom Pérignon, rien que ça. Quand elle l'achète à la caisse, est-ce qu'on lui fait une réduction ?

La bouteille embuée sur le comptoir de la cuisine n'était manifestement pas réservée pour ma visite. À défaut de l'avoir sous les yeux et sous la main, Corinne meurt d'envie de me parler de son nouveau jouet, ça se lit dans ses yeux qui baignent dans la graisse de binne. Elle croit sans doute avoir travaillé fort pour gagner son beau trophée mais, à mon avis, il n'y a pas beaucoup de stratégie là-dedans : comme le chasseur possède un gros calibre qui va faire exploser la tête de l'animal, Corinne a des armes puissantes, elle aussi. En plus d'avoir un physique irréprochable, elle a de l'argent, une réelle influence sur le monde des communications, un réseau de contacts stupéfiant qui s'étend bien au-delà des frontières. Un gars de vingt-cinq ans qui a un peu d'ambition ne peut pas, et ne doit pas, résister à ça.

« Une merveille, je te dis… »

Elle en bave presque. Je ne l'ai jamais vue ainsi.

« C'est un acteur. Il a beaucoup de talent, mais il n'a pas encore trouvé de personnage à sa mesure, tu sais, le rôle qui va le révéler. En attendant, il travaille comme serveur. Il est gentil, très attentionné, très bien élevé. Il ne demande jamais rien, il dit qu'il veut se débrouiller tout seul. »

Ben voyons. Quand une femme est aussi gaga devant toi, tu n'as pas besoin de demander quoi que ce soit, il suffit d'attendre et d'ouvrir grand les bras pour que les bienfaits tombent du ciel.

« Et tu l'as connu comment ? »

« Imagine-toi donc que… »

Elle est incroyablement excitée, on dirait une adolescente qui raconte son premier *french* à sa copine. C'est sa comptable qui lui a parlé de ce beau garçon avant qu'elles aillent manger ensemble au restaurant où il travaille. La comptable en question avait déjà « testé la marchandise » auparavant, bien sûr. Entre femmes de goût, elles ne vont pas se refiler des mauvais numéros. Donc, le gars n'en est pas à sa première job de gigolo. Toutefois, Corinne est persuadée qu'avec elle, c'est différent. Il est si empressé, si attentif, qu'elle le croit vraiment amoureux. En tout cas, elle est folle de lui.

« Tu me connais, je n'ai jamais été portée sur la chose. J'ai même passé quelques années sans baiser, ça ne m'a pas dérangée. De toute façon, je n'avais pas le temps. Mais là, avec Scott, c'est… miraculeux. On dirait qu'il a réveillé quelque chose en moi. Je suppose que je n'ai jamais été bien servie auparavant… »

Elle me regarde par en dessous, avec un air de reproche.

« Toi et moi, on n'a jamais connu ça, en tout cas. »

Si elle n'a pas joui pendant des années, bien sûr, c'est ma faute. Mais avoue-le donc que je t'ai servi d'escabeau pour grimper au sommet. Et que tu m'as jeté dès que je n'ai plus été utile, pour attraper une autre échelle qui te permettrait de monter encore plus haut. Je me rappelle, il s'appelait Richard, directeur de l'information quelque part, je ne sais plus où. Tu l'as plaqué après quelques mois, quand il est tombé malade : un homme en *burnout*, ce n'est pas très avantageux.

« Non, c'est vrai, tu as sans doute raison. Je crois qu'on était… incompatibles. »

J'aime autant ne pas la contredire. Ce n'est pas dans mon intérêt. Quand je pense à tous ces hommes qui trouvent les femmes mystérieuses et insaisissables. Moi, je les trouve terriblement prévisibles. Quoi qu'on fasse, elles ont toujours le blâme à la bouche : on ne les apprécie pas à leur juste valeur, on ne les caresse pas assez, on ne leur parle pas assez, on ne les aime pas assez, on ne les baise pas assez, ou trop, ou mal, ce qui revient au même. Elle se croit originale et unique, avec son petit gigolo ? Pauvre conne, c'est évident qu'il se sert de toi comme d'un escabeau, lui aussi. S'il est aussi beau et sexy que tu dis, il peut avoir n'importe quelle femme. Pourquoi toi ? Parce que tu vas lui être très utile. Tu me déçois, Corinne, je te croyais plus lucide…

Elle sirote son champagne à petites gorgées, les yeux dans le vague. Je vais chercher la bouteille et remplis sa coupe. Je trempe à peine mes lèvres pendant qu'elle maintient un rythme soutenu, mais je l'encourage à parler.

« Qu'est-ce qu'il a de si spécial, ton beau Scott ? »

Elle rit doucement et pique du nez dans son verre en rougissant comme une groupie devant son idole. Ses collègues habitués à la voir en femme d'affaires inflexible n'en reviendraient pas. Même moi, qui la connait depuis près de vingt ans, je ne l'ai jamais vue comme ça.

« D'abord, il est beau à mourir. Et puis… il me touche comme je n'ai jamais été touchée. Comme je n'ai jamais laissé personne me toucher, devrais-je dire… »

Ses mains volètent au-dessus de sa poitrine, de son ventre. Les yeux dans le vague, elle effleure sa cuisse d'un doigt, dessinant des cercles vers l'intérieur. Rien que de penser à lui, elle est émoustillée et mon existence a si peu d'importance à ses yeux qu'elle se conduit presque comme si elle était seule. Si ça continue, elle va commencer à se caresser. Comme si j'étais un domestique dressé à la discrétion totale, elle n'a aucune pudeur à me faire témoin de son extase. Le spectacle qu'elle offre, avec ses yeux étincelants et ses joues roses dans le satin opulent de son pyjama, est renversant. J'en connais qui se mettraient à genoux et la supplieraient de mettre fin à leur supplice. Moi, je reste froid : c'est un beau spectacle, esthétiquement, mais qui ne m'inspire pas les mêmes émotions.

« C'est vrai que tu étais plutôt farouche et rigide… »

« Je suppose que je n'étais pas prête. C'est vrai, je ne t'ai jamais beaucoup laissé faire… J'avais peur de perdre le contrôle. Je crois qu'entre nous, il y a des choses qui n'ont jamais été réglées… »

Elle me regarde soudain comme si elle ne me connaissait pas. Ou plutôt, comme si elle cherchait quelqu'un d'autre à travers moi.

« Scott… c'est un beau nom, tu ne trouves pas ? »

Elle avale une gorgée de champagne, renverse la tête et lance son pied nu vers le plafond pour dessiner dans l'espace. Je suis des yeux sa trajectoire : je crois deviner qu'elle écrit le prénom du gars avec son pied ! Corinne, romantique et cucul, c'est du jamais vu ! Scott… à mon avis, ça sonne plutôt comme une caricature de mannequin de sous-vêtements. Personnellement, le seul Scott que je connaisse, c'est le papier de toilette.

Le drapé soyeux du satin qui glisse doucement sur sa jambe en faisant des plis m'hypnotise. À mon tour, du bout de l'index et avec un détachement calculé, je caresse son autre cuisse. À peine une mouche qui se pose sur elle. Tout à sa rêverie, elle ne réagit pas encore à mon contact.

« Maintenant, je n'ai plus besoin de tout contrôler. Je sais quelle femme je suis. »

Tout en poursuivant mon geste, je réponds sans trop cacher mon mépris à l'égard du beau Scott.

« Mais lui, il ne sait pas qui tu es. S'il le savait, il serait ici, avec toi. Pas en train de se laisser draguer par toutes les petites chattes qui rêvent de se faire baiser par un acteur. »

« Quoi ? Non, tu te trompes, Scott n'est pas comme ça. Non… »

Elle s'est redressée d'un coup sur le canapé, un peu pâle et étourdie. On dirait que j'ai réveillé une somnambule. Il serait peut-être temps d'en profiter pour la secouer un peu.

« Allons, tu sais bien que ces petits culs-là se croient irrésistibles et invincibles. Ils ne savent pas apprécier ce qui est bon. Je le sais, j'étais pareil à son âge… quand j'étais marié avec toi. Maintenant, c'est différent. Moi, je sais qui tu es. »

Elle baisse la tête, plongée dans ses réflexions. La lutte intérieure qu'elle me livre est violente, mais au-delà de son engouement d'adolescente, il y a probablement une petite voix qui lui murmure que j'ai raison, bien qu'elle refuse de me croire. Hésitant entre son chagrin devant la trahison probable de son Scott, qui doit s'offrir une petite soirée en célibataire avant de partir en vacances avec sa riche *cougar*, et son émotion face à mon aveu, elle est au bord des larmes et ne demande qu'à être cueillie comme une fleur. Une seconde, je la revois mentalement dans la robe du soir qu'elle portait au moment de notre dernière rencontre, lors du casino-bénéfice de l'hiver dernier. Cette robe était une merveille de fluidité, l'évocation d'une statue de bronze en train de fondre. Décidément, l'or et le bronze lui vont tout aussi bien. Et l'argent, bien sûr, qui lui permet tout, y compris de s'offrir l'illusion de l'amour. Si je ne la savais pas si férocement intelligente, j'aurais peut-être pitié d'elle, mais sa vulnérabilité est bien superficielle et momentanée. Ce que je ressens en ce moment est très loin de la compassion. Si Corinne pouvait lire dans mon esprit, elle s'enfuirait. Heureusement, le champagne aidant, ses facultés intuitives sont nettement amoindries.

Je l'enlace dans un faux geste de réconfort et, tout de suite, elle se blottit dans mes bras, à croire qu'elle n'attendait que cette invitation. Je savoure le contact du satin doré, encore, à la fois obéissant et fuyant entre mes mains. Jamais tissu ne m'a paru plus doux, plus vivant, palpitant comme un muscle sous la peau, à la fois frais et tiède. Je voudrais le triturer, le pétrir. Comme la colonne de bronze de sa robe du soir, j'ai envie de le déchirer. Je l'imagine en lambeaux, elle, dans sa robe, dans ce pyjama. J'attends encore, le moment n'est pas venu. Mon impatience est grandissante.

« Embrasse-moi, Julien… »

Ça, je ne l'avais pas prévu. Je veux bien la baiser, la défoncer, lui faire oublier jusqu'au nom de son acteur de merde, mais l'embrasser… Elle me regarde par en dessous, l'air gourmand, la bouche entrouverte, persuadée que je ne pourrai pas lui résister et sans doute déjà déterminée à tout arrêter dès qu'elle m'aura senti vulnérable. Plutôt que de me pencher vers elle, je tends le bras avec nonchalance et glisse une main froidement exploratoire dans l'échancrure de sa chemise, déboutonnée jusqu'à la naissance des seins. Pas de soutien-gorge. Je reconnais la texture de sa peau, le nichon est toujours ferme. Son programme d'exercices est sûrement basé avant tout sur l'efficacité, comme tout ce qu'elle entreprend. Avant qu'elle ait le temps de protester, j'effleure le mamelon du bout des doigts puis je le pince vigoureusement en la regardant dans les yeux. Elle sursaute et pousse un petit cri, entre le plaisir et la douleur.

« Il ne viendra pas ce soir, ton petit Scott. Il a mieux à faire. Et moi aussi. »

Je lis l'incompréhension sur son visage : elle commence à percevoir qu'il se passe quelque chose d'inhabituel mais, grisée par le champagne et par son degré d'excitation, Corinne est perdue. Je lui arrache son verre que je lance au-dessus du canapé blanc. Le cristal fragile s'est fracassé en tombant sur le sol d'ardoise de la salle à manger derrière nous. Elle pousse un petit cri, déjà prête à me réprimander, mais je lui coupe le sifflet en la renversant sur le cuir blanc et en déchirant d'une main son pantalon soyeux dont le tissu trop fin cède aux coutures. Rendue indolente par l'alcool, elle réagit mollement. J'en profite et la chevauche d'un seul élan, une main posée entre ses deux seins pendant que je détache mon jean. Je la fusille des yeux.

« Julien, arrête, qu'est-ce que tu fais ? »

Elle semble pour l'instant incrédule, plus agacée qu'effrayée : elle se rappelle sans doute nos jeux sexuels qui commençaient souvent comme ça et qu'elle écourtait, me laissant sur ma faim.

« Non, Julien, arrête ! C'est fini ce temps-là, tu le sais bien, c'est ridicule, ça fait dix ans ! »

Ma main broie ses seins avec force, faisant fi de ses protestations. Je pèse sur elle de tout mon poids. À partir de maintenant, c'est moi qui impose les règles. Le jeu prend une autre tournure et, à mesure qu'elle comprend la gravité du moment, le regard de Corinne change. Peu à peu, je commence à y trouver ce que je rêve d'y voir depuis toujours. La peur. Malheureusement, il y manque encore la soumission. Je suis venu pour ça. Aujourd'hui, je veux voir Corinne Garceau humiliée et suppliante.

Ses vieux réflexes de combattante reprennent le dessus : elle commence à se débattre et hurle en m'insultant, appelle à l'aide. Elle semble avoir oublié que tout est si bien insonorisé dans cet immeuble que personne ne peut l'entendre.

« Julien, tu es fou, tu ne vas pas me violer, quand même ? Arrête, arrête, je te dis. Arrête immédiatement ! »

Comme si j'allais me plier à ses ordres.

Ma braguette est ouverte, ses jambes aussi. Malgré ses bras qui s'agitent, ses coups de poing, ses hurlements, elle se sait à ma merci. C'est le moment de grâce. Je n'ai pas besoin de la pénétrer, tout ce que je souhaite est là, offert ou presque. Mais il me manque encore d'entendre clairement cette panique, ces supplications. Je veux Corinne Garceau en miettes, aussi vulnérable et misérable que la dernière des salopes. Il ne me reste plus qu'à lui faire parler mon langage.

« Tiens, tu fais moins ta fraîche, hein ? Maintenant, tu vas faire ce que JE veux, Corinne, fini le règne de la présidente. Il est temps que tu me rendes mes crédits. Dis-le que je t'ai tout appris. Tu es devenue une star grâce à moi, tu as plus de pouvoir que tu avais même rêvé d'en avoir, tout ça grâce à moi. Dis-moi que je suis le meilleur. Dis-le, je veux t'entendre : Julien, tu es un grand homme, je te dois tout. Dis-le, crie-le fort, que je t'entende bien. »

Je la gifle avec vigueur pour l'encourager, c'est une récalcitrante qui a besoin d'incitatifs. Elle sursaute devant le coup, me regarde comme si enfin elle me voyait vraiment. Elle ne l'avouerait jamais, mais je crois bien qu'elle est excitée. Alors je la gifle encore.

« Dis que je suis l'homme qui t'a faite. Tu serais encore à la météo sans moi. Dis-le ! Avoue que c'est de ta faute si ma carrière n'a pas décollé, avoue que tu as pris toute la place ! »

« T'es malade, je ne te dirai jamais ça ! C'est pas vrai ! Julien, lâche-moi, t'es fou. »

D'où lui vient ce regain d'énergie ? C'est une combative, Corinne, elle l'a toujours été, alors elle décide de se battre. Puisque je lui demande quelque chose, elle choisit évidemment de me contredire. Ma requête est légitime, pourtant : je désire simplement que la vérité et la justice soient rétablies, qu'elle admette enfin qu'elle ne se serait pas rendue où elle est si je n'avais pas été présent au début de sa carrière, si elle n'avait pas eu devant elle, quotidiennement, l'exemple d'un grand professionnel. Un professionnel qui malheureusement a été victime des circonstances. Je veux qu'elle admette aussi que c'est de sa faute si ma carrière s'est terminée si vite. Elle aurait pu, si elle avait voulu, m'offrir les meilleures émissions sur un plateau d'argent. Elle avait l'influence, les contacts et elle n'a rien fait.

Mais la salope ne veut rien entendre. La rage la saisit, elle écume. Elle hurle et m'insulte. J'ai été clair pourtant, elle n'a qu'à répéter après moi : « Julien, tu es le meilleur, je ne serais rien sans toi. » Mais qu'est-ce que j'entends ?

«Julien, t'es pas un grand homme, t'étais juste une belle gueule avec une voix grave. T'es un minable sans envergure, un détraqué, un anormal. Tu sais pourquoi on n'est plus mariés? C'est parce que t'as jamais pu jouir comme un homme normal, il t'a toujours fallu une esclave. C'était pas ma carrière, le problème, c'était ta putain de libido de fou furieux! T'as essayé de me faire croire que c'était normal, tes petits jeux de dément, que c'était moi la coincée. Mais t'es un malade, Julien, ta mère t'as rendu fou. Ton problème, c'est ta folle de mère!»

Elle me frappe avec plus de force, comme si ses propres paroles la fouettaient. Pris d'une rage démesurée, je la secoue violemment aux épaules, comme si je pouvais lui faire perdre la tête, comme si ses mots perfides allaient ainsi rentrer en elle. Elle se débat, une vraie diablesse, mais je résiste. L'image de Florence me traverse l'esprit. Encore elle, toujours elle! Je la vois, boudinée dans sa grande robe mauve toute tachée, avec sa vilaine teinture et son rouge à lèvres mal appliqué. Morte de rire, Florence, ravie d'avoir gâché ma vie.

«Ta gueule! Ferme-la, je vais te faire ravaler ça, espèce de connasse. Tais-toi! Laisse ma mère en dehors de ça! Tu ne l'as jamais connue, tu n'as pas le droit de parler de Florence!»

Mes mains et mes genoux la serrent si fortement qu'elle doit déjà être couverte de bleus. Pas le temps de regarder. Je la transperce des yeux, mais Corinne m'affronte encore, avec tout ce qui lui reste d'énergie. Le souffle court, elle est épuisée par le combat et ses coups ont perdu de leur intensité. Surtout depuis que mes mains ont remonté jusqu'à sa gorge, gênant sa respiration. Elle en rajoute néanmoins dans l'insulte.

«T'es juste un minable, un raté. Tout le monde se fout de toi. C'est pour ça que tu es invité au *Bye Bye*, pour que le Québec puisse rire de toi.»

Elle me crache son mépris à la figure. On dirait qu'elle explose de tous les mots qu'elle a retenus depuis des années.

« Tais-toi, c'est pas vrai, tu mens ! Tu n'as pas le droit de dire ça. »

Je la tiens toujours serrée, mes pouces enfoncés tout près de sa gorge, et je la secoue comme une poupée de chiffon. Sans force, elle a cessé de se débattre, mais elle pleure toujours, à voix de plus en plus faible.

« Ta mère… était folle, tout le monde le… sait. Et… elle t'a violé, tout le monde… le sait aussi. Moi, je l'ai… su trop tard. »

Ma cavalcade sur ses flancs a ralenti. Corinne ne bouge plus. Nous nous fixons, nous fusillant mutuellement du regard. Il n'y a plus rien de sexy dans le désordre de sa tenue. Malgré son apparente insoumission, elle n'est plus qu'un tas de chiffon froissé et suant de peur, une crinière hirsute, une harpie enfin maîtrisée qui attend le coup de grâce. À cause de sa grande gueule et de son habitude d'avoir le dernier mot, elle est allée trop loin, il n'y aura pas de retour en arrière pour madame la présidente. En l'écrasant de tout mon poids, je pose ma main gauche sur son cœur qui bat au rythme de sa terreur. De l'autre, je la gifle si fort que sa tête tourne à cent quatre-vingts degrés d'un seul coup. Puis je la gifle encore et c'est un spectacle magnifique de voir ses joues gonfler et devenir violacées. Elle se contente de pousser des petits cris aigus, toute résistance est devenue inutile. Corinne a enfin compris que je suis le plus fort. Les dents serrées, je lui assène un dernier ordre.

« Je t'interdis de parler de ma mère. Tu ne parleras plus jamais de Florence Alarie. Tu ne parleras plus jamais… »

Mes doigts se sont à nouveau rapprochés de sa gorge, mes genoux de ses hanches. Je serre, je serre, mes deux pouces enfoncés dans le petit creux tendre où je sens battre son pouls. Mon érection disparue à la mention du nom de ma mère revient en force à mesure que je vois bleuir le visage de Corinne, ses traits se défaire, ses yeux s'exorbiter. J'appuie de toutes mes forces jusqu'à ce que j'entende un crac, quelque part dans sa nuque, en même temps que je me vide de tout mon jus sur le satin doré en lambeaux. C'est une poupée désarticulée que je sens maintenant sous moi. Corinne ne prononcera plus jamais le nom de Florence, ne proférera plus jamais d'accusations inconsidérées. Encore une fois, la menace s'est éloignée.

Je me lève, rajuste mon pantalon, me recoiffe du bout des doigts et, sans un regard pour mon ex-épouse, j'attrape mon manteau encore humide et quitte les lieux, ni vu ni connu.

Emporté par son énergie matinale, Éric Beaumont pose son grand latté sur son bureau avec juste un peu trop de vigueur : quelques précieuses gouttes s'en échappent à travers le trou percé dans le couvercle et giclent sur un dossier.

« *Fuck…* »

Certains jours, Éric se sent trop grand pour son bureau format fonctionnaire. Il ouvre le premier tiroir de droite, attrape quelques papiers-mouchoirs et éponge les dégâts avant que le liquide atteigne les formulaires à l'intérieur du dossier. S'il y a une chose qu'il déteste dans le métier d'enquêteur, c'est bien la paperasse. L'idée de devoir recommencer à remplir les feuillets dûment complétés la veille lui répugne.

Bon, ce n'est pas si mal, il n'y paraît presque plus. Il retire son écharpe et sa veste de cuir et, après l'avoir inspectée pour s'assurer que son beau cuir italien n'a pas été atteint par le café au lait, Éric se cale dans son fauteuil et s'offre une grande gorgée en jetant un coup d'œil autour de lui. Premier réflexe du matin : déterminer à qui il aura affaire aujourd'hui, quels collègues il devra supporter. Deux paresseux, un agressif, un carriériste, une cinquantenaire en manque d'hormones. P'tite vie… Aujourd'hui, Éric se sent grognon.

Ce travail, c'est pourtant la réalisation d'un rêve : à la fin de son secondaire, Éric n'a pas hésité à affronter ses parents, d'anciens hippies devenus coopérants dans le Tiers-Monde et qui, du fond de leur maison de ferme délabrée – achetée pour une bouchée de pain en prévision de leur retraite –, ont poussé les hauts cris en apprenant que leur fils voulait intégrer les rangs de la police. Quelle horreur ! Leur enfant nourri depuis son plus jeune âge de préceptes militants et qu'ils voyaient déjà en sauveur de la planète voulait se joindre à une organisation forcé- ment répressive et diabolique. Fiston a insisté, il désirait devenir enquêteur, comprendre pourquoi certains êtres humains étaient prêts à commettre les crimes les plus odieux et, si possible, les empêcher d'y arriver. Sa mère, à bout d'arguments, a tenté une autre approche :

« Mon pauvre Éric, tu es gai, comment penses-tu qu'ils vont te traiter ? Tout le monde n'est pas aussi ouvert d'esprit que nous, tu devrais le savoir ! » La mère d'Éric avait une fâcheuse tendance : se sachant libérale, cultivée et curieuse, elle se croyait un peu trop près de la perfection.

Mais Éric, fort de l'accueil relativement tolérable et tolérant obtenu lors de son *coming out* au secondaire et plein de l'assu- rance du garçon que ses parents ont toujours trouvé parfait, est entré au cégep en techniques policières, puis à l'École nationale de police. En préservant tout de même une certaine discrétion ; après tout, sa mère avait souvent raison.

Tout au long de ses études et, plus tard, une fois embauché par le Service de police de la Ville de Montréal (SPVM), il a fréquenté assidûment un centre de conditionnement physique, autant par un désir vaniteux de s'offrir la musculature idéale que par stratégie. On s'attaque moins facilement à un homosexuel quand il mesure six pieds trois pouces et qu'il a des épaules de débardeur… Il a intégré aussi une ligue de garage, sans pour autant être passionné de hockey. Ses talents de gardien de but étaient tout de même suffisants pour lui assurer un certain respect. C'est aussi là qu'il a croisé Jean-Louis, pâtissier super-doué mais mauvais défenseur. Ce soir-là, les policiers ont gagné 8-0 contre la ligue des boulangers-pâtissiers et Éric a rencontré l'homme de sa vie.

Éric et Jean-Louis ont été parmi les premiers Québécois à profiter de la nouvelle loi légalisant le mariage entre conjoints de même sexe. Et le gâteau de mariage était un chef-d'œuvre.

Cinq ans plus tard, Éric est bien installé dans son poste d'enquêteur, bien accepté par ses collègues, bien heureux dans son mariage. Et il s'ennuie souvent, sans pouvoir l'avouer à qui que ce soit. En effet, comment dire à haute voix qu'on aimerait enquêter sur des crimes plus originaux, des histoires moins plates, que les criminels qu'il a arrêtés jusque-là manquaient d'audace, de panache ? Qu'il souhaiterait ne plus jamais avoir affaire à des courtiers minables qui escroquent leurs clients sans plus d'ambition que s'acheter une plus grosse voiture ou un chalet ? À des petits crétins qui battent une femme âgée sur le trottoir pour lui arracher son sac à main qui ne contient que cinquante dollars ?

Éric rêve de traquer un Arsène Lupin, un Jack l'Éventreur. En attendant, il doit fermer le dossier de l'incendiaire qui a fait flamber trois bars parce qu'il avait perdu trop d'argent sur les machines de vidéopoker. D'une pierre deux coups, tout de même : trois bars mal famés fermés, un individu dangereux de moins en circulation.

« Beaumont, Martel, dans mon bureau ! »

Le capitaine a pris son ton propre aux grandes circonstances. Se passe-t-il quelque chose dans la ville engourdie par la neige lourde qui tombe depuis deux jours ?

« On vient de trouver Corinne Garceau, la présidente de Radio-Futura, morte étranglée dans son condo du Vieux-Montréal. Allez-y, ramassez-moi le plus d'informations possible. »

« Qui l'a trouvée ? » demande Marianna Martel, la collègue d'Éric, déjà sur le pied de guerre.

« Son amant, un gars dans la vingtaine. D'après ce qu'il dit, ils devaient partir pour la Jamaïque ensemble aujourd'hui. Évidemment, vous l'interrogez en priorité. »

Éric prend le volant, Marianna Martel se glisse à côté de lui sans discuter. Ça aurait pu être pire, se dit Éric en la regardant du coin de l'œil. Depuis quelques mois, Martel a des sautes d'humeur impressionnantes, mais c'est une femme correcte, pleine d'humour, une excellente policière. Au fond, Éric l'aime bien, même s'il trouve qu'elle pète trop facilement les plombs. Elle lui rappelle sa mère il y a une dizaine d'années.

Ils se garent devant un bel édifice, rue de la Commune, juste devant l'entrée où deux policiers en uniforme montent la garde. Ceux-ci saluent leurs collègues avec une déférence mêlée d'envie. Étant donné la neige mouillée qui tombe encore ce matin, ils préféreraient eux aussi se réfugier à l'intérieur et goûter ne serait-ce que quelques minutes au parfum du luxe. Éric ne peut réprimer un sifflement d'admiration en pénétrant dans le hall d'entrée. Le marbre noir, le bois sombre, les éclairages discrets, tout révèle un luxe inaccessible. Marianna, elle-même figée de surprise pendant une seconde, lui lance un regard de compréhension.

« Ouais, comme tu dis… »

Dans l'appartement qui surplombe la ville, c'est le chahut. Plusieurs policiers sont déjà sur place, mais aussi le photographe de la police, les gens de la morgue, trois journalistes et deux photographes qui ont réussi à se faufiler à l'intérieur parce qu'ils savent soigner leurs relations dans la police. Assis sur un tabouret de cuir dans la cuisine, un jeune homme à l'air hagard répond aux questions d'une policière. Cette dernière, voyant apparaître les enquêteurs, leur cède la place, l'air soulagé. Pas son fort, les interrogatoires.

Le beau garçon musclé sur le tabouret s'appelle Scott. Une sacrée belle gueule, il faut dire. Le style parfait du gigolo. Ses clients sont probablement d'ailleurs des deux sexes… En le voyant, Éric ressent un pincement de nostalgie pour l'époque où il pouvait sans trop hésiter s'offrir une aventure d'un soir avec une belle statue de ce genre. Mais ça reste à l'état de fantasme : pour rien au monde il ne mettrait en péril ce qu'il vit avec Jean-Louis.

Marianna fait les présentations, établit le premier contact. Pendant qu'elle pose les questions d'usage, Éric lui lance de temps en temps un regard en biais : elle non plus n'est pas insensible à la beauté du jeune homme qui se dit acteur. Ça s'entend à sa façon de formuler les questions, d'une voix douce et feutrée, avec une syntaxe plus soignée qu'à l'habitude, comme si elle voulait impressionner le jeune homme. Ça se voit aussi dans son langage corporel : jamais Éric n'a vu sa collègue bouger avec autant de fluidité. Son port de tête est différent, elle tend le cou, dégage ses épaules, met sa poitrine en avant, ses mains volètent avec élégance quand elle insiste sur certains détails. Inconsciemment, Marianna Martel est devenue une femelle qui cherche à séduire un mâle. Éric s'amuse un moment devant cette démonstration mais s'efforcera de l'oublier au plus vite. S'il fallait qu'il fasse part de ses observations à Marianna, elle lui arracherait sûrement la tête après avoir juré sur celles de ses trois filles qu'elle est bien au-dessus de ce genre de niaiseries.

L'interrogatoire avec le jeune Scott n'a rien donné et, vérification faite, son alibi est solide. Éric et Marianna devront s'atteler à une tâche monumentale car le champ des possibilités est infini.

Secrètement, Éric est excité. Enfin une enquête qui sort de l'ordinaire. Une jeune et belle présidente de compagnie assassinée, ce n'est pas le genre d'histoire qu'on vous confie tous les jours. Après avoir passé une heure sur les lieux du crime à interroger les voisins, à noter des numéros de téléphone et à ramasser des cartes professionnelles, les deux policiers rentrent au poste pour faire le point. La journée sera longue.

Longue et frustrante. À 18 h 30, quand le téléphone sonne sur son bureau et qu'Éric parvient enfin à le décrocher après l'avoir trouvé sous une pile de documents, il ne peut réprimer un ton exaspéré. Il y a eu trop d'appels farfelus aujourd'hui et pas une seule piste valable.

«Police de Montréal, sergent-détective Éric Beaumont à l'appareil.»

«Bonsoir monsieur, est-ce que vous enquêtez sur des morts suspectes?»

Il ne sait pas trop par quel bout prendre cette histoire, mais c'est vrai qu'il y a de quoi fouiller. Au téléphone, cette Françoise Favreau semblait hésitante, incohérente même, mais il y avait énormément d'inquiétude dans sa voix quand elle a insisté pour le rencontrer.

Quand elle s'est présentée au bureau d'Éric, elle lui a tout de suite plu: une grande femme, la cinquantaine assumée, élégante mais avec un petit *look* hippie tout à fait charmant, pas comme celui de sa mère qui fait plutôt dans le genre vieille militante qui porte n'importe quoi du moment que ça n'est pas fait par les Américains. Et contrairement à ce que laissait entrevoir leur conversation téléphonique, elle n'a rien d'incohérent. Françoise Favreau a une personnalité intéressante, c'est une fine observatrice, probablement peu encline à fabuler. Elle a une pensée bien organisée, une manière précise de s'exprimer. Tout à fait le genre de témoin que la police apprécie, parce qu'il ne dit pas n'importe quoi sans réfléchir.

«Je ne pouvais pas vous raconter tout ça par téléphone et vous allez devoir être patient car moi-même, j'y réfléchis depuis plusieurs mois et les choses commencent à peine à se placer dans ma tête. C'est comme un casse-tête à 2000 morceaux, très compliqué. Mais je ne suis pas du genre à inventer et je n'ai pas de temps à perdre avec le commérage. Si je suis venue vous voir, c'est qu'il se passe quelque chose de grave, j'en suis certaine. »

Françoise Favreau se met alors à lui parler de transactions immobilières : une première en février, une autre en avril, une troisième pendant l'été, puis en automne. Elles ont toutes en commun la même maison, vendue et revendue. Toutes les propriétaires sont mortes sans l'avoir habitée, sauf la première, qui vivait dans cette maison jusqu'à sa mort.

«Attendez, il faut que je sois plus précise. L'une des propriétaires n'est pas morte, c'est sa sœur qui est morte. Mais elles n'ont jamais emménagé dans la maison où elles devaient habiter ensemble. »

Ces transactions ont aussi toutes en commun le fait d'avoir été menées par le même agent immobilier.

«C'est bien beau, ce que vous me racontez là, madame, mais ça se passe sur la Rive-Sud. Ici, c'est la Police de Montréal, on ne peut pas se mêler de ça. »

«Je n'ai pas terminé, je vous avais dit qu'il faudrait être patient. »

Françoise Favreau se tortille sur sa chaise, hésitant sur la façon d'aborder la suite de son récit. Elle est un peu mal à l'aise, mais Éric la trouve charmante. C'est le genre de personne avec qui il aimerait aller au concert, lui qui se prive souvent de sorties parce que Jean-Louis, comme tous les boulangers, doit se coucher tôt pour être à son four dès l'aube.

« Vous savez, la femme qui a été assassinée hier, la présidente de compagnie Corinne Garceau ? »

« Oui, bien sûr, on travaille là-dessus. »

« Eh bien, Corinne Garceau est l'ex-femme de l'agent immobilier dont je viens de vous parler, Julien Paulhus. Sans vouloir faire des liens inappropriés, vous ne trouvez pas que cinq femmes qui meurent dans l'entourage d'un même homme en quelques mois, ça commence à faire beaucoup ? »

Cinq femmes mortes ? Éric sursaute. Il n'avait compté jusque-là que les transactions, au nombre de quatre. Mais là, cinq femmes décédées… Tout ce qu'on sait pour l'instant, c'est que Corinne Garceau est morte par strangulation. On a bien trouvé des tas d'empreintes digitales dans son appartement, dont celles de son homme, mais pour l'instant, l'enquête ne révèle rien qui puisse incriminer le jeune amant. Quant aux autres empreintes, elles ne correspondent à aucun criminel fiché dans leurs dossiers. Il prend en note l'information que cette femme vient de lui fournir au sujet de Corinne Garceau et de son ex-mari. Ça peut toujours servir.

Quant aux quatre supposés meurtres de femmes sur la Rive-Sud en quelques mois, Éric n'en a jamais entendu parler. Ça se saurait, quand même.

« Madame Favreau, ce sont des accusations très graves. Expliquez-moi comment vous pouvez faire ces liens. »

« Je travaille depuis plusieurs années avec Julien Paulhus. Avant que vous me posiez la question, je précise que je n'ai jamais aimé cet homme-là. Autant vous le dire tout de suite, j'imagine que vous finirez par le deviner. »

Elle hausse les épaules comme si elle se contentait d'établir un état de fait.

« Je n'ai aucun compte à régler avec lui : je ne l'aime pas, il ne m'aime pas non plus, et on vit très bien comme ça depuis plusieurs années. Mais il s'est passé récemment des choses autour de lui qui sont inquiétantes. »

Elle regarde dans le vide, comme si elle entrait dans sa bulle. Éric sent que le récit ne fait que commencer.

« Toutes les transactions de nos agents passent par mon bureau. C'est moi qui m'occupe d'acheminer les dossiers chez les notaires, de vérifier qu'il ne manque rien. Paulhus me prend pour une épaisse, d'ailleurs il a le mépris facile de manière générale, mais je suis très compétente. »

Elle commence à s'animer, tapote du bout des doigts sur la table de conférence.

« En mars, Julien Paulhus a obtenu un mandat de vente pour une maison dont la propriétaire, madame Micheline Tanguay, venait de mourir subitement. C'est son fils qui a mis la propriété en vente. En très peu de temps, Paulhus a eu un couple d'acheteurs : Manon Touchette et Steve Beaulieu. Mais peu de temps après qu'ils furent passés chez le notaire, quelques jours à peine avant leur déménagement, Manon Touchette est décédée elle aussi, de manière très soudaine. Steve Beaulieu a remis la maison en vente, toujours avec Paulhus comme agent. Un mois après, il y avait déjà une acheteuse. »

Éric regarde son interlocutrice et l'écoute avec un intérêt grandissant : pour l'instant, il n'y a pourtant rien d'extraordinaire dans son récit, mais Françoise Favreau raconte bien. Il y a du rythme, pas de détails inutiles, une sorte d'ascension dans son exposé.

« Patricia Veillette a acheté la maison pour y vivre avec sa sœur Yolande. Mais elles n'ont jamais emménagé : Yolande Veillette est morte peu après la transaction ! C'est vrai qu'elle était alcoolique et cancéreuse, mais d'après ce que j'ai compris, sa mort est quand même arrivée plus vite que prévu. »

« Comment savez-vous tous ces détails ? »

« Patricia Veillette m'a raconté la mort de sa sœur, après être passée au bureau pour signer des papiers. C'est une femme formidable, très généreuse, le genre qui s'oublie un peu trop pour les autres. En tout cas, elle a trouvé que sa sœur était partie bien trop vite. Elle s'attendait à ce qu'elle tienne encore quelques années, grâce à ses soins. C'est pour ça qu'elle voulait acheter la maison, pour pouvoir dorloter sa sœur, lui donner une meilleure qualité de vie. Sa sœur aurait eu, paraît-il, une vie difficile. Alors, après sa mort, Patricia a remis la maison en vente. Devinez avec qui ? »

Éric commence à avoir l'impression d'entendre une chanson dont le refrain revient un peu trop souvent.

« Il y en a une quatrième ? »

« Eh oui ! En septembre, Christine Payer, une comptable divorcée, a fait une proposition d'achat sur la même maison. Elle devait y vivre avec son fils, un ado que j'ai aperçu une fois au bureau. Un grand insignifiant, à mon avis, mais bon. Sa mère m'a semblée être assez contrôlante, ce qui pourrait expliquer le comportement du fils. Toujours est-il qu'au mois de novembre, quelques jours à peine après qu'elle fut passée chez le notaire, Christine Payer est morte. C'est fort, non ? D'ailleurs, la secrétaire du notaire m'a dit qu'il y avait une drôle d'atmosphère pendant la séance de signature chez le notaire. Elle est entrée pour remettre un document et la tension était, paraît-il, à couper au couteau… »

Françoise Favreau s'appuie au dossier de son fauteuil et pousse un profond soupir en secouant la tête, comme si elle voulait en chasser des images désagréables. Ce qu'elle vient de livrer comme témoignage lui a demandé beaucoup de courage.

A priori, le nom de Julien Paulhus ne lui dit rien. Mais quand il fait à Marianna le résumé de sa rencontre avec Françoise Favreau, Éric voit une petite lumière s'allumer dans le regard de sa collègue.

«Ben oui, Julien Paulhus! C'était un animateur de télé il y a quelques années. Je me demandais ce qu'il était devenu. Il n'était pas mauvais, mais bon, à part sa belle gueule, il n'avait pas grand-chose à offrir. Et surtout, il manquait de chaleur humaine à mon avis. C'est peut-être pour ça que sa carrière n'a jamais décollé...»

«Tu habites Longueuil toi, non? Est-ce que tu connais quelqu'un au service de police? Si on avait un contact précis, on gagnerait beaucoup de temps.»

«Olivier Bessette... Mon beau-frère.»

Marianna esquisse une sorte de grimace en prononçant le nom.

«Écoute, on n'a pas de temps à perdre. S'il est nul, on oublie ça.»

«Non, il n'est pas nul, au contraire. C'est juste que... je n'ai pas parlé à ma sœur depuis six mois.»

Marianna a tout à coup l'air mal à l'aise, vulnérable comme Éric ne l'a jamais vue auparavant.

«Grosse chicane?»

«Non, pas vraiment, une niaiserie, à vrai dire. Mais parfois, les mots dépassent la pensée. Enfin, si je commence par parler au beau-frère, peut-être que ça va aller.»

Elle décroche son téléphone et fait un vague signe à Éric, que celui-ci interprète comme «Dégage, j'ai besoin d'intimité!». Il se lève avec un sourire en coin et va rendre compte au capitaine des informations obtenues dans la journée.

Quelques minutes plus tard, à son retour dans la pièce, Marianna est en train de s'essuyer discrètement les yeux, mais c'est d'un ton bourru qu'elle lance à Éric:

«C'est bon, Olivier va s'arranger pour qu'on puisse enquêter conjointement.»

Éric s'installe face à elle, fait mine de noter quelque chose dans son carnet puis lance sur un ton aussi détaché que possible: «Je suis fils unique. C'était plutôt plate, les chicanes chez nous…»

FÉVRIER DERNIER

On dirait qu'elle le fait exprès. Chaque fois qu'elle obtient une promotion ou qu'elle réussit un coup d'éclat, Corinne s'arrange pour que je l'apprenne par n'importe quel moyen, comme si elle voulait me mettre le nez dedans… Au début, c'était facile, je n'avais qu'à regarder les nouvelles : elle faisait des sauts de puce, de la météo au culturel, des affaires municipales à la tribune parlementaire, de la correspondance à l'étranger au poste de chef d'antenne. Maintenant qu'elle a atteint des sphères plus discrètes, son pouvoir est infiniment plus grand, mais elle doit trouver d'autres manières de me rappeler son existence.

Quand je l'ai connue, elle sortait tout juste d'une école d'animation radio : j'avais terminé le même cours qu'elle un an auparavant. J'étais annonceur pour une station de télé dans l'Estrie, elle a été engagée pour présenter la météo la fin de semaine. Je la trouvais fraîche, mignonne, pleine d'entrain, l'ambition se devinait dans la manière déterminée avec laquelle elle abordait tout nouveau défi. On voyait qu'elle rêvait déjà de prendre les commandes de l'émission. Elle avait le tour de mettre en boîte le lecteur de nouvelles, qui n'avait pas son sens de la répartie. Six mois après son arrivée, même si elle n'avait jamais fait d'études en journalisme, elle était promue présentatrice du bulletin de nouvelles de 18 heures. Et on couchait ensemble. Son arrivisme à peine contenu et sa capacité d'apprentissage ahurissante la rendaient terriblement sexy. Elle voulait tout apprendre et, pendant quelque temps, j'ai été sa première source d'information. C'était la première fille à me faire vraiment craquer.

Avant elle, il n'y avait eu personne pour me faire dériver de ma trajectoire et j'ai été le premier surpris de l'effet qu'elle avait sur moi. Côté carrière, je faisais mon petit bonhomme de chemin sans trop déplacer d'air, persuadé que chaque chose viendrait en son temps. Je vivais seul et j'étais très indépendant, savourant chaque minute de ma liberté. Je la méritais.

Quand elle a obtenu un poste de présentatrice météo dans une station de Montréal, il n'était pas question que je reste derrière : elle était un peu mon œuvre, ma créature. Du moins, c'est ce que croyais. J'ai envoyé mon CV et mes démos à toutes les stations, j'ai sollicité et obtenu des entrevues. On m'a engagé aussi, pour faire des voix hors-champ. Le public a connu ma voix bien avant de voir ma gueule.

Nos carrières ont progressé en parallèle, mais pas au même rythme. Quand elle a eu les moyens d'acheter un condo, j'en étais encore à payer ma dette d'études, quand elle est allée au garage choisir sa première voiture, j'étais assis dans le métro à me demander si mon contrat d'annonceur maison serait renouvelé. Le soir où je lui appris que j'avais signé pour trois ans dans une station majeure, je l'ai demandée en mariage. Je me suis gardé d'ajouter que j'allais surtout annoncer les programmes de la soirée et les numéros de la loterie. Je ne sais pas encore pourquoi elle a accepté, mais ça a duré cinq ans, pendant lesquels elle a continué de grimper d'un poste à un autre. Moi, j'ai stagné pendant trois ans avant de me mettre à redescendre. Elle était indulgente, me traitant sans s'en rendre compte comme si j'avais été un peu amoindri mais attendrissant, comme s'il ne fallait pas en attendre plus de moi et que c'était bien correct comme ça. On était de moins en moins un couple, on ne baisait qu'occasionnellement et avec une sorte d'embarras, comme deux étrangers qui ne savent pas par où se prendre.

Sexuellement, on n'avait pas les mêmes goûts. Elle faisait l'amour comme elle allait au gym : c'était hygiénique, rapide, efficace, bien encadré. Moi… disons que j'étais plus… exigeant, plus imaginatif.

Finalement, elle a accepté un poste de correspondante à Toronto, sans m'en parler. Ça voulait tout dire.

On dirait que le carton d'invitation est brûlant. Je ne peux m'empêcher de le secouer dans tous les sens. Mes doigts ne supportent pas le contact du papier, ou de l'encre qui a servi à imprimer son nom.

« Soirée "casino" au bénéfice de l'Association d'aide aux joueurs compulsifs, le jeudi 19 février à 19 h 00 au Grand hôtel de Montréal. Repas gastronomique, tables de jeux, divertissements.

L'événement se tiendra sous la présidence d'honneur de Madame Corinne Garceau, présidente et directrice des opérations du réseau Radio-Futura. 150 dollars le couvert. »

Wow ! Directrice des opérations. On ne rit plus. Après ça, un parti ou l'autre va sûrement la solliciter pour entrer en politique, c'est classique. Bizarrement, je ne peux m'empêcher d'être content pour elle. Je suis fier, comme si je l'avais amenée jusque-là. Pourtant, Dieu sait que je n'y suis pour rien. D'ailleurs, je pense qu'elle m'a largué, du moins en partie, parce que je ralentissais son ascension.

En tout cas, elle se souvient encore de mon nom. La question est de savoir si elle veut m'informer de sa nomination ou si elle désire vraiment me voir dans cette petite sauterie. Peut-être aussi qu'elle s'imagine me narguer, si elle croit que je n'ai pas les moyens de participer à une soirée-bénéfice à 150 dollars le couvert. Han! Tiens, la décision vient de se prendre d'elle-même. J'adore le black-jack.

J'ai mis mon complet gris, celui que je garde pour les rendez-vous chez le notaire, quand on conclut une transaction avec des gros clients. Quand un gars crache 450 000 dollars pour une maison dont les quatre salles de bain sont à refaire, il mérite que je fasse un effort vestimentaire. Je me suis fait couper les cheveux cet après-midi et j'en ai profité pour me faire raser. Il n'y a rien comme un rasage à l'ancienne, exécuté par une barbière dont les seins vous effleurent pendant qu'elle travaille, pour se sentir pacha. Juste avant de sortir, j'ai réfléchi encore : une chemise blanche avec ou sans cravate ? En fin de compte, je me suis dit que ma première idée était la meilleure : dans ce genre de soirée, on est plus *cool* sans cravate. J'ai remarqué que les Français, à la télévision, n'en portent plus depuis longtemps. Et George Clooney non plus. Ça, c'est mon genre de gars : on dirait que le monde lui appartient. Et même s'il se prenait une série de gros fiascos dans la gueule, il donnerait probablement encore l'impression que le monde lui appartient. On m'a déjà dit que je lui ressemblais un peu : j'ai moi aussi la mâchoire carrée, les cheveux légèrement grisonnants, les yeux clairs. Évidemment, dans son cas, ça lui coûte cher pour avoir cette allure. Ce soir, je vais me faire croire que je suis lui, pour quelques heures. Ça va me changer un peu et ça ne devrait pas être trop difficile. Peut-être même que Corinne va y croire.

J'ai déjà envoyé mon chèque pour confirmer ma présence, mais les filles qui s'occupent de l'accueil me demandent mon nom comme si elles ne m'avaient jamais vu de leur vie. C'est peut-être le cas : elles ont toutes moins de vingt-cinq ans, elles étaient probablement encore à l'école quand j'animais mes émissions d'après-midi. Je décline mon identité, elles me remettent un paquet de jetons et me souhaitent une bonne soirée.

La salle est superbement décorée : je suis certain que Corinne y a mis son grain de sel, elle n'est pas du genre à lésiner sur l'aspect visuel. Il faut que tout soit parfait, dans le moindre détail. Ça ne m'étonnerait même pas qu'elle ait donné son avis sur la couleur de la mousse dans laquelle sont piquées les fleurs des centres de table. J'ai été assigné à une table au fond de la salle, là où on case généralement les anonymes, ceux qui participent aux soirées-bénéfice pour faire un petit don, mais surtout pour s'amuser et côtoyer les riches et célèbres. Table 42. Je m'y dirige nonchalamment, mais juste avant d'y arriver, je bifurque vers le bar. Allez, un scotch, pour être dans le ton, et pour supporter mes voisins qui voudront sans doute faire la conversation. J'ai quelques cartes professionnelles dans ma poche : je pourrai peut-être au moins attraper un client. Ça rembourserait mes 150 dollars.

Pendant que le barman prépare mon verre, je me retourne pour inspecter la salle déjà presque pleine. Au moment où je l'entends me dire : « Ça vous fera cinq dollars, monsieur », j'aperçois Corinne. Je ne sais pas si j'ai envie d'envoyer chier le barman qui ose me demander de l'argent alors que j'ai déjà payé 150 piastres ou si j'ai envie d'aller me jeter aux pieds de cette statue vivante qui vient d'apparaître. Elle est simplement… trop… spectaculairement magnifique. Je la regarde, hébété. C'est incroyable à quel point le succès, le pouvoir peuvent rendre beau. « Monsieur… » Je me retourne en bafouillant, jette un billet bleu sur le bar. *Fuck* le pourboire. Il faut que j'aille la voir de plus près, ne serait-ce que pour être sûr que c'est bien elle, cette apparition vaporeuse aux reflets cuivrés.

Je ne suis plus qu'à quelques pas quand je la perds de vue, dissimulée pendant quelques secondes derrière un mur humain. Ils sont bien cinq ou six à la cajoler, la complimenter. Un vrai festival de flagornerie, auquel elle se prête avec une modestie presque royale, comme si tout ça était normal, juste le prix à payer pour l'ampleur de son succès. Ces gens, autour d'elle, ne sont pourtant pas des deux de pique : je crois reconnaître le président d'un gros consortium, sa femme, ex-mannequin devenue directrice d'une grande maison de design, le directeur des programmes d'une station de radio, et même la nouvelle ministre de la culture. On ne fait pas dans le petit monde, ici. On fait dans le gros argent, le gros pouvoir, les grands moyens. Tout ce dont Corinne rêvait, tout ce qu'elle a toujours visé. Et maintenant, elle les a tous à ses pieds. C'est à croire que, quand je l'ai connue, on vivait sur une autre planète. Puis elle m'aperçoit, et pendant un quart de seconde, une légère panique traverse son regard soigneusement maquillé. Craint-elle que je vienne lui gâcher son moment de gloire ? Pourtant, je ne vois qu'elle pour m'avoir fait parvenir l'invitation. Mon nom n'apparaît plus depuis longtemps sur les listes d'envoi des événements mondains. Corinne se ressaisit très vite : une vraie pro.

« Julien ! Tu es venu, je suis contente. »

Sa Majesté se retourne vers ses admirateurs.

« Excusez-moi, je dois absolument embrasser Julien Paulhus. Figurez-vous que, dans une autre vie, on a été mariés. »

Elle lance ça comme on lancerait une blague. Et elle me fait la bise, gentiment, professionnellement, en évitant d'appuyer trop fort, pour ne pas ruiner la parfaite application de son rouge à lèvres.

« C'est gentil d'être venu, c'est une cause très importante. Amuse-toi bien mais ne dépense quand même pas tout ton argent ! »

Elle me gratifie d'un clin d'œil à la fois complice et condescendant, du style « Je sais que tu n'en as pas tant que ça à dépenser », puis s'en retourne à ses courtisans. Je suis déjà oublié, à moins qu'elle soit en train de leur révéler quelque détail croustillant sur le couple que nous avons formé, mais ça m'étonnerait. Ce n'est pas son genre : une vraie pro n'étale pas sa lingerie dans n'importe quel boudoir. Et mon existence a pour elle si peu d'importance stratégique qu'elle ne perdra pas son temps à rappeler aux puissants qui l'adulent l'homme que j'ai été dans l'univers de la télévision.

Je me rends compte alors que je n'ai pas eu le temps de prononcer un seul mot. J'aurais pu au moins lui dire qu'elle était resplendissante, elle méritait bien ça. Mais je suis resté bouche bée. Tout compte fait, la seule raison de ma présence ici doit être d'assister à son triomphe, de valider son succès, comme si elle avait besoin d'un témoin venu du passé pour donner de la réalité à tout ce qui lui arrive. Mais c'est inutile : tout le gratin de la ville est à ses pieds, ils sont prêts à flamber leur compte de dépenses à la table de roulette pour ses beaux yeux. Je l'observe encore, de loin, de la même manière que j'admirerais un animal rare et exotique dans une cage de verre blindé. Un frisson me traverse et j'ose à peine m'avouer de quoi il est composé. D'une bonne part de désir, évidemment : il faudrait que je sois fait en bois, surtout ce soir, pour ne pas avoir envie de la jeter sur une table et de déchirer sa robe cuivrée qui a l'air aussi fine que du papier. Mais mon frisson est glacé : il y a une part de haine dedans. Une fois la robe déchirée, je ne suis pas sûr de ce que je ferais, mais cela lui ferait sûrement mal. Mon regard s'attarde sur le savant drapé qui descend lâchement jusqu'au bas de son dos et je me demande comment tout ça peut bien tenir. On a l'impression qu'il n'y aurait qu'à tirer sur une ficelle pour que toute cette construction à la fois délicate et compliquée tombe à ses pieds. Je voudrais trouver la ficelle. Je l'attacherais avec et je me ferais plaisir. Le soupir que je pousse a dû s'entendre jusque dans les cuisines de l'hôtel. Dire qu'à l'époque de nos vingt ans, j'ai cru que je parviendrais à la dominer.

Il ne me reste plus qu'à aller m'asseoir à la table n° 42, celle des *nobody*. Je jette un coup d'œil de loin et, observant ce qui m'attend, je me retiens de sacrer mon camp. Ma bonne humeur déjà fragile à l'arrivée est dorénavant sérieusement atteinte.

C'est comme ça chaque fois que je vois Corinne : je passe sans transition du je-m'en-foutisme étudié à la rage étouffée. Quand je pose mes fesses sur la dernière chaise libre de la table 42, je me sens d'attaque pour arracher quelques têtes.

Sept personnes ont déjà les baguettes en l'air, en grande conversation devant quelques hors-d'œuvre. Trois couples et une femme seule. À première vue, je n'y connais personne. Je m'accroche de force un sourire mondain à la face et je salue poliment à la ronde, sans penser à me présenter (peut-être un vieux réflexe qui m'incite à croire qu'ils m'ont reconnu). Un des hommes me tend la main et se présente : il dirige une compagnie de produits naturels. Sa femme, assise à ma droite, m'offre un sourire charmant.

« Bonsoir monsieur Paulhus. Je vous avais reconnu, vous avez toujours aussi belle allure. »

« Heu… merci, vous êtes gentille. »

En voilà une qui a du goût.

À tour de rôle, chacun y va de sa fiche d'identité complète et de son petit laïus : pourquoi ils sont là, et l'importance de la cause, et mon cousin a perdu sa maison à cause du jeu, et blabla-bla. J'acquiesce en silence, je les écoute en faisant semblant d'être touché par leurs expériences pathétiques. À vrai dire, je m'en fous complètement : on ne m'enlèvera pas de la tête que si un gars perd sa maison et ses culottes à une table de black-jack, c'est son problème, pas celui de la société. Mais en ce moment, c'est dans l'air du temps de « déresponsabiliser » les *losers*, de « victimiser » ceux qui se mettent dans la merde à répétition. Alors je les laisse parler et j'observe.

On fait comme ça le tour de la table. Quand vient le moment pour ma voisine de gauche de prendre la parole, j'ai l'intuition en la regardant du coin de l'œil que le ton va changer. Elle est… plus colorée que les autres, et pas dans le bon sens du terme. Un début de soixantaine mal assumé, le décolleté trop plongeant, trop de dorures, de paillettes, trop de maquillage. Le genre à penser que, pour que ça soit chic, il faut absolument que ça brille. Visiblement, elle n'écoutait pas quand ma voisine de droite m'a appelé par mon nom.

«Je vous ai déjà vu quelque part, hein?» Elle a un sourire canaille et complice, comme si elle venait d'éventer un secret. Et une voix haut perchée, nasillarde, qui vous vrille les nerfs le temps de le dire.

«Attendez, j'essaie de me rappeler votre nom! Vous avez remplacé Chose, là… Hé que j'ai de la misère avec ma mémoire! Excusez, ça doit être la ménopause… Oh, Charles Dupuis, c'est ça?»

«Non, désolé, Charles Dupuis ce n'est pas moi. Heureusement, d'ailleurs, parce que Charles Dupuis a eu un accident de voiture et il est paralysé. Moi, je m'appelle Julien Paulhus.»

«Oh oui, Julien Paulhus! Ça me revient, là. Mais… ça marchait pas très bien pour vous, on dirait, il me semble qu'on vous a pas vu depuis longtemps. Vous êtes rendu à quel âge? Ils engagent juste des jeunes à la télévision, comment vous faites pour gagner votre vie? C'est vrai que vous autres, les vedettes, vous faites ben de l'argent, j'espère que vous avez pensé à vos vieux jours, parce que vous avez pas trop de sécurité, dans ce monde-là…»

Crisse, un vrai cauchemar! Il fallait que je tombe sur une analyste, avec une voix de maringouin en plus. Je sens qu'elle va se mettre à décortiquer ma carrière. Ça fait des années que les gens m'accostent dans les épiceries, les salons de coiffure, les quincailleries. Ils me reconnaissent plus ou moins, me confondent avec un acteur de téléroman, me font répéter mon nom, me disent que c'est ma voix qui leur a semblé familière. Sur demande, je leur énumère aimablement la liste des programmes auxquels j'ai participé. Parfois, ils ont la délicatesse de dire qu'ils ont apprécié mon travail, d'autres me demandent un autographe pour leur mère ou bien finissent par m'avouer que non, après tout, mon nom ne leur dit rien, ça doit être que je ressemble tellement à une vieille connaissance ou à un confrère de travail. À les entendre, je ressemble à tout le monde! Au prof d'éducation physique, au cousin de la fesse gauche, à l'ancien patron du beau-frère, au chanteur, là, vous savez, celui qui fausse un peu… Curieusement, personne ne m'a jamais dit que je ressemblais à ma mère.

Pour échapper à l'assaut, j'ai le réflexe de me tourner vers mon autre voisine, mais celle-ci est plongée dans une conversation passionnée et me tourne le dos. Je ne vais pas pouvoir supporter ça. Il faut que je me sauve, sinon je vais devenir fou ou très, très méchant. Ça ne pouvait pas tomber plus mal : hier, en regardant le hockey, j'ai vu le gars qui a obtenu la pub pour laquelle j'avais auditionné sans trop d'espoir, il y a un mois. Il n'était même pas bon! Mais c'est une belle petite gueule de vingt-cinq ans, qui va au gym tous les matins et qui se fait bronzer en cabine du mois d'octobre au mois d'avril… Je le savais déjà, avant d'aller à cette maudite audition, que je n'aurais pas le rôle. Mon dernier tournage remonte déjà à presque trois ans. Mais c'est plus fort que moi, quand une agence de casting m'appelle, il y a comme un petit pilote de système de chauffage, dans le fond de mon cerveau, qui ne demande qu'à se rallumer. Je pense que l'espoir, ça doit être la dernière chose qui meurt, chez l'humain. Alors, un coup de téléphone d'une agence, même après plusieurs mois de silence, ça ne peut que vous ranimer le brûleur.

Je suis sur le point de me lever, mais juste à ce moment, le serveur pose devant moi le premier plat. J'ai faim, ça m'a coûté la peau des fesses pour être ici, alors je vais ignorer l'emmerdeuse autant que possible, avaler mon repas puis filer vers les tables de jeu.

La bonne femme engloutit deux ou trois bouchées de terrine. Un peu de gras coule sur ses lèvres et glisse dans les petites rides autour de sa bouche en même temps que son rouge à lèvres trop rouge. Elle émet des bruits dégoûtants dans sa gourmandise vulgaire. J'ai un peu envie de vomir en la regardant. Heureusement, elle s'arrête pour respirer. Du même coup, elle pivote sur sa chaise pour me regarder et réattaque avec ses questions. Si je ne réponds pas, je passerai pour un mal élevé. Je consens quelques répliques, du bout des lèvres. Elle est seule, comme moi, alors elle en profite et insiste. Il n'y a personne pour la retenir, elle peut assouvir sa curiosité du monde de la télévision. C'est le genre à venir avec ses copines passer la journée dans les studios, à assister à deux ou trois enregistrements puis à se faufiler dans les couloirs des loges, l'air de rien, pour grappiller des « souvenirs » – pour voler, soyons franc – histoire de prouver à sa belle-sœur qu'elle a bien rencontré telle ou telle vedette pendant sa journée aventureuse dans le monde de la télévision.

Ma carrière de télé est facile à résumer : après trois ans comme annonceur maison, j'ai animé trois « quiz », dont pas un seul qui ait vraiment décollé. En fin de saison, le producteur me faisait venir dans son bureau pour m'annoncer que le diffuseur avait d'autres projets pour la saison prochaine. Et hop, au suivant ! Après ça, j'ai surtout fait des remplacements. Quand l'animateur du matin partait en vacances, c'était moi qu'on appelait. Quand la reine du talk-show d'après-midi allait se faire lifter la face pour la troisième fois, le téléphone sonnait pour Paulhus. Toujours disponible, toujours fiable. Mais pour se faire vraiment connaître et apprécier du grand public, ce n'est pas l'idéal. Remplaçant un jour, remplaçant toujours… Jusqu'à ce qu'on finisse par trouver un autre remplaçant, aussi fiable et disponible, mais plus jeune et surtout moins cher. Alors le téléphone a cessé de sonner, sauf pour enregistrer des infopubs. Pendant deux ans, j'ai vendu des fers à vapeur, des cuiseurs ultra rapides, des culottes amincissantes, des brosses de toutes les formes, des couteaux magiques, des aiguise-couteaux pour les couteaux qui ne sont pas magiques, des nettoyeurs miracle, des grils à steak, à saucisses, à poulet et une infinie variété de produits pour les nettoyer. Puis... rien. Ça s'est arrêté, comme une voiture s'arrête quand le réservoir d'essence est vide.

J'ai continué de passer des auditions, mais ça ne servait à rien. À croire que mon nom avait été écrit à l'encre sympathique sur les feuilles des agences de casting, dans le bottin de l'Union des artistes, et surtout dans la mémoire des producteurs. Il s'effaçait au fur et à mesure. Ce n'est pas le public qui a la mémoire courte, mais les producteurs et les diffuseurs. J'ai été aux premières loges pour l'apprendre, à l'époque où je vivais encore avec Florence.

Malgré les efforts – sporadiques – de Jeanne Rioux, l'agente qui avait accepté de me prendre dans son écurie, au bout d'un an, même les convocations pour les auditions de rôles secondaires dans les pubs ont cessé. Je n'ai pas renouvelé mon contrat avec elle et je pense que ça l'a soulagée. Dans ses dossiers, elle a dû me classer dans la catégorie « Has Been », elle aussi. Dire que je l'ai déjà invitée à souper trois fois, dire qu'il y a cinq ou six ans, j'aurais pu coucher avec elle si j'avais insisté un peu.

Bon, j'ai encore les moyens de m'acheter de la crème de menthe et même du champagne si je veux. Et je continue de payer ma cotisation annuelle à l'Union des artistes. On ne sait jamais. Une ou deux fois par année, une directrice de casting tombe sur ma photo et m'appelle pour une audition.

Heureusement, mon cours d'agent immobilier m'a empêché de me retrouver sur le B.S. Mais se faire dire « Je vous connais : est-ce qu'on s'est déjà vus quelque part ? » chaque fois qu'on fait visiter une maison, c'est fatigant en crisse !

Donc, ma charmante voisine de table enchaîne les questions comme un enquêteur de police : « Dites-moi donc les titres de vos émissions ? » « Coudonc, est-ce vrai que L. est homosexuel ? » « Avez-vous déjà rencontré Céline Dion ? » « Connaissez-vous Guy Cloutier ? C'était qui la deuxième victime ? » Elle est insatiable, je réponds toujours par monosyllabes, en jetant des coups d'œil affolés vers mes autres voisins, mais personne ne se rend compte de ce qui se passe. Ils sont trop occupés à comparer les mérites de la roulette et du black-jack.

« C'est bon, hein ? Je suis pas habituée à manger ce genre de manger-là, ça fait changement. Vous, évidemment, vous devez tout le temps boire du champagne et manger du filet mignon. En tout cas, je suis jamais venue dans une soirée comme celle-là. C'est pas mal excitant ! Mon fils m'a donné son billet, il m'a dit qu'il pouvait pas venir. Je pense plutôt qu'il voulait se débarrasser de moi parce que… »

Ça y est, j'ai décroché. Je n'entends plus qu'un charabia sans queue ni tête. Ce qu'elle raconte n'a absolument aucun intérêt mais, au moins, elle a cessé de me poser des questions. Elle m'abreuve de ses déboires familiaux. Je me contente de hocher la tête et de faire semblant de la trouver passionnante. Pas le choix : les autres m'ont abandonné à elle, comme si c'était écrit d'avance qu'on formerait un couple, au moins pour la soirée. Parfois, j'attrape un mot : « bru », « haute pression », « ingrat », et j'émets un son, juste pour marquer le rythme. Je dois m'en sortir plutôt bien parce qu'elle semble persuadée que je l'écoute avec attention.

Comment s'appelle-t-elle, déjà ? Ah oui, Micheline, elle me l'a presque hurlé à l'oreille pendant qu'elle dégustait ses hors-d'œuvre. « Appelez-moi Micheline : madame, ça me vieillit trop ! » Mentalement, je me mets à bousculer Micheline, à la bardasser comme une vieille valise. Je me prends au jeu : dans mon petit scénario, je la traîne dehors par les cheveux et je lui passe sur le corps avec ma voiture. Après ça, je la broie avec un de ces rouleaux compresseurs qu'on utilise pour aplatir l'asphalte au printemps, pour remplir les nids-de-poule. Je l'imagine parfaitement : elle est étendue au milieu du stationnement, son décolleté béant laisse entrevoir ses seins flétris que j'écrase jusqu'à ce qu'ils ressemblent à deux crêpes. Je lisse soigneusement avec mon rouleau ses cheveux trop blonds qu'elle fait friser chez la coiffeuse exactement de la même manière depuis vingt ans, parce qu'en 1986 elle se trouvait sans doute sexy. J'avance un peu plus et je vois son crâne se fendre : ô surprise, il n'y a rien dedans. Je passe et je repasse sur son corps plusieurs fois, me régalant de mon petit cinéma mental, jusqu'à ce que j'entende le mot « diabète ».

Il a le don de me faire revenir brutalement sur terre. Il était temps : je suis tellement excité que ça doit se lire sur mon visage. Il y a une grosse bosse dans mon pantalon. Je chiffonne ma serviette sur mes genoux, la déplace stratégiquement. Micheline me regarde d'un drôle d'air. Je prends tout de suite un visage compatissant et intéressé.

« Ah oui, vous êtes diabétique ? Ça c'est vraiment pas drôle. »

« Pas vous aussi, quand même ? »

« Non, mais il y en avait dans ma famille… »

Le serveur pose sèchement devant nous un monticule compliqué : une cerise de terre en équilibre précaire sur une mince feuille de chocolat blanc qui repose elle-même sur une motte de crème glacée, appuyée en biais sur une pointe de gâteau maintenue à la verticale par une écorce d'orange confite. Pfft ! Décidément, les chefs se donnent beaucoup de mal pour pas grand-chose. Dans mon estomac, ça aura la même allure qu'un May West. Micheline s'extasie devant cette sculpture improbable. C'est vrai qu'elle n'a pas l'habitude de ces flaflas.

« Hon, c'est tellement beau, on peut pas y toucher ! Hon… Mais la crème glacée, c'est mon péché mignon, je peux pas y résister. Je sais que c'est mauvais pour mon diabète, ça fait que j'en achète jamais. Mais si quelqu'un en pose devant moi, c'est sûr que je vais la manger. Si je me sens mal après, je pourrai toujours me faire une piqûre d'insuline en arrivant à la maison. Une fois n'est pas coutume!» Elle pose les doigts sur sa bouche et me regarde par en dessous comme une petite fille prise en faute. Ridicule. «J'en ai pas apporté avec moi, ma sacoche était trop petite.»

Elle montre du doigt une petite pochette en lamé.

«J'ai juste mes clés, un peu d'argent, ma carte d'assurance maladie et mon permis de conduire, même si je suis pas venue avec mon auto, parce que j'ai peur de conduire dans le centre-ville. Mais c'est plus prudent d'avoir mon permis de conduire, il y a mon adresse dessus. Comme ça, si j'avais un malaise dans le taxi, le chauffeur pourrait toujours fouiller dans mon sac et trouver l'adresse pour me ramener.»

Elle est étourdissante, la Micheline. Mais tout à coup, elle devient plus intéressante. C'est moi qui pose les questions.

«Est-ce que vous vivez seule depuis longtemps? Ce n'est pas très prudent quand on est diabétique, il me semble.»

«Bof, il y a plus personne qui veut vivre avec moi, de toute façon… Alors il faut bien que je m'arrange.»

«Mais votre fils?»

«Mon fils est toujours parti en voyage d'affaires, comme je vous l'ai dit tout à l'heure, et comme sa femme ne peut pas me voir en peinture, c'est certain que je pourrais pas vivre avec eux.»

J'ai un frisson, encore: pas le même que quand je regardais Corinne, mais presque. Disons que c'est un désir différent: je n'ai aucune envie de renverser Micheline sur la table pour déchirer sa robe et la baiser. Mais j'ai des envies très, très puissantes. Rien que de la regarder, cette femme fait naître en moi des choses étonnantes.

« Vous n'aurez pas besoin de prendre un taxi ce soir, Micheline. Je vais me faire un plaisir de vous ramener chez vous. Moi aussi, j'habite sur la Rive-Sud. »

« Vous êtes bien fin ! C'est tout un honneur ! Mais on est là pour jouer au casino, il faut pas l'oublier ! Pourriez-vous me montrer comment miser ? Je me sens tellement niaiseuse, je ne sais pas par où commencer. Je pense que ça serait mieux que je mette juste deux piastres au début, hein ? Oh, mais peut-être que c'est pas assez. Vous allez me prendre pour une ignorante, pis radine en plus ! »

Je la rassure et, avec un air protecteur, je la guide quelque temps autour des tables. Je fais semblant, encore une fois, de m'intéresser au jeu, déposant ma pile de jetons sur ma date d'anniversaire, à la table de roulette. Mes yeux balaient la salle à la recherche de Corinne que j'aperçois finalement assise sur un divan, en retrait, entourée comme toujours d'une cour assidue. Elle semble parler affaires avec un aplomb remarquable. Je sens monter une haine puissante, un éclair me transperce le corps. La brûlure est presque physique. Où est Micheline ?

Je la trouve juste à temps : elle est là, l'air un peu égaré, devant une table de black-jack, et m'appelle d'un regard éperdu comme si je connaissais toutes les réponses. Micheline sera mon exutoire, ma planche de salut, ma soupape.

« Êtes-vous prête à partir, Micheline ? J'aimerais bien qu'on aille ailleurs pour parler tranquillement… C'est plus intéressant de jaser avec vous que de regarder des cartes. »

Je m'amuse avec elle, comme un chaton avec une balle de laine.

« Oh oui, je voudrais surtout pas vous retarder. Je n'ai pas l'habitude de me coucher tard. Vous êtes déjà tellement gentil de me ramener, monsieur Paulhus, je sais pas quoi dire. »

« Appelez-moi Julien, voyons. »

« Oh ! Je sais pas si je vais être capable, mais je vais essayer ! »

Une femme comme elle ne peut pas résister à l'aura d'un animateur de télévision, même si elle ne l'a pas vu au petit écran depuis des années. C'est comme si nous, les gens de la télévision, on vivait dans un autre monde, comme si on avait accès à des secrets connus de nous seuls. Alors, quand je lui propose de venir prendre un café chez moi avant de la ramener à son bungalow, elle accepte avec gratitude. Sa curiosité est plus grande que sa fatigue et, surtout, que sa méfiance. Une vedette de la télévision ne peut pas avoir une cuisine et une salle de bain normales, comme tout le monde.

Quand je m'écarte en poussant la porte pour la laisser entrer, elle écarquille les yeux : elle espère sans doute tout enregistrer du même coup et le graver dans sa mémoire. Je pense que si elle avait un appareil photo avec elle, elle le sortirait. Je ne lui ai bien sûr pas dit que c'était avant tout grâce à mon travail d'agent immobilier que j'ai pu acheter mon condo. Elle serait déçue.

Elle est un peu pompette, sa volonté est déjà défaillante. Quand je lui offre une crème de menthe, elle l'accepte en s'excusant, comme si c'était à moi que ça pouvait créer un problème.

« Vous comprenez, j'ai beaucoup de misère à me contrôler. J'aime tellement le sucre. Avez-vous remarqué que le bon Dieu donne toujours le diabète aux gens qui aiment le plus le sucre ? C'est pas juste ! Le sucre, ça fait du bien, ça console de tous les bobos. »

«Vous avez raison, Micheline. Savez-vous ce que je m'offre, quand je suis déprimé? De la crème glacée avec de la crème de menthe dessus.»

«Oh, ça c'est bon! Pis c'est tellement joli, le vert et le blanc. On dirait Noël!»

Micheline est aux anges. Elle s'abreuve de mes confidences comme si elle venait d'être admise dans le vestiaire secret des dieux. En même temps, vin et crème de menthe aidant, je la sens presque au bord des larmes. Trop d'émotion pour un même soir. Pensez-y: participer à une soirée mondaine dans un hôtel du centre-ville, s'habiller chic, pour une fois, goûter des plats raffinés et se retrouver dans le condo d'une vedette de la télévision à minuit! D'habitude, à cette heure-là, ça fait longtemps qu'elle s'est endormie, toute seule dans son bungalow. Tout de suite après que Colette Provencher lui a promis qu'il fera beau demain.

«Attendez Micheline, bougez pas. Je vais vous faire du bien.»

La laissant mollement étalée sur mon divan de cuir chocolat, je me faufile dans la cuisine. J'ouvre le congélateur et m'empare de la crème glacée. Une belle grosse boîte de deux litres, à peine entamée. Et si ça ne suffit pas, il y en a une autre juste derrière. Je n'en mange pas tant que ça, mais il y avait une promotion au supermarché et j'essaie de toujours profiter des rabais. Je remplis donc deux coupes de crème glacée et verse la liqueur verte dessus. Dommage que je n'ai pas de cerises confites. Ça serait vraiment la cerise sur le sundae! Là, c'est plus fort que moi, j'éclate de rire, tout seul dans ma cuisine. Je me trouve tordant.

«Tenez, goûtez-moi ça. Vous allez voir, c'est du concentré de bonheur.»

Micheline hésite, on voit qu'elle est quand même habituée à faire attention. On ne rit pas avec le diabète.

« Allez, on a juste une vie, Micheline, il faut en profiter. »

Son sourire est un peu contraint, mais elle succombe. Coup sur coup, elle lèche avec gourmandise trois cuillerées puis repose la coupe sur ses genoux avec un grand soupir. Normalement, avec la quantité de sucre ingurgité depuis le début de la soirée, elle ne devrait pas être loin du malaise. C'est maintenant que le travail commence. Du coin de l'œil, j'avise un bout de câble vidéo posé sur la table à café. Ça m'énerve, j'ai oublié de le ranger et ça n'est pas dans mes habitudes. Il y en a plusieurs mètres, même si j'en ai déjà utilisé une partie cet après-midi pour installer une télé dans ma chambre. Ce soir, je pourrai m'endormir en regardant des infopubs. Depuis que ce n'est plus moi qui les anime, je les trouve endormantes. Dans mon temps, il me semble qu'elles avaient l'air moins *cheap*. Mais revenons au moment présent.

« C'est bon, hein ? »

« Ouin, c'est trop bon, il faut que j'arrête. J'ai rien pour me piquer. Je suis très malade, vous savez. Je pourrais tomber en crise n'importe quand. »

« Vous savez, ma mère était diabétique. Alors vous n'avez pas besoin de vous inquiéter, je sais ce qu'il faut faire. C'est ma mère qui m'a fait découvrir le duo crème de menthe-crème glacée. C'était sa consolation préférée, à elle aussi. »

Machinalement, Micheline porte à sa bouche une autre cuiller de crème glacée. Elle ne sent pas la grosse goutte de crème de menthe qui dégouline sur sa jupe, étincelante comme le liquide de refroidissement d'un radiateur de voiture. Pendant une seconde, je regarde distraitement la goutte faire son chemin vers les gros genoux de mon invitée qui m'écoute béatement, convaincue de se trouver dans une situation privilégiée, en compagnie d'une vedette de la télévision. Je poursuis mon récit sur le ton de la confidence.

« Quand maman rentrait d'une dure journée en studio, elle se faisait couler un bain et dégustait une grosse coupe comme celle-là pendant qu'elle laissait l'eau chaude lui mouiller les pieds. Elle appelait ça le chaud-froid royal ! »

« Votre mère faisait de la télévision, elle aussi ? Comment s'appelait-elle ? »

« Oui, ma chère Micheline. Ma mère, c'était Florence Alarie. »

Micheline en échappe presque sa coupe. Le nom de Florence Alarie, pour les femmes de son âge, c'est BIG ! C'est presque aussi impressionnant que celui de Paul McCartney pour la génération Beatles. À l'échelle du Québec, bien entendu. Elle est littéralement suspendue à mes lèvres et termine gloutonnement sa coupe, toute prudence disparue. À son insu, j'ai versé une nouvelle rasade de crème de menthe dedans et Micheline frissonne sous l'effet cumulé du sucre, du froid, de l'alcool, de l'excitation et de la fatigue qui la gagne.

« Attendez, je vais vous montrer quelque chose… »

Je vais chercher dans un tiroir de ma commode une photo de ma génitrice, la seule que je suis capable de regarder parce qu'elle est en noir et blanc et qu'elle ne fixe pas l'objectif. Je ne pourrais pas supporter son regard sur moi… Je fais un détour par la cuisine pour attraper le contenant de crème glacée.

« Regardez, c'était en 1967… »

Je m'assois face à ma visiteuse, sur la table basse. Pendant qu'elle tient avec précaution la photo de son idole de jeunesse, j'ouvre le pot de crème glacée et me mets à la nourrir à la cuiller, comme un bébé. Elle ouvre la bouche sagement, en toute confiance, hypnotisée. C'est à croire que tout ce qui vient de moi ne peut que lui être bénéfique. C'est presque trop facile.

« Elle était vraiment belle, Florence Alarie. Une grande dame. Et tellement douce, tellement fine avec tout le monde. Une vraie soie ! »

Pfff, si elle savait ! Euphorique, Micheline déguste le dessert en même temps que ses souvenirs qui remontent à la surface à la manière d'une source. Les 45 tours de ma mère qu'elle écoutait religieusement à la radio ou achetait dès qu'elle avait un dollar, la Micheline de 18 ans qui avait toutes les audaces, qui possédait toujours sa taille de guêpe ; le gars si beau qui a essayé de la dépuceler lors d'une épluchette de blé d'Inde et qu'elle a repoussé. Elle l'a longtemps regretté. Elle bredouille tout ça avec une élocution de plus en plus bancale. J'assiste à une transformation intéressante : de grands frissons la traversent, qui la secouent comme une poupée de chiffon. Elle n'a plus la force de résister à ces assauts et chaque frémissement lui fait perdre un peu plus de consistance. Quel beau spectacle ! Je m'amuse comme un fou.

Je devrais la détester : je hais tout ce que cette femme adore et tout ce qu'elle représente. Mais en ce moment même, je l'aime énormément, car elle est l'instrument de mon fantasme.

« C'est drôle, vous me faites de plus en plus penser à ma mère. C'est dommage qu'elle soit morte si jeune, je suis sûr que si elle était encore vivante aujourd'hui, elle vous ressemblerait… Encore un petit peu de concentré de bonheur, Micheline ? »

Elle tente de se redresser dans le fauteuil. Elle a l'air de vouloir se lever, mais son corps ne répond plus.

« Non, là il faut que j'arrête… »

Elle hoche la tête, une fois puis une autre, et encore, jusqu'à ce que le mouvement devienne automatique. Elle ne peut plus s'arrêter de hocher la tête, elle tremble de tout son corps. Micheline n'a plus la maîtrise de sa carcasse.

« Je p… me sens… s… »

Elle écarquille les yeux, pose les mains sur les accoudoirs du fauteuil à la recherche d'un appui pour se lever.

« Peux… »

Plus rapide qu'elle, je me lève, attrape le câble et, me glissant derrière son fauteuil, je l'attache solidement au dossier. Vif comme l'éclair, avec la fluidité d'un danseur de tango. Beau travail, mon Julien. Je n'en attendais pas moins de toi. Je fais plusieurs tours autour d'elle, resserrant les bras à la hauteur des coudes, puis je remonte vers les épaules. Elle est maintenant complètement immobilisée. C'est un luxe de précautions puisque, dans l'état où elle est, un seul tour aurait sans doute suffi, mais je me prends au jeu.

« … ourquoi ? »

Elle a articulé le mot avec difficulté. Je lis dans son visage qu'elle est maintenant très confuse. Le sucre, devenu poison, fait son œuvre.

« C'est juste pour vous empêcher de tomber. Vous allez voir, Micheline, dans quelques minutes, vous vous sentirez très bien. Ma mère faisait ça, elle aussi. Elle mangeait de la crème glacée jusqu'à s'approcher du coma. Elle disait que c'était comme un petit voyage… »

Je me rassois devant elle et lui glisse à nouveau une cuiller de crème glacée dans la bouche. Elle n'a plus la force de parler, mais peut encore avaler. Sa volonté, sa capacité de résistance s'évaporent en même temps que mon degré d'excitation monte. Ça n'a plus rien à voir avec la gourmandise, du moins dans son cas. Moi, au contraire, je me régale. Quand dans un dernier réflexe elle commence à recracher, je lui pince le nez pour l'obli- ger à avaler. Elle tremble comme une feuille, ses yeux sont mi- clos, c'est merveilleux. Je ne savais pas que je me rendrais jusque-là, mais je sais maintenant que j'irai jusqu'au bout. Comme je viderais un sac de chips, parce qu'il est là et que je veux voir le fond.

Tant bien que mal, je parviens à faire ingurgiter à Micheline près de la moitié du contenant de deux litres, puis je m'arrête pour mesurer les effets de mon gavage. Elle est à demi consciente, trop faible même pour les haut-le-cœur. Ça sera difficile, dorénavant, de lui faire avaler quoi que ce soit. Pourtant, j'insiste encore un peu et je réussis à introduire plusieurs bouchées entre ses lèvres. La crème glacée est mainte-nant très molle, presque liquide, ce qui facilite les choses. Ensuite, en lui pinçant le nez, je laisse couler un peu de crème de menthe dans sa bouche pour faire bonne mesure. Je dois respecter la recette. Quelques gouttes vertes restent accrochées sous sa lèvre inférieure, ce qui me permet de remarquer des poils drus sur son menton. Elle s'est rasée, la vieille toupie ! La pauvre, elle a bien piètre allure. Son maquillage trop lourd a commencé à lui faire des traces gris sombre sur les paupières, le rouge à lèvres a filé dans toutes les petites rides autour de sa bouche et voilà que le « five o'clock shade » se pointe…

Si je la détachais, c'est certain qu'elle ne pourrait pas se lever. Elle s'effondrerait sûrement. Sa tête dodeline comme celle des petits chiens décoratifs que j'adorais voir s'agiter à l'arrière des voitures, quand j'étais petit. J'aurais bien aimé en avoir un, mais Florence Alarie trouvait que ça faisait « commun ».

J'attends patiemment, plein de jubilation intérieure. Ça fait longtemps que je ne me suis pas senti aussi bien. J'écoute, aussi. La musique des gémissements de Micheline me ravit. Elle a commencé par des petits soupirs haletants, furtifs, puis la plainte est devenue plus longue, plus lancinante. Ça me fait penser aux chants de gorge des Inuits. D'habitude, je trouve ça terriblement chiant, mais avec Micheline, c'est un pur délice. Ensuite, ça se transforme encore pour devenir juste un souffle, espacé un peu plus à chaque fois.

« Voyons Micheline, vous perdez le rythme. Faites attention ! »

Sa main pendouille mollement au bout du poignet : serré contre son corps, le câble fait ressortir quelques bourrelets. Je lui prends la main, une main potelée et ridée, parsemée de taches de vieillesse (ma mère appelait ça des taches de cimetière). Micheline a barbouillé ses ongles d'un vernis doré, probablement pour aller avec ses deux grosses bagues laides et les paillettes sur son chemisier. Je m'aventure à tâter son pouls et je constate avec satisfaction qu'il est très lent. Dangereusement lent, même. Et à voir la tête qu'elle fait, il sera encore plus lent dans cinq minutes. Tout devrait être terminé dans un petit quart d'heure. Ça n'aura pas été très long.

Je me lève et marche vers la table pour saisir sa pochette de soirée. En effet, il y a son permis de conduire, son adresse, ses clés. Je découvre avec amusement qu'on est presque voisins. Elle habite à quelques rues à peine. Étonnant que je ne l'aie jamais croisée. Ou peut-être m'a-t-elle déjà vu à l'épicerie et n'a-t-elle pas osé m'aborder. Parfois, il leur faut un peu de temps pour se décider.

Elle m'a raconté qu'elle est divorcée et qu'elle vit seule dans sa maison, un bungalow des années 1960. Elle a mentionné par la même occasion qu'elle pourrait peut-être m'en confier la vente : Micheline commence à en avoir assez, de l'entretien du terrain. Je l'imagine mal derrière une tondeuse. De toute façon, on verra ça plus tard, avec son fils. En attendant, comme promis, je vais la ramener chez elle et en profiter pour visiter la propriété, pour me faire une idée de ce que je pourrais en tirer. Pourquoi ne pas joindre l'utile à l'agréable ?

Assis devant elle, j'observe avec curiosité et un sentiment de plénitude la « fin des émissions ». Dans très peu de temps,

Micheline n'émettra plus rien. J'éclate de rire, rempli d'exaltation. Si j'avais su que ça me mettrait dans cet état, j'aurais commencé à pratiquer ce genre d'activité bien avant.

Je détourne le regard une seconde pour allumer la télé et je tombe évidemment sur des saloperies d'infopubs. Un Américain barbu hurle comme s'il parlait dans un stade immense. En fait, il est debout derrière un comptoir dans un petit studio, devant un public d'une douzaine de personnes. C'est sûr, son style tape sur les nerfs, mais ce gars-là est un vrai pro. La preuve : sa grande gueule l'a rendu multimillionnaire. Je l'écoute vanter son hachoir magique, mais mon regard est presque tout le temps fixé sur Micheline. Ce n'est pas passionnant, mais je suis quand même fasciné. Si je le voulais, je pourrais faire quelque chose pour la sauver, mais je reste planté devant elle et j'attends. C'est ça qui est fascinant. Mon pouvoir est total.

Elle est vraiment *out*. Plus un son, à peine une respiration de temps en temps, juste pour me faire chier un peu plus longtemps. Elle pourra se vanter de m'avoir fait veiller tard ! Je lui accorde un sourire plein d'indulgence. Micheline ne pourra plus jamais se vanter, surtout pas d'avoir rencontré un animateur de télévision. Pendant une pause publicitaire – il faut le faire, quand même, glisser des pubs au milieu d'une infopub ! –, je me relève et tâte à nouveau le pouls de ma copine. C'est fini. Bravo Micheline, très beau suicide ! Je n'ai plus qu'à la ramener chez elle, à l'installer sur son divan où elle pourra attendre le retour de son fils sans-cœur. Il va sûrement comprendre que tout ça, c'est de sa faute, que sa mère se sentait tellement abandonnée qu'inconsciemment, elle a choisi de se tuer.

Stéphane Tanguay, le fils de Micheline, a un emploi du temps très serré : lui et sa femme décollent dans quelques heures pour une semaine en Floride pendant que les enfants sont partis au ski. L'interrogatoire imprévu de ces policiers l'agace. Ça fait déjà plusieurs mois que sa mère est morte, des suites du diabète. Pourquoi tout à coup s'intéresse-t-on à son décès ? C'est tout à fait incompréhensible.

« Écoutez, je veux bien collaborer, mais je n'ai pas grand-chose à vous dire. Ma mère est morte du diabète, c'est bien triste mais évidemment, ça a toujours été une possibilité… Que vous dire d'autre à son sujet ? Eh bien ma mère était une femme envahissante, le genre de personne qui prend toujours trop de place dans votre vie, mais une fois qu'elle est partie, on se rend compte que le vide est grand. Mes enfants commencent à peine à s'en remettre. La seule chose qui m'étonne dans sa mort, c'est l'imprudence dont elle a fait preuve. Elle aimait trop la vie pour ne pas prendre grand soin d'elle-même. Depuis son diagnostic de diabète, elle était très sage et ne se permettait pratiquement pas d'écarts. Alors, quand j'ai appris qu'elle était morte d'une énorme surdose de sucre, j'avoue que… Je suis content, en tout cas, qu'elle ait vécu un moment excitant avant de mourir. »

Les trois policiers sursautent en même temps. Éric ouvre la bouche, mais un regard sévère de Marianna l'oblige à laisser préséance à leur collègue. On est sur le territoire d'Olivier.

« Qu'est-ce que vous voulez dire ? »

Olivier Bessette s'est inconsciemment avancé vers Stéphane Tanguay, comme s'il allait lui arracher les mots de la bouche. Ce dernier croise les bras et hausse les épaules avant de répondre.

« J'avais reçu une invitation pour une soirée-bénéfice. C'était un casino, au profit de je ne sais plus quel organisme. Ma compagnie a payé le billet, mais comme je ne pouvais pas m'y rendre, je l'ai offert à ma mère. Je savais qu'elle serait impressionnée, c'était une soirée chic, dans un grand hôtel du centre-ville, avec pas mal de gros bonnets. Ma mère avait un côté groupie assez développé et elle adorait s'habiller chic. Tiens, c'est curieux, je viens de me rappeler que c'était justement sous la présidence d'honneur de Corinne Garceau du réseau Futura. Une grande perte pour le monde des affaires… Ça ne m'étonnerait pas que ma mère soit allée lui demander un autographe… C'était bien son genre. »

« Est-ce que vous connaissez Julien Paulhus ? »

« Paulhus, l'agent immobilier ? Oui, c'est à lui que j'ai donné le mandat pour vendre la maison de ma mère. »

« Saviez-vous qu'il est l'ex-mari de Corinne Garceau ? »

Le sergent-détective Olivier Bessette pose les questions avec lenteur et minutie, histoire de faire comprendre subtilement à Tanguay qu'il ne le dérange pas sans raison. Pendant ce temps, les deux policiers de Montréal qui l'accompagnent restent en retrait mais ne perdent pas une syllabe.

« Ça non, mais le monde est tellement petit ! »

En entendant le nom de Corinne Garceau, Éric Beaumont se détourne pour glisser un mot à sa collègue.

« Il faudrait vérifier si Paulhus a assisté à cette soirée et, si oui, à quelle table. »

Stéphane Tanguay regarde sa montre avec un geste d'impatience, mais Bessette revient à la charge.

« Pourriez-vous faire un effort pour vous rappeler de quelle association il s'agissait ? Au bénéfice de quel organisme avait lieu cette soirée ? »

En poussant un soupir exaspéré, Tanguay se masse le front dans un effort pour faire remonter à la surface au plus vite ce souvenir insignifiant. Sa femme apparaît derrière lui, tirant une valise à roulettes qu'elle place stratégiquement dans le couloir, bien à la vue des policiers. Elle les regarde d'un air pincé puis repart, sans doute pour en chercher une autre.

« Euh, oui, je crois me rappeler qu'il s'agissait d'une association d'aide aux joueurs compulsifs. »

Olivier Bessette lui offre un sourire plein de compréhension et, après avoir jeté un bref coup d'œil à ses collègues, histoire de vérifier qu'ils sont sur la même longueur d'onde, offre ses meilleurs vœux à Stéphane Tanguay.

« Passez de belles vacances, monsieur Tanguay, et bonne année à l'avance ! »

PRINTEMPS

Ma mère, c'était la reine du yéyé dans les années 1960. Elle était tellement populaire qu'elle s'est même mariée à la télévision, pendant une émission de variétés. Ça a été l'événement mondain de l'année, tout le Québec était devant le petit écran. Elle enregistrait des 45 tours tous les mois, qui devenaient des succès dès leur première diffusion. Évidemment, les chansons étaient des traductions de succès américains ou anglais. Presque tout le monde faisait ça à l'époque. Mais ma mère avait ce petit quelque chose en plus, paraît-il, un magnétisme animal : en tout cas, ça marchait mieux pour elle que pour les autres. Les femmes la trouvaient mignonne, les hommes la trouvaient bandante, toutes les filles voulaient lui ressembler. Pourtant, elle ne chantait pas particulièrement bien, mais elle savait à merveille faire semblant, dans un studio comme ailleurs. Elle aurait pu devenir actrice, tout le monde y aurait cru.

Durant les mois qui ont suivi le mariage de mes parents, un tas de femmes qui allaient se marier dans l'année se sont fait confectionner des robes de mariée semblables à la sienne. Courte, avec des volants bizarres qui lui donnaient l'air de sortir d'un film de science-fiction. À défaut d'avoir du goût, Florence avait de l'audace et la capacité de porter les tenues les plus farfelues avec beaucoup de naturel.

Quand elle était enceinte de moi et qu'elle a continué de porter ses minijupes et ses petites bottes blanches en cuir verni, elle est devenue le modèle de la femme enceinte moderne. Évidemment, je n'ai aucun souvenir de tout ça. Mais cette chère

Florence me l'a raconté en long et en large, en feuilletant son album de photos. Elle n'avait qu'un seul album, ou en tout cas n'en regardait qu'un. Elle y conservait ses photos préférées. Elle dans la tunique vaguement grecque qu'elle portait pour recevoir le prix Miss Show-business 1965, elle dans sa robe de mariée ; elle encore, saluant la foule du haut de la scène dans un festival en plein air ; toujours elle, visiblement enceinte, dans un mini-imperméable de vinyle noir, avec une casquette blanche sur la tête. Elle avec moi, tiens, en train de décorer un arbre de Noël pour les enfants de l'hôpital Sainte-Justine. Sur la photo, je dois avoir environ trois ans et j'ai l'air de bouder, ce que je faisais probablement. C'est un album « professionnel » : toutes les photos sont liées à la carrière de Florence Alarie, je n'y apparais que comme accessoire. Quant à mon père, on ne l'aperçoit qu'une fois et encore, de profil, à côté de sa flamboyante épouse mais légèrement en retrait. C'était pendant la cérémonie du mariage, l'émission de télévision la plus regardée de 1966.

Il n'est pas resté dans le portrait très longtemps, le paternel : juste le temps qu'il fallait pour me concevoir (pas volontaire-ment, bien sûr) et me donner son nom, devant trois caméras et le Québec en entier. Il paraît d'ailleurs que j'ai moi-même assisté au mariage, à l'insu de tous. La robe à volants était un excellent camouflage et les rumeurs ont eu beau circuler dans les studios et les salles de rédaction, Florence a toujours maintenu sa version : elle était si amoureuse qu'elle est tombée enceinte tout de suite, pendant sa lune de miel au Mexique. En fait, malgré ses allures de jeune fille romantique, Florence savait déjà « coucher utile ». À l'époque, son amoureux, mon père, était agent de promotion pour sa compagnie de disques et elle avait trouvé le moyen de s'assurer une première place sur la pile des priorités. Il savait la « vendre » comme personne. J'avais quinze ans quand elle m'a avoué la vérité, lors d'une de ses séances de « Allez, on ouvre une bouteille de vin et on se dit tout ! ». Mal taillé pour assumer le rôle de prince consort, Robert Paulhus s'est effacé progressivement, jusqu'à devenir à peine un souvenir dans ma mémoire et encore moins dans celle de Florence. Je n'ai jamais su ce qu'il a fait par la suite.

À partir de ce moment, il n'y a plus eu qu'elle et moi. Ou plutôt, elle, ses fans et moi. Dans cet ordre. Elle avait toujours voulu être populaire, devenir célèbre et y était parvenue. Ce n'était pas un bébé qui allait l'empêcher de savourer son triomphe. Alors, jusqu'à ce que je commence l'école, j'ai été un accessoire de promotion comme un autre : elle me trimballait partout avec elle et bien qu'elle prétendait, au cours de ses nombreuses entrevues, ne pas pouvoir se séparer de moi parce qu'elle m'aimait trop et qu'elle était toujours inquiète, ma présence servait surtout à soigner son image. Elle me déguisait en petit prince à la moindre occasion, j'étais son lutin quand elle jouait à la fée des étoiles, son petit démon quand elle devenait Vampirella pour l'Halloween. En public, j'étais son faire-valoir ; en privé, son fardeau.

J'ai de vagues souvenirs, tout petit, d'avoir goûté l'attention qu'on me portait, les cadeaux dont on me couvrait. Les fans, pour s'attirer l'affection de ma mère, passaient souvent par moi et m'offraient des toutous, des jouets, même des médailles bénies par le pape. Ils auraient dû s'apercevoir que c'était inutile. Florence Alarie croyait que seule Florence Alarie méritait toute cette adulation.

Vers sept ou huit ans, j'ai commencé à ressentir le contraste entre le comportement de ma mère chez nous et en public. À reconnaître la différence entre les sourires mielleux qu'elle m'adressait lorsqu'elle parlait de moi à un journaliste et ceux, pleins d'amour, qu'elle confiait à son propre miroir, dans notre salle de bain. Je me suis mis à détester en bloc tout ce qui avait un rapport avec le *show-business*. Un samedi après-midi, en rentrant d'une séance d'autographes dans un magasin de disques où elle m'avait traîné de force, j'ai attendu que maman soit installée dans son bain de mousse et j'ai cassé rageusement tous ses 45 tours, qui trônaient sur une étagère du salon, au milieu de ses trophées.

Quand j'ai eu dix ans, les choses avaient commencé à changer pour elle : avec l'avènement d'une musique québécoise originale et pleine de ferveur patriotique, avec l'arrivée au pouvoir du Parti québécois, la carrière de Florence Alarie a pris un coup dans l'aile. Elle a bien essayé de se réorienter : elle a enregistré quelques succès disco en version française, monté un *show* de style cabaret avec une troupe de danseurs, s'est prononcée publiquement mais sans grande conviction pour un Québec libre, mais grand ami des Américains. Malheureusement pour elle, le cœur des fans n'y était plus. D'abord, la politique, ça n'avait jamais été son « bag » : Florence, à ma connaissance, ne s'est jamais intéressée à autre chose qu'à sa carrière. Et puis, elle détonnait dorénavant dans le décor. Évidemment, elle n'en est jamais venue elle-même à ces conclusions : les journalistes s'en sont chargés. Florence, elle, a continué de s'acharner, à coups de tournées, dans des salles de plus en plus petites, pour des cachets de plus en plus minces, de foires agricoles en festivals mineurs de toutes sortes. Comme elle n'avait pas les moyens de payer quelqu'un pour s'occuper de moi quand elle partait, j'ai passé le début de mon adolescence à la suivre dans des motels minables, à essayer de m'endormir tout seul pendant qu'elle chantait dans le bar d'à côté. Souvent, elle rentrait saoule et m'engueulait jusqu'à ce que je me réveille. Il fallait bien que quelqu'un porte le blâme pour tout ce qui allait de travers dans sa vie !

C'est à cette époque qu'elle a commencé à avoir des problèmes de santé : un jour, en rentrant de l'école, je l'ai trouvée évanouie dans le salon. J'ai fait le zéro sur le téléphone, j'ai crié à la téléphoniste que ma mère était morte par terre. Au lieu de lui donner notre adresse, j'ai ajouté bêtement que ma mère, c'était Florence Alarie. Je devais m'imaginer que tout irait plus vite avec cette formule magique. Mais la femme m'a redemandé l'adresse, en me disant que les ambulanciers en avaient besoin pour nous trouver, ma mère et moi. Elle n'a pas réagi au nom de Florence : peut-être qu'elle était plutôt fan de Beau Dommage. En tout cas, j'ai attendu l'ambulance en regardant ma mère. À vrai dire, je me suis payé la traite : je l'ai regardée sans qu'elle le sache, j'ai pu à loisir examiner le grain de beauté qu'elle avait sur la ligne de la mâchoire et que je trouvais très laid. Je me suis amusé à compter les petits boutons qu'elle avait autour du nez et qu'elle couvrait d'une couche épaisse de fond de teint. J'ai découvert ce jour-là qu'elle se teignait les cheveux et que ma mère que j'avais toujours connue blonde était en fait une brune dont les racines réclamaient une bonne dose de décolorant. Curieusement, je n'étais plus inquiet de la voir inerte, je me sentais même soulagé. Alors, quand elle a bougé un peu, j'ai eu peur : ai-je eu peur de voir une morte bouger, ou au fond, ai-je eu peur que ma mère ne soit pas morte ?

Diagnostic : diabète sévère. Une nouvelle routine s'est établie, Florence tenait à ce que j'assiste à ses piqûres, pour être prêt à lui en faire une, en cas d'urgence. C'était bien la dernière chose dont j'avais envie : ça me dégoûtait et franchement, elle-même, de manière générale, m'inspirait de plus en plus de répulsion. Je trouvais qu'elle avait l'air d'une vieille (elle devait avoir environ trente-six ans !), probablement parce que depuis quelque temps, elle paraissait négligée si je la comparais avec les mères de mes amis de l'école. En 1977, celles-ci portaient des jeans larges, des chemisiers moulants, des t-shirts orange. Ma mère, elle, avait toujours l'air en retard d'une mode et même de plusieurs. Son heure de gloire, c'étaient les années 1960, alors elle avait de la misère à en sortir.

Sa lente dégringolade a continué. On est passé d'un bel appartement sur deux étages à Habitat 67 – elle disait avec fierté un « deux cubes » – où j'ai fait mes premiers pas devant un photographe d'*Écho-Vedettes*, à un cinq et demi près du parc La Fontaine, pour finir dans un petit quatre et demi près du métro

Rosemont. Les fins de mois étaient difficiles et elle se faisait un devoir de m'informer de toutes ses tracasseries financières. De toute façon, tout ça c'était de ma faute. J'avais quatorze ans, j'avais honte de ma mère, elle ne me supportait pas, nos relations quotidiennes ressemblaient la plupart du temps à la guerre froide.

Un jour, je suis rentré de l'école un peu plus tard que d'habitude : je traînais souvent avec une gang de gars pas trop nets, on s'amusait à écrire des graffitis dans la ruelle derrière chez nous. Un gars avait poussé l'audace jusqu'à écrire : « Alarie vieille toupie », puis il m'avait regardé. Je m'étais contenté d'un sourire en coin avant d'ajouter quelques insultes de mon cru, pour préserver mon honneur d'apprenti voyou. Je me foutais bien de celui de ma mère.

J'ai poussé la porte d'entrée, jeté mon sac à dos devant la porte de ma chambre et marché vers la cuisine pour boire un verre de lait. Au moment où j'ouvrais le frigo, j'ai entendu un gémissement. Pensant que ça venait d'un chat dans la ruelle, j'ai pris le lait, refermé la porte, saisi un verre dans l'armoire. Puis j'ai entendu un autre gémissement, plus fort. Bon, qu'est-ce qu'elle avait encore fait ? Je me suis dirigé vers la chambre de ma mère. En passant, j'ai vu sur la table basse du salon, à côté d'une pile de vieux disques (les siens, évidemment), une bouteille de crème de menthe presque vide. Ouche ! Ça c'était mauvais signe ! Florence adorait la crème de menthe, mais elle y avait renoncé depuis que son médecin lui avait infligé un sermon sévère sur l'incompatibilité entre le diabète et l'alcool.

Je l'ai trouvée sur son lit, pâle, un bras ballant dans le vide. Ses yeux étaient entrouverts, mais elle était visiblement ailleurs. Elle a essayé de me parler, sans parvenir à formuler une phrase claire. Elle levait le bras en direction de la salle de bain. Ça a été facile pour moi de décoder le message : une piqûre, vite. Elle m'avait tout expliqué cent fois : les variations du taux de sucre, les risques, le coma, la mort peut-être. «Ouais, ouais, j'ai compris, arrête de radoter.» Je ne prenais pas trop au sérieux ses avertissements; pour moi c'était seulement des jérémiades de vieille casse-couilles.

Je me suis assis au pied de son lit avec mon verre de lait et je l'ai regardée. Au moment où j'allais lui dire d'arrêter sa comédie, que j'en avais assez de sa manie de tout faire pour attirer l'attention, ses yeux se sont révulsés. Elle ne bougeait plus, mais je voyais bien les efforts surhumains qu'elle faisait pour essayer de se maintenir la tête «au-dessus de l'eau», pour m'envoyer son signal de détresse. Ses yeux sont revenus vers moi, ils me suppliaient de faire quelque chose. À ce moment-là, j'ai ressenti un tel pouvoir sur elle que j'en ai été complètement confondu. Elle me manipulait depuis toujours et de tant de manières… Ce n'était pas une mère, pas comme celle que j'aurais voulue, pas comme celles des gars de mon école. Je ne me rappelais pas avoir jamais senti qu'elle était prête à tout pour me protéger, que je comptais plus que tout pour elle. Alors c'était grisant, pour une fois, de savoir qu'elle dépendait de moi, que je n'avais qu'à décider si oui ou non je lui ferais sa piqûre. J'avais le droit de vie ou de mort sur Florence Alarie!

Alors j'ai attendu. Je savais que je jouais avec le feu, c'était une question de secondes, ou de minutes peut-être, avant qu'elle plonge dans un coma diabétique, mais c'était trop excitant pour m'en priver. Encore plus excitant que quand j'avais mis le feu à un vieux hangar, dans une ruelle près de chez nous, avec mon chum Trudel et qu'on s'était enfuis en courant juste avant que la première voiture de police arrive.

Le summum, c'est quand je me suis rendu compte que Florence comprenait ce qui se passait, qu'elle lisait dans mes yeux que je n'avais peut-être pas très envie de la sauver, que je pouvais décider de la laisser mourir. Bizarre; j'avais un peu envie de rire, elle était si pitoyable dans son caftan violet sale et délavé, qu'elle tenait à conserver parce qu'elle l'avait porté la seule fois où elle était montée sur la scène de la salle Wilfrid-Pelletier. Et encore, c'était pour participer à un spectacle hommage à un parolier célèbre. On ne l'avait même pas invitée à chanter, seulement à se montrer.

Et ses cheveux ! Ouache ! Depuis qu'elle n'avait plus les moyens de les faire teindre dans un salon de coiffure, ses mèches n'étaient plus blondes mais plutôt pisse de chat.

J'ai bu mon lait en quatre ou cinq gorgées : d'habitude, je le vidais en moins de deux. J'ai regardé intensément Florence, mais c'est devenu moins drôle : elle a perdu conscience, ce qui m'a retiré mon contrôle sur elle. Je ne pouvais plus jouer avec ses nerfs, donc ça ne m'amusait plus. Je me suis relevé, j'ai marché lentement vers sa trousse de médicaments. J'ai pris une seringue d'insuline, la bouteille d'alcool, un tampon d'ouate et je suis revenu près du lit. En surmontant ma répugnance – pas un gars de quinze ans sur terre n'aurait envie de faire ça avec sa mère –, j'ai relevé du bout des doigts un coin du caftan et j'ai piqué ma mère dans la cuisse.

Environ une heure plus tard, elle avait presque récupéré. On n'a jamais reparlé de cet incident mais, à partir de ce jour, elle est devenue bien plus aimable et conciliante, trouvant moyen de monnayer nos relations pour que je reste sous sa coupe. Elle est devenue plus prudente aussi et s'est mise à respecter sa diète avec plus de rigueur, pour ne pas se retrouver de nouveau à ma merci. Quant à moi, je suis resté longtemps hanté par le sentiment furtif de puissance que j'avais ressenti, assis sur son lit, à la regarder en buvant mon verre de lait.

Ça fait bien trois semaines que j'ai déposé le corps de Micheline Tanguay chez elle. Parfois, je me remémore la scène pour le plaisir. Heureusement que je n'ai pas attendu trop longtemps pour la transporter : on était à peine sortis de mon condo qu'elle se faisait pipi dessus. Je n'aurais pas voulu qu'elle se lâche sur mon divan de cuir.

Je l'ai bien installée dans sa chambre. Je lui ai enlevé ses souliers avant de la coucher sur son lit, j'ai posé son sac à main et ses clés sur le comptoir de la salle de bain où j'ai laissé la lumière allumée. Je suis assez fier d'avoir soigné les petits détails : j'ai trouvé sa trousse d'insuline, je lui ai mis une seringue dans la main et sa main inerte l'a laissée tomber par terre. Du grand art…

De temps en temps, je roule lentement devant son bungalow avec ma voiture, à l'affût d'un signe, mais il ne se passe rien, comme si elle n'avait pas encore été découverte. Au début, j'étais un peu inquiet, évidemment, mais ça m'a passé depuis que j'ai entendu deux voisines discuter à son sujet. Comme il y avait un panneau « À vendre » devant une maison presque en face de celle de Micheline, je me suis arrêté sous prétexte de noter le numéro de téléphone de l'agent. J'ai baissé la vitre pour entendre la conversation entre les deux femmes.

« Penses-tu que le fils de Micheline Tanguay va mettre la maison de sa mère à vendre ? J'aimerais bien savoir combien ça vaut… »

« Il m'a dit qu'il viendrait vider ses dernières affaires demain après-midi. J'irai peut-être lui donner un coup de main, d'autant plus que ma fille se cherche une maison dans le quartier. Peut-être qu'il pourrait lui vendre directement. En tout cas, ça n'a pas traîné pour le camion de déménagement ! Au bout de trois jours, il y avait plus rien. »

Demain, je vais m'arranger pour contacter le fils Tanguay. Je vais me pointer de bonne heure et l'attendre le temps qu'il faudra. Ça serait dommage de passer à côté d'une aubaine comme celle-là. Je vais le convaincre de me confier le mandat de vente. Peut-être que si je lui glissais que j'ai déjà connu sa mère…

Ça y est. J'ai un mandat signé. Quand j'entreprends de convaincre quelqu'un, c'est rare que je n'arrive pas à mes fins. Je n'ai même pas eu besoin de parler de Micheline. D'ailleurs, son fils ne m'en a pas dit grand-chose, si ce n'est qu'elle était malade et que ça devait arriver tôt ou tard. Le fils de Micheline s'appelle Stéphane, il est « consultant » (il ne m'a pas donné de détails et je n'en ai pas demandé), pressé de vendre et ne veut surtout pas s'en occuper lui-même. La maison de sa mère ne l'intéresse pas, il veut s'en débarrasser au plus vite parce qu'il a d'autres chats à fouetter, son travail est très exigeant et il est souvent à l'extérieur du pays. O.K. mon gars, on va t'arranger ça.

Quand la voisine est venue sonner pour « donner un coup de main », c'est moi qui lui ai ouvert la porte. Elle ne m'a pas reconnu. Si sa fille veut acheter, il faudra qu'elle paie la commission, comme tout le monde. Crisse, est-ce qu'ils s'imaginent que ça se vend tout seul, ces bicoques-là ? Il faut travailler fort pour vendre une maison. Je la mérite, la maudite commission. D'ailleurs, je refuse toujours de réduire mon pourcentage, c'est un principe absolu.

Tiens, je pense que je vais souper devant ma télé et regarder *Que sont-ils devenus ?*. Chaque fois que je regarde cette émission, j'ai l'impression de me retrouver en famille. Sauf que c'est la famille la plus dysfonctionnelle, la plus *fuckée* qui soit. Les groupes des années 1960, les déguisés surtout, me mettent en joie. Quand je vois un vendeur d'assurances aux cheveux gris raconter comment les petites filles lui couraient après à la sortie des studios, du temps qu'il portait une redingote mauve et les cheveux en balai, je me rappelle que lui, à cette époque, c'est après ma mère qu'il courait. Elle les a tous rendus fous, les uns après les autres. Pourtant, ce n'était pas vraiment un pétard mais, comme on dit, elle avait le tour.

Ce soir, l'émission est consacrée aux tournées des groupes et c'est à celui qui racontera les anecdotes les plus salées. À croire qu'ils sont devenus musiciens seulement pour pouvoir sauter toutes les filles d'Abitibi et de Victoriaville. Pourquoi se priver ? Les filles tombent comme des mouches devant un gars qui se déhanche en jouant de la basse. À en juger par sa façon de raconter ses souvenirs, ce n'est sûrement pas ses talents d'orateur qui faisaient de lui un grand tombeur de groupies.

« On était dans le parking de l'aréna de Rouyn avec la petite Alarie en train de prendre une bière quand elle nous a annoncé qu'elle était enceinte. Oh boy, là, on a ri jaune ! On s'est tous regardés, un peu mal à l'aise pis la queue basse. Je pense qu'il n'y en a pas un qui ne s'est pas demandé si c'était lui, le père… Elle en avait dedans, la petite chanteuse ! »

Tiens, il parle de ma mère. En plus, il parle de moi ! Je ne l'avais encore jamais entendue, celle-là, mais je ne suis pas surpris, Florence m'a toujours laissé entendre qu'elle s'était beaucoup amusée, en tournée. Je regarde le bonhomme plus attentivement : je ne me souviens pas l'avoir rencontré, mais on ne sait jamais. J'étudie ses traits : non, vraiment, on n'a rien en commun. Ce n'est sûrement pas mon père. Il me semble que je ressentirais quelque chose si c'était lui. Un pincement au cœur, peut-être, ou une envie de vomir, ou une envie de rire. Mais je ne ressens rien, comme je ne ressens rien non plus quand je pense à Robert Paulhus, mon père officiel. Florence m'a très peu parlé de lui. Elle a simplement lancé un jour :

« Je sortais avec Robert de temps en temps pis je suis tombée enceinte. Alors on s'est mariés. Ça avait l'air d'un bon gars, et puis je n'avais pas le choix, j'étais tellement populaire ! Je ne pouvais pas me permettre d'être fille-mère. La station de télévision nous a tellement fait une belle offre pour les noces qu'on ne pouvait pas refuser. Robert a bien aimé ça…»

Quand j'y pense, j'aimerais autant que ça ne soit pas lui, mon père. Florence était peut-être la reine du yéyé, mais lui, c'était le roi des téteux! Un pas-de-couilles, qui s'est laissé entortiller par une petite chanteuse. En fin de compte, j'ai souvent la vague impression d'être un genre de petit Jésus, fruit de la fertilisation d'une chanteuse pop par l'adulation d'un public gaga. Florence n'a sûrement jamais joui aussi fort que devant un parterre de fans dégoulinants d'admiration.

Le téléphone interrompt mes réflexions. Je n'ai pas envie de répondre: comme chaque fois que je suis happé par le passé de ma star maison, je deviens de mauvaise humeur, tendu, agressif. Mais la vibration de l'appareil dans la poche de mon pantalon me tape sur les nerfs. De plus, c'est peut-être un client. Je ne connais pas un agent d'immeubles qui puisse résister à la sonnerie du téléphone.

«Julien Paulhus…»

«Bonsoir monsieur, je vous appelle au sujet d'une maison que vous avez à vendre…»

«Ben oui, je me rappelle de vous, je regardais votre émission quand j'étais en congé de maternité! C'est don' dommage qu'ils vous aient pas gardé, vous étiez tellement bon…»

Ça fait déjà une bonne demi-heure que je suis arrivé et on n'a pratiquement pas abordé le sujet de la maison. Je subis encore une fois les assauts d'une admiratrice. Je parie que, si elle n'avait pas déjà su mon nom à cause du panneau planté devant la maison de Micheline, elle ne s'en serait pas rappelé, mais dès que j'ai mis le pied chez eux, elle m'a reconnu et, depuis, ça n'a pas arrêté. Elle a une petite voix haut perchée carrément insupportable. J'ai d'ailleurs remarqué que son mari avait développé une technique : il n'a pas de bouchons dans les oreilles, pas d'appareil auditif apparent, mais on dirait vraiment qu'il s'est mis à «off», après m'avoir lancé un vague regard d'excuse. Sa femme me considère d'un air à la fois apitoyé et fervent.

«Pauvre vous! Ça ne doit pas être drôle d'être obligé de vendre des maisons pour vivre quand on a fait de la télévision. Vous devez tellement vous en ennuyer! Vous étiez pourtant pas... Ben, on peut pas dire que vous étiez une très grande vedette, mais quand même, beaucoup de gens vous admiraient. Moi en tout cas...»

Heureusement, le mari est absorbé dans sa lecture du contrat. S'il voyait le regard que je lance à sa femme, je pense qu'il me mettrait dehors à coups de pied au cul. Elle rit jaune un peu, l'insignifiante, elle hésite sur le sens à donner à mon regard. Je sais doser la concupiscence, y mettre une petite touche de menace et un zeste de charme d'animateur de quiz. Elle ne sait pas à qui elle a affaire, la blondasse. C'est exactement le genre de bonne femme qui fait ressortir ce qu'il y a de pire en moi. Une quétaine qui essaie de jouer à la chic, une mielleuse, une sirupeuse, une emmerdeuse. L'image qui se dessine dans ma tête est encore floue, mais dans l'ébauche de mon scénario, Manon est en très mauvaise posture.

Elle et Steve sont intéressés à acheter la maison de Micheline, mais comme ils doivent d'abord vendre leur cabane, je leur fais signer un mandat de vente, hop! Vite fait bien fait. Je toucherai deux commissions et en plus ce sera un dossier vite réglé. J'ai déjà des clients qui cherchent un petit bungalow comme le leur. Ça, c'est mon genre de transaction : effort minimum, résultat maximum.

On dirait que je leur ai fait une fleur en acceptant de les rencontrer tôt le matin, avant leur départ pour le travail. Je ne leur ai pas dit, mais ça m'arrange puisque j'ai rendez-vous au club de tennis à 9 h 30 pour mon double bihebdomadaire. En les rencontrant très tôt, je parviens à régler des affaires sans que mes activités personnelles en souffrent.

La petite madame a mis la table comme pour un brunch du dimanche, avec une nappe et de la belle vaisselle. C'est le mari qui fait cuire les œufs. Elle m'a apporté des toasts dans un petit panier, recouvert d'une serviette. Elle est nerveuse, ça se voit à ses joues anormalement rouges, à son sourire un peu crispé : elle reçoit une vedette de la télévision ! Elle est probablement persuadée que je suis habitué au traitement Ritz-Carlton, que tous les jours je mange mon déjeuner dans de la porcelaine anglaise. Quoique… Elle n'a peut-être jamais entendu parler de porcelaine anglaise, elle est juste persuadée que ma vie ne ressemble pas à la sienne. Au moins, ça c'est vrai : contrairement à elle, je n'ai pas l'air d'une caricature. En tout cas, je ne ferai pas semblant d'être gêné : j'ai faim et mon frigo est presque vide. « Vous n'auriez pas du beurre d'arachide, par hasard ? »

Elle secoue la tête d'un air piteux, comme si elle était prise en faute. Un peu plus et elle se précipiterait chez le dépanneur pour en acheter. La question n'est pas si anodine puisque le mari remet son appareil à « on » et s'empresse de répondre à sa place.

« Désolé monsieur Paulhus, mais y a pas une pinotte qui entre dans notre maison. Manon est terriblement allergique, elle a toujours sa seringue d'EpiPen avec elle. La moindre petite graine d'arachide qui traînerait sur le comptoir pourrait la tuer. »

Wow ! Une alarme interne vient de se déclencher dans mon cerveau, un signal tellement puissant qu'un grand frisson me traverse tout le corps. Pendant une seconde, je fige pour tenter de contrôler le choc, en espérant que mes hôtes n'auront rien vu. Un radar vient de m'avertir que ma rencontre avec Manon a une nouvelle raison d'être. Des flashs de ma soirée délirante avec

Micheline Tanguay me viennent à l'esprit. Je ressens une envie irrépressible de revivre cette folie, de retrouver ce sentiment de puissance. Et voilà que l'occasion m'est offerte sur un plateau d'argent. Je prends un air soucieux et compatissant en regardant Manon avec un nouvel intérêt.

« C'est pas drôle, c'est une allergie très sérieuse, il me semble. Ça doit vous limiter pas mal... »

« Bof, on s'habitue, je l'ai su quand j'avais six ans. Mes parents ont eu la peur de leur vie quand ils m'ont emmenée à l'hôpital ce jour-là. J'étais tout enflée ! Il paraît que j'avais l'air d'un ballon, toute lisse. C'était assez rare, les allergies, dans ce temps-là. Mon père avait voulu me convaincre de goûter du beurre d'arachide et moi je voulais pas, à cause de l'odeur. Il a essayé de me faire croire que c'était du caramel pour que j'en prenne et je me suis laissée avoir. Résultat : je me suis retrouvée à l'hôpital, et après, mon père m'a acheté un vélo ! En tout cas, je suis chanceuse, c'est ma seule allergie. Il faut simplement que je sois vigilante. »

En dessous de ses mèches aux trois ou quatre tons d'orangé, tous plus laids les uns que les autres, de ses petits bourrelets serrés dans son chandail d'ado malgré ses quarante ans bien sonnés, Manon me regarde avec un air d'excuse, comme si elle se sentait coupable d'être allergique, d'être aussi ordinaire devant une vedette de la télévision. Mais non, ma poupoune, t'inquiète pas : t'étais déjà pas mal ordinaire avant d'être allergique. Mais ces petits défauts-là ont leurs avantages...

Ces derniers jours, je n'ai pas eu le temps de fantasmer sur mes projets avec Manon, mais ça mijote quelque part au fond de ma cervelle pleine de ressources. En attendant, il a fallu que je m'organise. D'abord, vendre leur maison : c'est pratiquement réglé, mes acheteurs n'attendent plus que l'inspection pour lever la condition à leur offre d'achat. Ensuite, rendez-vous chez le notaire : on signe pour l'achat de l'autre maison, celle de

Micheline. J'ai une petite pensée émue pour mon escorte à la soirée casino. Elle m'a ouvert des perspectives inespérées. Je l'ignorais encore avant de la rencontrer, mais j'avais besoin d'un exutoire. Depuis ce jour, je me sens un homme neuf.

Pour en revenir à nos transactions, comme Manon et Steve ont déjà signé une offre d'achat conditionnelle à la vente de leur maison, l'enchaînement va se faire en douceur. Dès qu'on sera passés chez le notaire, autrement dit dès que j'aurai touché mon chèque, je m'offrirai un petit plaisir avec Manon. Deux transactions, deux commissions. Ça fait beaucoup de plaisir… Tiens, je pense que je vais aller m'acheter de la crème de menthe. Et du beurre d'arachide.

« Julien, c'est Manon Touchette. Vous avez oublié votre calculatrice chez nous, hier. Si vous voulez, je pourrais venir vous la porter à votre bureau ? Je vais passer devant votre immeuble. J'ai pris congé aujourd'hui, il faut que j'aille choisir des rideaux. »

On s'est vus à plusieurs reprises depuis deux mois, Manon, Steve et moi, sous divers prétextes. À chaque fois, Manon était de plus en plus familière. Elle a commencé à me faire les yeux doux dans le dos de son mari. Elle me cherche, comme on dit. Et moi, je la fais patienter, avec des clins d'œil et des petites flatteries sans conséquence. À chaque rencontre, elle ne peut s'empêcher de me poser des questions sur ma carrière d'animateur, les mêmes maudites questions niaiseuses que tout le monde pose, mais sur un ton intime, comme si elle avait acquis le droit à mes confidences. Elle me zyeute avec gourmandise. C'est évident, elle se laissera cueillir telle une fleur, pétrir comme de la pâte à modeler. Et aujourd'hui, elle vient carrément se jeter dans la gueule du loup, m'épargnant tout le travail.

Je la fais patienter trois secondes en feignant de consulter mon agenda. En réalité, je révise mon plan.

«Et si on lunchait ensemble ?»

Quand elle comprend que je l'invite chez moi plutôt qu'au restaurant, que je vais cuisiner pour elle, qu'on sera seuls, elle perd pratiquement le souffle. J'entends ses halètements au téléphone. Ça sent le rendez-vous galant à plein nez. Elle fait semblant d'hésiter quelques secondes pour la forme, mais je la sens fébrile. Je suis sûr qu'elle mouille sa culotte.

«Bon, j'accepte avec plaisir, mais ne vous donnez pas trop de trouble, ça me gênerait !»

«Bien sûr, ce sera à la bonne franquette ! Je vous préviens, je ne suis pas un grand chef, mais j'aime bien cuisiner, ça me détend.»

Je vais lui préparer le seul plat exotique que je sais faire. J'adore la cuisine thaïlandaise. Quand j'étais encore marié avec Corinne, il fallait toujours qu'elle soit la première à tester tous les nouveaux restaurants à la mode. Corinne est très «tendance» : un mois, elle est «pâtes», le suivant, elle devient «vinaigre balsamique», «piment d'Espelette» ou «sashimi». Elle adore suivre les diktats des gourous culinaires. On a mangé thaïlandais, coréen, péruvien, afghan même, avant tout le monde. Corinne grignote plutôt qu'elle mange, mais toutes les grandes tables de Montréal l'appellent par son nom. Maintenant, je crois même qu'elle a un chef à domicile, du moins pour les rares fois où elle reçoit.

Quelques crevettes, des champignons, des oignons, des poivrons… et une sauce en sachet, pratiquement aussi bonne que celle du resto. Avec ça, un bol de riz et mon petit ingrédient secret, bien entendu. J'ai dit à la bonne franquette, non ?

Je passe dans la salle de bain pour vérifier ma tenue : relax mais élégant, c'est mon style. J'ai choisi un jean noir et un polo Lacoste bleu ciel qui met en valeur mes yeux bleus.

Manon est arrivée une bouteille de vin à la main, avec vingt minutes de retard. Je parie qu'elle s'est changée plusieurs fois. Elle porte un jean avec des brillants dessus, un chandail moulant dans les tons de rouille pour aller avec ses cheveux. Elle s'est maquillée, mal, trop. Si je la regarde longtemps, je vais finir par avoir mal à la tête.

«Vous êtes tellement fin de m'avoir invitée! Ça sent bon, qu'est-ce que vous avez préparé? Je vous avais dit, pourtant, de ne rien faire de spécial...»

Mais elle est tellement contente, elle regarde partout, l'air de rien, commente les meubles, les couleurs, parle sans arrêt pour calmer sa nervosité. Si je lis bien son langage corporel, elle doit se dire qu'elle va tromper son mari pour la première fois, mais que ça va valoir la peine, et même que ça ne compte pas vraiment, vu que c'est avec une vedette. Elle rentre son ventre quand elle y pense, prend des poses de séductrice maladroite. Elle plisse du nez en regardant vers la cuisine et bredouille avec l'air de s'excuser:

«Vous avez pas oublié mon allergie? Il me semble que ça sent...»

«Ça sent l'huile de sésame. C'est vrai que ça ressemble à l'odeur de l'arachide, c'est trompeur. Ne vous inquiétez pas, je me rappelle très bien que vous êtes allergique aux arachides.»

Je lui apporte un verre de vin blanc qu'elle saisit un peu nerveusement et, lui entourant la taille de mon bras, je l'attire vers le sofa.

«Le dîner n'est pas encore prêt, prenons un verre en attendant.»

Je la traite aux petits oignons et lui accorde une attention totale. Elle doit se prendre en ce moment pour Céline Dion. Manon parle autant que la chanteuse, d'ailleurs: il suffit de deux ou trois questions pour qu'elle me déballe son histoire. Tout y passe : ses expériences de radio étudiante, ses saisons mémorables en tant que *cheerleader*… À l'entendre, elle aurait pu, elle aurait dû devenir une star. Puis elle mentionne son fils, parti à l'Université d'Ottawa, sa job plate dans un bureau ennuyant, son mari… pas très sexy, pas très entreprenant, pas très *glamour*. Elle va même jusqu'à effleurer le sujet de sa préménopause ! Là, j'échappe une moue vaguement dégoûtée et elle dévie tout de suite vers un sujet moins perturbant : sa gang d'amies de filles, qui seraient jalouses, si elles savaient… De toute évidence, c'est une femme qui s'emmerde et qui veut à tout prix vivre quelque chose d'excitant avant d'être vieille. Je soupire d'ennui intérieurement : un peu plus et je lui ferais le geste de la manivelle avec les mains que font les régisseurs sur les plateaux de télé : « Accélère, c'est trop long ! »

Mais je prends mon mal en patience : après tout, l'attente fait aussi partie du plaisir. Elle va l'avoir, son moment d'égarement. Je lui caresse la main, puis l'épaule, pour l'encourager. Elle se rapproche de moi et, dans le mouvement, quelques gouttes de vin tombent sur son jean. Elle a un petit rire gêné, insignifiant.

« C'est pas grave, c'est du blanc. Ça va chésser. »

S'est-elle rendu compte qu'elle a dit « chésser » ?

« Hou, le vin blanc, ça fait plus d'effet le midi, hein ? »

Encore son rire épais. Elle pose son verre sur la table basse, nos cuisses se touchent.

« Mais vous, Julien, vous avez eu une vie tellement plus excitante… »

« Et encore, tu ne sais pas tout… »

Elle frissonne, ses yeux s'écarquillent. Je remplis son verre de vin et lui fais un clin d'œil. Vraiment, je m'amuse. C'est comme si j'observais d'en haut ma propre performance.

« On devrait se tutoyer Manon, c'est plus intime… »

« Oui Julien, vous… tu as raison. »

Elle avale une grande lampée de vin et me dévisage d'un air coquin.

« Est-ce que tu invites souvent des clientes à dîner chez toi ? »

« Franchement, non, c'est la première fois. »

« Menteur… »

Elle n'a pas tout à fait tort, mais ça ne m'est pas arrivé depuis longtemps. Les filles que je fréquente depuis quelques années reçoivent à domicile, moyennant un tarif assez élevé. Mais depuis ma rencontre déterminante avec Micheline, je me sens aussi fringant qu'un ado et j'ai des fantasmes qui ne requièrent pas les services d'une professionnelle. On dirait que j'ai enfin trouvé l'aphrodisiaque suprême.

Manon perd ses inhibitions et se met à jouer l'ensorceleuse. Du bout des doigts, elle touche mon menton puis laisse glisser son index le long de mon cou avec une mine de chatte gourmande. Son rouge à lèvres commence à filer par les petites rides autour de sa bouche, ça m'écœure un peu. Je retiens un mouvement pour me dégager : je déteste qu'on me touche le cou quand je ne suis pas fraîchement rasé. Mais je la laisse continuer. Je souris même, l'amenant à croire que je vais me laisser dévorer. Je pose ma main sur sa cuisse et la flatte un peu. Elle doit se dire : c'est maintenant ou jamais, car sa réaction est immédiate. Elle jette ses deux bras autour de mon cou et m'embrasse goulûment. Je participe un peu, ravalant mon dégoût, puis je prends ses deux bras et la repousse doucement.

« Mes crevettes vont être trop cuites… Si on mangeait avant de… »

Elle rougit et se lève d'un seul mouvement, en sursautant comme si quelqu'un venait de la surprendre. J'en profite pour l'orienter vers la salle de bain, avec un geste galant. J'ai besoin d'être tout seul un instant avec son sac à main.

« Tu veux peut-être te laver les mains ? La salle de bain est dans le couloir à droite. Pendant ce temps, je vais servir le repas. »

« Je reviens tout de suite. »

Elle chancèle un peu et marche les jambes serrées, visiblement très excitée, posant sa main sur le mur pour chercher un soutien. Si je la suivais, je pourrais sûrement la baiser dans la douche, mais j'ai mieux à faire.

Je cherche son sac des yeux : elle l'a laissé avec son manteau sur la console dans l'entrée. Je l'ouvre à toute vitesse et trouve tout de suite le médicament. Je le cache dans une armoire de la cuisine, au-dessus du frigo, là où on range les choses qui ne servent jamais.

Je remplis les deux assiettes d'un nid de riz que je recouvre d'une généreuse portion de crevettes thaïlandaises. Quand elle sort de la salle de bain, je prends Manon par la main et l'installe à table. Je remplis à nouveau son verre de vin et je trinque à notre « parenthèse sexy » en la fixant intensément, les yeux dans la graisse de binne. L'expression la ravit et la fait rougir à nouveau. Elle bredouille des « Oh ! » et de « Hum ! » de plaisir. Ça y est, elle est prête. Alors je mets le paquet : je m'agenouille près d'elle, je saisis sa fourchette et je glisse moi-même dans sa bouche entrouverte la première bouchée. Tout de suite après, je l'embrasse. Comme ça, elle a à peine le temps de goûter et elle est forcée d'avaler. J'ai encore ma langue dans sa bouche quand ses yeux s'agrandissent d'horreur. Elle vient de détecter un arrière-goût. Je n'y peux rien : pour moi, la cuisine thaïlandaise n'existe pas sans beurre de pinotte !

Pour la bouchée suivante, ça sera moins facile. Mais j'ai déjà prévu le coup : sur ma chaise, qui est encore glissée sous la table, j'ai laissé une corde bien solide. Je n'ai qu'à tendre la main pour l'attraper et je me dépêche d'attacher Manon au dossier de la chaise avant qu'elle réagisse. Mais elle est tellement saisie qu'elle ne fait rien d'autre que serrer avec ses deux mains le rebord de la table, comme si elle craignait de tomber.

« Qu'est-ce que tu fais ? Tu t'es trompé, la sauce, c'est pas… mon sac, vite ! »

Je lui cloue le bec avec une autre bouchée. En fait, non, ce n'est pas une bouchée, c'est plutôt une cuillerée de sauce. Je me suis dit que ça serait plus facile de lui faire avaler ça qu'une crevette !

« Allez, Manon, encore un petit effort, c'est tellement bon. Tu m'as toi-même dit que tu adorais ça… »

Elle essaie de cracher, mais je pince son nez et elle inspire fortement par la bouche, ingurgitant un grand trait de sauce. Les gestes me viennent spontanément, je me trouve efficace. Je commence à avoir de l'expérience.

« Que veux-tu Manon, toi c'est la célébrité qui t'excite, moi c'est de te voir comme ça. Tu veux que j'aille fouiller dans ton sac, que je t'apporte ta seringue d'EpiPen ? »

Je me lève, vais chercher son sac, en renverse le contenu sur la table.

« Elle est pas là, ta seringue. Pauvre conne… »

Elle fouille désespérément du regard parmi ses affaires personnelles : portefeuille, rouge à lèvres, clés, une boîte de condoms – tiens, elle avait pensé à tout – et elle constate qu'effectivement la seule chose qui pourrait la sauver n'y est pas. Dans son regard, je vois passer l'incompréhension, la panique. Elle tourne au violet, ses yeux se révulsent. Et à mesure qu'elle commence à suffoquer, que je vois ses yeux et ses lèvres enfler, son teint devenir cireux, je bande avec allégresse. Effort minimum, résultat maximum. Elle cherche à parler, mais c'est à peine un gargouillement qui sort de sa gorge trop serrée. Toutes ses muqueuses sont gonflées. Pour moi, ça va trop vite, beaucoup trop vite ! Je n'avais aucun moyen d'évaluer à l'avance la gravité de l'allergie ! Je la secoue, j'ai presque envie de la frapper pour l'empêcher de partir maintenant. Pour que le plaisir dure. Je ne sais ce que j'ai envie de lui dire, mais je voudrais lui parler encore. La partie se termine trop rapidement, c'est frustrant comme un jeu de patience quand on vient juste de placer les cartes et qu'on se rend compte qu'on ne peut déjà plus jouer.

« Manon, Manon, attends, j'ai pas fini ! Manon, ma chère et affreuse Manon, sais-tu à quel point tes mèches sont laides ? Sais-tu à quel point je méprise les quétaines comme toi ? Avec ta petite maison, ton petit mari, pis tes petits brunchs ! »

Pendant qu'elle râle à la recherche de son souffle, je me défoule.

« Au fait, savais-tu que j'ai été marié avec Corinne Garceau ? Tu sais qui c'est, Corinne Garceau ? Savais-tu que c'est grâce à moi si elle est rendue où elle est ? La petite crisse, l'autre jour j'ai lu un article sur elle dans le journal, ils ont dit qu'elle était célibataire ! Même pas divorcée, célibataire ! C'est moi qui lui ai appris comment tenir un micro avec délicatesse, comme si elle tenait un pénis, pour que les hommes la trouvent sexy. C'est moi qui lui ai présenté le producteur de son premier grand *show*. Savais-tu que, quand elle acceptait de baiser avec moi, environ une fois par année, il fallait que je l'appelle madame la présidente et que j'embrasse ses souliers pour qu'elle jouisse ? »

Manon n'entend plus rien, elle est dans les pommes. C'est ce qu'on appelle une allergie sévère ! Tant pis, c'est vrai que ça s'est passé un peu trop vite, mais on ne peut pas tout avoir. Quand même, quelle réussite ! J'aurais aimé filmer la scène, pour pouvoir me regarder ensuite et analyser la montée dramatique.

Je la détache puis, de peine et de misère, je lui remets son manteau. Elle est molle comme un chiffon. Je la laisse tomber sur le banc de l'entrée, le temps de remettre l'EpiPen dans son sac. Puis je descends l'escalier qui mène au stationnement en la tenant serrée contre moi. Heureusement qu'elle est plutôt petite, parce que je dois la porter. Elle a perdu conscience.

Il va falloir éloigner sa voiture de chez moi alors je l'installe, inerte, sur le siège du passager, son sac à main sur les genoux, la tête qui balance mollement sur l'appuie-tête. Drôle de tête d'ailleurs, enflée comme un ballon de football. Je prends le volant et roule au hasard pendant quelques minutes avant de garer la voiture dans le stationnement d'un centre commercial, dans un secteur où il y a pas mal de restaurants, dont deux ou trois orientaux. J'inspecte les environs et après m'être assuré qu'il n'y a personne autour j'installe Manon dans le siège du conducteur et j'attache même sa ceinture, en évitant de la regarder parce qu'elle commence à être dégoûtante à voir. Je renverse le contenu de son sac à main sur le siège du passager, m'empare de sa main et la pose sur le siège, pour montrer qu'elle a cherché quelque chose. Enfin, je prends le tube de métal qui contient l'EpiPen et le fais rouler sous le siège. Pauvre Manon, ça se voit à l'œil nu qu'elle a voulu se faire une piqûre et qu'elle n'a pas pu trouver son médicament à temps.

Enfin, je prends son pouls : c'est fini. Merde, j'ai été si occupé dans les dernières minutes que je n'ai pas pris le temps de savourer le moment. Il faudra que je m'organise autrement. Qu'elle soit partie comme ça, si vite, sans que je puisse voir littéralement s'envoler son dernier souffle, j'ai l'impression d'avoir été volé. N'empêche, belle mort, Manon, félicitations ! Il vaut mieux se suicider en dégustant un plat exotique préparé par une vedette de la télévision que mourir d'ennui, à petit feu, entre un pâté chinois et ton mari. Si tu n'avais pas eu la gorge si serrée, tu m'aurais peut-être remercié.

Je rentre chez moi à pied, affamé en pensant à mes crevettes et en sifflotant une chanson qui me trotte dans la tête depuis le début de la journée. Je finis par me rendre compte qu'il s'agit d'un des vieux succès de Florence Alarie. Décidément, ma mère est toujours là où il ne faut pas.

Steve Beaulieu se montre très conciliant:

«Je sais que ma femme s'en allait luncher avec Julien Paulhus, le jour de sa mort. Une collègue de Manon me l'a dit. Elle avait l'air de penser que ça me consolerait de savoir que ma femme avait l'intention de me tromper, juste avant qu'elle meure. Sur le coup, c'est sûr que ça m'a fait un choc. J'étais fâché contre Manon parce qu'elle était morte, mais aussi parce qu'elle voulait me tromper! C'est certain que Manon était très impressionnée par Paulhus. Elle en parlait tout le temps. Après tout, une vedette de la télévision, je peux comprendre. Mais Paulhus était au courant de l'allergie de Manon aux arachides, alors il lui en aurait sûrement pas fait manger. C'est un bon gars, il m'a beaucoup aidé quand j'ai décidé de remettre la maison en vente. D'ailleurs, c'est lui qui m'a trouvé mon beau condo!»

«... Non, je n'ai rien gardé des affaires de Manon. Vous comprenez, avec ma nouvelle blonde, c'était un peu compliqué. Mélanie voulait pas en entendre parler et elle voulait surtout pas se retrouver dans les vieilles affaires de mon ex. D'ailleurs, maintenant que j'habite dans un condo plus petit, j'ai pas tellement de place pour accumuler les souvenirs. Mon garçon a voulu en garder quelques-uns de sa mère, évidemment, alors je lui ai préparé une couple de boîtes, ça l'a aidé pour son petit logement. C'est drôle, les enfants, quand même. Imaginez-vous qu'il a voulu conserver le tube d'EpiPen qu'on a trouvé dans l'auto de Manon. Le fameux tube qu'elle a pas pu trouver à temps et qui aurait pu la sauver. J'imagine qu'il a besoin de quelque chose à haïr pour se consoler de la mort de sa mère...»

ÉTÉ

Pauvre Steve. J'aurais dû m'en douter, il n'avait même pas envie de déménager. Il voulait seulement faire plaisir à Manon qui, depuis plusieurs mois, passait son temps à se plaindre que leur vie était plate. Il s'est probablement dit qu'une nouvelle maison, ça la contenterait pour un bout de temps. Il ne dit pas tout, mais c'est facile de deviner que lui aussi trouvait leur vie plate, mais qu'il ne voyait pas comment un bungalow allait arranger ça.

Maintenant, sa vieille maison est vendue, il se retrouve veuf, forcé de déménager dans une cabane qu'il n'a jamais vraiment aimée. Il regarde ses boîtes de vaisselle, ses vieux 33 tours de Kiss, tous ces cossins accumulés et il a sans doute envie de les lancer au bout de ses bras. Pauvre gars, je vais l'aider, je n'ai pas le choix. L'idéal, c'est que je lui trouve autre chose, un petit condo, peut-être, et que je revende la maison de Micheline au plus vite pour lui éviter d'y emménager. Il suffit de le convaincre qu'il a les moyens d'acheter autre chose même s'il n'a pas encore vendu.

« Je connais des gens qui peuvent vous trouver du financement le temps de faire le pont entre les deux transactions, ce n'est pas un problème. Vous ne devriez pas vous obliger à vivre dans une maison qui vous rappelle des mauvais souvenirs, c'est inhumain. Moi, je demande juste à vous aider, je me sens un peu responsable. Si je ne vous avais pas fait visiter la maison, peut-être que votre femme aurait fini par oublier son projet. Elle n'aurait pas été stressée par le déménagement, elle aurait fait plus attention à elle… »

Je m'écoute et je me donnerais un Oscar : je finirais presque par croire à mon histoire. Du gaspillage de talent ! En plus, j'ai un beau petit condo à faire visiter à Steve. Il ne pourra pas résister, d'autant que s'il se conduit comme la plupart des veufs que j'ai connus, son deuil ne devrait pas durer plus de six mois. Après ça, il va vouloir se remettre à vivre et il va mettre les bouchées doubles pour rattraper le temps perdu. Ça veut dire : femmes, voyages, char neuf ou peut-être même moto, abonnement dans un gym et cinéma maison.

« Je pense que j'aimerais visiter des condos, si vous en avez… »

Pfff, c'est quasiment trop facile.

« Donnez-moi deux jours, je vais vous préparer une liste. Pendant ce temps-là, on va remettre la maison sur le marché. »

« Merci monsieur Paulhus, vous êtes vraiment compréhensif. »

Ouais, c'est ça, compréhensif. C'est quand même dommage que la maison de Micheline se retrouve encore sur le marché aussi vite. Je pourrai difficilement justifier une augmentation de prix. Évidemment, ça ne m'empêchera pas d'essayer. Si ça marche, je me paie une petite virée au Mexique.

Journée chargée en perspective : deux visites de la maison de Micheline – c'est comme ça que je continue de l'appeler dans ma tête, c'est comme un porte-bonheur – et la signature chez le notaire en fin d'après-midi, pour l'achat du condo de Steve. On ne peut pas dire qu'il a hésité longtemps : en un mois, c'était réglé. Quand il a vu le style ultra moderne de la cuisine, le lavabo italien carré dans la salle de bain, c'est comme s'il voyait mentalement défiler les belles filles dans son lit. Il a déjà changé de coupe de cheveux et j'ai l'impression qu'il s'est fait injecter du botox dans la face. Tout un deuil, mon homme ! Manon trouvait que son mari n'était pas assez sexy, je pense que c'est plutôt lui qui était tanné de sa vieille peau! Comme si je n'étais pas suffisamment occupé entre les visites de propriétés et le notaire, je dois passer une audition pour une pub de thermopompes. Décidément, le vent commence à tourner en ma faveur depuis que j'ai pris le taureau par les cornes.

La fille de l'agence de casting m'a dit qu'elle m'enverrait le texte pour l'audition, mais il n'y a toujours rien dans mon fax. C'est pas croyable comme ils peuvent être méprisants dans les agences. Aucun respect. Parfois j'aurais envie d'écrire une lettre ouverte dans les journaux pour raconter comment sont traités les artistes. À croire qu'on est du bétail. Mais je suppose qu'ils ne la publieraient pas: ces gens-là se protègent entre eux.

Tiens, ça commence à entrer: je regarde la feuille et j'attends la suite, incrédule. En dessous de la mention « texte », c'est écrit: « C'est tellement plus confortable… » Ça ne peut quand même pas être juste ça. Et pourtant… « C'est tellement plus confortable… » Même pas une ligne entière! On me prend vraiment pour un imbécile. Est-ce qu'elle me l'a envoyé pour que j'aie le temps de l'apprendre par cœur? Ciboire, comment je vais faire pour apprendre ça?

Il y en a qui ont vraiment le tour de nous faire perdre notre temps. En plus, je viens de gaspiller une heure de ma vie avec des clients de merde. Ce n'était pas la première fois, évidemment, mais je le supporte de moins en moins. Pourquoi demander à visiter un bungalow des années 1960 quand on s'apprête à se faire construire un cottage dans un lotissement neuf? Si je l'avais su avant qu'ils se présentent devant la maison de Micheline avec leur bouche en cul de poule, j'aurais annulé. Pour qui ils me prennent?

« On voulait juste être sûrs qu'on fait pas une erreur en faisant construire. Maintenant, on est certains de notre décision. Après tout, c'est normal que vous fassiez beaucoup de visites avant de vendre une maison, il faut bien que vous justifiiez votre commission. C'est un gros montant, quand même!»

La tabarnak… Un peu plus et elle dirait carrément qu'on est des escrocs. Je voudrais bien la voir répondre au téléphone à 23 heures un samedi, parce que le vendeur veut être certain que sa plaque de cuisson n'a pas été incluse dans la vente. C'est déjà écrit dans le contrat, crisse! Ils ne veulent jamais comprendre du premier coup, il faut tout le temps les tenir par la main, expliquer les mêmes choses cent fois. Et si jamais il y a une serrure cassée ou un joint mal tiré dans la nouvelle maison, c'est moi qu'ils appellent, comme si c'était ma faute.

Je les ai sacrés là tous les deux, le cul de poule et son petit mari silencieux. Ils peuvent bien aller se construire une cabane à chien dans leur trou perdu, ce n'est pas moi que ça va déranger. J'espère que les prochains visiteurs en vaudront la peine. J'en ai pour une demi-heure à les attendre.

Deux femmes, tiens. Un couple de lesbiennes, je suis certain que ça mettrait un peu d'action dans la rue. Ça sent la commère par ici.

Mais non, en fin de compte, ce ne sont pas des lesbiennes, elles sont sœurs. Patricia et Yolande Veillette. Une dans la cinquantaine, d'allure sévère et guindée, l'autre… difficile à dire. La soixantaine très amochée, peut-être. Une tête de bambocheuse, l'air de se demander ce qu'elle fait là. De près, elle sent un peu la bière. Pas seulement son haleine: on dirait plutôt que ça lui sort par les pores de la peau. C'est évident qu'elle a dû prendre un coup solide.

Je leur fais un grand numéro de charme, mais la plus jeune y est complètement imperméable et l'autre a la tête ailleurs. Je commence à bien connaître la maison, c'est la deuxième fois que je la mets en vente en quelques mois. Alors je la mets en valeur de mon mieux: je passe vite sur ses faiblesses et j'insiste sur ses points forts, en l'occurrence des pièces très éclairées, un quartier tranquille – elles n'ont sûrement pas de jeunes enfants alors j'évite de mentionner la garderie d'en face, il y en a que ça indispose – et un accès facile au centre-ville. Les deux femmes n'ont pas l'air d'avoir de grands besoins de toute façon.

«Je vais y penser et vous rappeler. Il faut qu'on se dépêche, sinon je serai en retard à mon travail et avant je dois aller déposer ma sœur à son rendez-vous à la clinique.»

«Si c'est sur mon chemin, ça me ferait plaisir de vous déposer.»

Je me retourne vers la plus vieille. Peut-être qu'une bonne action bien placée serait un bon investissement en ma faveur.

Pas de réaction de la part de la vieille, mais la plus jeune, Patricia, a l'air soulagé.

«Merci beaucoup, j'apprécie. Ça ne vous fera pas un grand détour, c'est seulement à trois rues d'ici.»

En l'observant avec plus de soin, je me rends compte qu'elle semble surtout vouloir se débarrasser au plus vite de sa sœur, comme si elle n'en pouvait plus de la traîner avec elle. Ça doit être beau si elles vivent ensemble.

Je me tourne vers la vieille clocharde et lui offre mon plus beau sourire.

«Allez, je vous emmène, je dois aller en ville tout de suite après.»

Pas bavarde, la vieille. J'ai l'impression que ces histoires de maison ne l'intéressent absolument pas. Mais juste au cas où elle aurait quand même son mot à dire, il faut que je lui manifeste un certain intérêt, que je lui tire les vers du nez.

On est à peine à trois rues de la clinique où elle a rendez-vous, ça ne laisse pas beaucoup de temps pour la sonder.

« Est-ce que c'est indiscret de vous demander ce que fait votre sœur dans la vie ? »

« Elle est infirmière, elle travaille dans un CLSC. Elle fait des prises de sang, elle donne des vaccins, elle sauve le monde toute la journée. Pis quand elle a fini de travailler, elle recommence avec moi. En tout cas, elle essaie… »

Heu, je n'en demandais pas tant. Je ne suis pas sûr d'avoir envie de connaître leur histoire. Heureusement qu'on est presque arrivés.

« Est-ce que la propriété correspond à vos besoins ? »

« Mes besoins à moi ? Là, j'aurais surtout besoin de prendre une bonne bière… »

Je ravale ma curiosité, en même temps que mon fou rire. Tout un numéro, la bonne femme. Si elle ne puait pas tant la cigarette, peut-être que je la ferais parler plus longtemps.

« Voilà, vous y êtes. Je vais attendre de vos nouvelles pour la maison. »

« C'est pas moi qui décide… »

D'un mouvement de tête, je montre la clinique.

« Bonne chance, j'espère que c'est rien de grave. »

« Je le sais pas encore, mais ça m'étonnerait que ça soit des bonnes nouvelles. »

Trois jours plus tard, sa sœur Patricia me rappelle.

« Si ça ne vous dérange pas, j'aimerais revisiter le bungalow de la rue d'Auteuil. Je viendrai toute seule, cette fois. Je pourrai mieux me concentrer. »

C'est donc vrai que sa sœur la stresse ! On prend rendez-vous pour le lendemain, en fin d'après-midi.

On dirait qu'elle a pris dix ans en moins d'une semaine.

« J'espère que vous n'abuserez pas de la situation, mais je vais être franche avec vous. Je vais acheter cette petite maison imparfaite parce qu'elle est vide et qu'on est pressées. Ma sœur est malade et elle a besoin que quelqu'un prenne soin d'elle. Pour l'instant, elle vit dans une maison de chambres en plein centre-ville. C'est un endroit très malsain et moi j'ai un appartement trop petit pour deux. Alors, si le propriétaire se montre raisonnable, on peut signer très vite. »

« À vrai dire, le propriétaire est pressé de vendre, lui aussi. »

Et voilà le travail. Le petit bungalow de Micheline fait des merveilles…

Patricia et moi, on va s'installer dans un Tim Hortons pour remplir une promesse d'achat. Cette femme a l'air rigide, comme ça, mais en fait elle est surtout écrasée par la douleur du monde. Pour être poli, je lui ai posé quelques questions sur son travail. J'aurais mieux fait de me taire. Elle prend tout au sérieux, à croire qu'elle est responsable de toutes les varicelles de la ville, de toutes les filles de quinze ans qui tombent enceintes, de tous les petits vieux abandonnés par leurs enfants. Une Mère Teresa de banlieue québécoise, une Mère Courage à qui personne n'a jamais dit que ça ne servait à rien de se casser la tête, de se torturer, qu'à chaque problème qu'elle réglerait, il en viendrait dix autres pour le remplacer. Elle s'entête à essayer d'éteindre tous les feux, donc elle est toujours débordée et désespérée. Je devine que son job la garde éveillée des nuits entières. Crisse de folle…

Elle me fait un peu pitié, mais surtout elle me déprime. J'ai envie de lui dire que la nature humaine, ça pue, c'est sale et irrécupérable, que ça ne changera jamais, mais je pense que ça ne servirait à rien. Si elle ne s'en est pas encore rendu compte avec le travail qu'elle fait, c'est qu'elle ne veut pas le voir.

N'empêche que sa sœur Yolande va peut-être faire déborder la coupe. Parce que là, devant son café, Patricia me regarde avec l'air de quelqu'un qui n'en peut plus. J'ai dû sortir ma bonne tête d'animateur compatissant et à l'écoute – un vieux réflexe – puisqu'on dirait qu'elle a envie de se défouler. Décidément, les femmes me prennent de plus en plus pour leur confesseur. Je croyais que les coiffeurs détenaient la suprématie dans le domaine. Toujours est-il que sur un ton gêné, comme si tout ça était de sa faute, Patricia me révèle la pathétique histoire de Yolande.

« Ma sœur a soixante-quatre ans, cinq ans de plus que moi. Il y a deux mois, elle est sortie de sa quatrième cure de désintoxication. Depuis ce temps, elle habite dans une petite chambre au centre-ville, entourée d'autres gens comme elle. Des gens seuls, perdus, isolés. Yolande est mère de trois enfants qu'elle a eus avec deux hommes différents. Sa fille et ses fils ne veulent plus la voir, vous ne pouvez pas imaginer ce qu'ils ont enduré. Son premier mari est mort d'une overdose, le suivant est disparu dans la nature depuis longtemps. »

Elle baisse le ton, hésite à continuer. Je devine que ce qu'elle va révéler sur sa sœur ne donnera pas d'elle une image très brillante. Mais Patricia enchaîne sur un ton résigné.

« Ma sœur, c'est quelqu'un qui a toujours eu des problèmes et, quand elle n'en avait pas, elle en créait. Tout ce que vous pouvez imaginer, elle l'a vécu : elle n'a jamais pu garder un emploi, elle s'est fait voler trois fois son auto, elle s'est fait arnaquer par des truands qui lui ont volé des milliers de dollars, elle a déjà été jetée à la rue en plein hiver parce que son appartement était passé au feu (elle avait laissé une cigarette allumée), quelqu'un a déjà caché du haschisch dans sa valise à l'aéroport. C'est le genre de personne qui va oublier son sac dans un autobus ou prendre de l'argent au guichet automatique puis l'échapper dans une bouche d'égout une minute après. Elle est alcoolique depuis son adolescence et, malgré toutes les fois où on a essayé de l'aider à s'en sortir, elle est retombée dans sa… C'est comme si elle avait fait de sa misère un mode de vie. À travers tout ça, elle rêvait de devenir une vedette et elle s'imaginait que le vedettariat, c'était ça : la grosse vie, l'alcool, les *partys* tous les soirs. Elle a bien essayé de faire carrière, elle a enregistré quelques 45 tours, mais elle ne savait pas chanter. Elle voulait être célèbre, mais sans faire d'effort, et tout ce qu'elle touchait virait au désastre. Ma sœur Yolande, c'est un aimant à catastrophe. »

Patricia pousse un grand soupir de découragement et me regarde comme si je pouvais lui apporter la solution magique. Moi, j'ai presque envie de rire : quelqu'un qui accumule autant de merde, c'est caricatural, quand même. On dirait un film. Il y a des scénaristes qui ont fait fortune grâce à des gens comme elle !

Tiens, je me demande si Yolande a connu ma mère, pendant sa courte carrière de chanteuse.

« Ça ne vous dira certainement rien, mais son nom d'artiste, c'était Yolanda Caruso. Imaginez, elle n'avait pas l'air d'une Italienne pour deux sous… »

C'est fou comme le monde est petit : Yolanda Caruso est déjà montée sur scène dans le même spectacle que Florence, pendant un festival à Terrebonne. C'est vrai qu'elle ne savait pas chanter. Tout d'un coup, une scène me remonte très vivement à la mémoire : j'étais dans les coulisses, je devais avoir dans les six ou sept ans et je jouais avec mes figurines, des petits soldats en plastique vert. C'étaient les seuls jouets que Florence m'autorisait à trimballer quand je la suivais dans les spectacles, parce qu'ils étaient petits et que, de toute façon, j'en ramenais à peine la moitié à la maison, étant donné que j'avais un plaisir fou à les torturer, à leur arracher la tête ou les membres. En tout cas, ce soir-là, Yolanda était saoule et elle a trébuché en sortant de scène. Elle a fait tomber mes petits bonshommes, que j'avais placés en rangée sur un banc. Elle ne s'est pas excusée, elle a juste dit : « Ôte-toi de dans mes jambes, p'tit morveux… » J'avais complètement oublié ça pendant des années.

« Yolanda Caruso… oui, ça me dit quelque chose. »

Je n'ai aucune envie de révéler à Patricia Veillette ma filiation, ni mes souvenirs de *show-business*, alors je change vite de sujet.

« Ça ne me regarde pas, mais pourquoi voulez-vous vivre avec elle, si elle est comme vous la décrivez ? C'est comme si vous vous jetiez dans la gueule du loup. Vous n'avez pas peur que ça soit contagieux, sa façon d'attirer les troubles ? »

« Ma sœur est malade, il faut que quelqu'un s'occupe d'elle. Je suis divorcée, mon fils vit en Afrique… Et je suis infirmière : il me semble que c'est mon devoir. L'autre jour, le médecin lui a confirmé le diagnostic que j'attendais : son cancer est inopérable, les traitements de chimiothérapie ont été inutiles et elle a des tas d'autres problèmes de santé qui ne vont pas faciliter le temps qu'il lui reste à vivre. Elle s'est tellement maganée, si vous saviez… Ses poumons et son foie sont finis, elle fait un peu d'emphysème. Il faut absolument qu'elle évite l'alcool ; l'éthylisme chronique associé à l'emphysème peut parfois provoquer un syndrome de détresse respiratoire aiguë et, dans son état, ça la tuerait. Elle ne veut même pas arrêter de fumer. J'ai à peine réussi à lui faire promettre que, dans la nouvelle maison, elle irait fumer sur le balcon. »

Dans ma tête, c'est assez clair. Yolande est un cas désespéré, ça ne sert à rien de s'acharner à vouloir la sauver. Sa sœur va se pourrir la vie pour rien. Pourquoi ne pas la laisser tranquille à s'éclater jusqu'à la fin, la vieille chanteuse ? Au moins, elle en aura profité. Si elle veut crever, qu'elle crève en beauté !

« Peut-être qu'elle ne tient pas à la vie, tout simplement ? Lui avez-vous déjà demandé ? Si elle n'a pas envie de faire attention, vous ne pouvez pas le faire à sa place. Et puis, comme elle sait qu'elle va mourir de toute façon, ça va être difficile de l'empêcher de prendre un verre si c'est tout ce qu'il lui reste. Pourquoi est-elle allée en cure de désintox, d'ailleurs ? »

« C'est une longue histoire, je n'entrerai pas dans les détails. C'est le tribunal qui l'a obligée… »

Patricia pianote nerveusement du bout des doigts sur sa tasse de café. Sa sœur, c'est un caillou dans son soulier. Ça lui fait mal, mais elle a un petit côté maso qui lui fait supporter une situation que d'autres fuiraient comme la peste. Il y a des fous qui endurent des silices pour mériter leur ciel, alors…

« C'est ma seule sœur. Nos parents nous ont toujours dit qu'on était responsables l'une de l'autre et tous les deux étaient conscients que Yolande avait des faiblesses, qu'elle aurait toujours besoin d'aide. Ma mère est morte d'une crise cardiaque, mais je pense que c'est surtout l'inquiétude qui l'a tuée. Alors je veux prendre soin de Yolande, ne serait-ce qu'en mémoire de ma mère. Vous savez ce que c'est, quand même. »

« Désolé, je suis fils unique. Et quand j'écoute votre histoire, je suis assez content de ma situation. »

Il y a un autre silence. Patricia est peut-être partagée entre le désir de me réprimander pour ce commentaire cynique et son envie secrète de voir sa sœur disparaître pour être enfin tranquille.

« Ma sœur m'a dit que vous avez fait de la télévision. Je suis désolée de ne pas vous avoir reconnu. J'ai toujours travaillé, alors les émissions d'après-midi, je ne les regardais pas souvent. J'imagine que vous ne devez pas être mécontent d'être sorti de ce monde-là. Ça m'a l'air très superficiel. »

« Vous savez, il y a du bon et du mauvais monde là comme partout ailleurs. »

Tiens, Yolande lui a parlé de moi ? Elle m'a reconnu ? Elle n'en a rien laissé paraître. C'est vrai que je l'imagine mal en groupie. Pour ça, il faudrait avoir un peu d'enthousiasme, ce dont elle semble complètement dépourvue.

Pauvre Patricia. Elle aussi, c'est un cas désespéré, elle va passer sa vie à s'inquiéter. Quand sa sœur ne sera plus là, elle va probablement la remplacer par un autre cas. Mais – est-ce par grandeur d'âme ? – j'ai envie de lui donner un coup de main. Ce serait un service à lui rendre que de la délester de sa sœur. Parfois, il faut aider les gens malgré eux. En plus, ça débarrasserait la société d'un rebut. Des parasites comme Yolande, ça devrait lever les pattes avant de coûter trop cher en soins de santé. Mais avant, j'ai des comptes à régler avec Yolanda Caruso, en souvenir de mes petites figurines renversées.

De retour au bureau, je jette des papiers sur le bureau de cette chère Françoise, la réceptionniste-secrétaire. J'entretiens avec cette femme des relations un peu spéciales : je la méprise, elle me déteste. Elle me lance mes messages comme s'ils puaient et elle me suit souvent des yeux avec un air soupçonneux. Je le sais, un jour je me suis retourné rapidement après être passé devant elle : j'avais oublié un dossier sur son bureau. Elle était là, figée, et pointait sur moi le même regard que Sarah Palin destinerait à un militant pro-choix. Elle me donne froid dans le dos. Peut-être que… Non ! Enlève-toi tout de suite cette idée de la tête, pauvre con. Il vaut mieux que je restreigne mes activités à l'extérieur du bureau. N'empêche que quand je pense à ce que je pourrais lui infliger… Non, arrête, pas elle. Françoise la poilue pourrait me porter malheur.

Je fouille sur Internet, dans les archives des journaux à potins et je retrouve une photo de Yolanda Caruso. Ouais, c'est bien elle. Je la reconnais, la Yolande, même si, effectivement, elle s'est sérieusement détériorée en trente ans. Il reste peu de traces de la chanteuse dans la vieille fripée que j'ai déposée à la clinique l'autre jour, mais tout de même. Elle avait déjà, au début des années 1970, un air dur et acariâtre. Sa crinière noire et son maquillage à la Cléopâtre la faisaient alors paraître plus vieille que son âge.

Je la revois dans sa robe verte moulante et ses talons hauts, dans les coulisses, quand elle avait renversé mes petits soldats. Je ne savais pas encore ce que ça voulait dire dans ce temps-là mais, avec le recul, le seul mot qui me vient à l'esprit pour la décrire c'est «gourde». Elle avait l'air d'une gourde empotée et ça n'était pas toujours à cause de l'alcool. D'ailleurs, d'autres souvenirs refont surface : elle est déjà venue chez nous quand on vivait encore à Habitat 67 et que ma mère organisait des gros *partys* plusieurs fois par mois. Tous les prétextes étaient bons : que ce soit parce qu'une de ses chansons atteignait la première place au palmarès ou parce qu'elle faisait la première page d'un journal à potins, la maison se remplissait de parasites qui venaient vider des bouteilles de scotch sur le bras de Florence Alarie.

Que j'aille à l'école le lendemain n'avait aucune importance pour Florence : elle vivait sans tenir compte de ces contraintes. J'étais censé être dans mon lit, endormi comme un bon petit garçon, simplement parce qu'elle ne voulait pas être dérangée. Mais je restais souvent assis des heures sur la plus haute marche de l'escalier sans que personne ne me remarque. De toute façon, je n'aurais jamais pu dormir avec ce vacarme. Ça prenait un coup solide, ce monde-là ! Moi, je restais à les observer se paqueter la fraise et se tripoter. Je trouvais ça fascinant, troublant. Il fallait absolument qu'ils écoutent les 45 tours de tout un chacun, qu'ils comparent les arrangements, le son de l'enregistrement. Je me demande pourquoi ils s'excitaient autant, de toute façon c'était toujours des versions de succès américains. Ça passait de «I love you baby» à «Je t'aime ma chérie» sans trop de finesse.

Yolande-Yolanda est arrivée un soir avec un producteur de disques et celui-ci s'est empressé de mettre le 45 tours de sa pouliche sur le *pick-up* de ma mère. Personne n'a pris la peine de baisser le ton pour faire semblant d'écouter. Je ne me souviens pas de la chanson, mais vu que tous les autres étaient déjà plutôt mauvais, ça devait vraiment être nul. Elle, elle regardait l'appartement, les meubles, les bibelots, le grand escalier blanc, comme si elle n'avait jamais rien vu, les yeux écarquillés, le menton décroché. Je l'observais du haut de l'escalier et son regard est monté jusqu'à moi. En m'apercevant, elle a détourné les yeux avec un début de grimace de dégoût. Un enfant en pyjama, ce n'est pas tellement *glamour* dans un appartement comme celui-là. Ça lui gâchait son plaisir.

Debout au milieu de mon bureau, je me frotte les mains d'impatience en faisant mentalement mon plan de match. D'abord, présenter l'offre d'achat de Patricia à Steve, ensuite m'occuper de Yolande. Je déborde d'énergie ces temps-ci. Un peu plus et je trépignerais comme un enfant. Invincible, c'est comme ça que je décrirais mon état d'esprit. Comment ça se fait que les producteurs ne s'en rendent pas compte? Comme d'habitude, la pub de thermopompe m'est passée sous le nez. Avec le peu de texte qu'il y avait à livrer, je me dis qu'ils ont probablement choisi un gars qui avait moins de potentiel que moi. Pas la peine de choisir une voiture de sport quand il s'agit de livrer de la pizza.

Françoise passe devant mon bureau juste au moment où j'esquisse un grand mouvement de bras, comme si j'allais smasher une balle aux pieds de mon adversaire. Ça m'arrive de temps en temps, quand j'ai de l'énergie à libérer. Elle tourne la tête de mon côté et me jette un regard suspicieux en ralentissant le pas pour voir si je vais continuer sur mon élan. Elle se délecte déjà de ce qu'elle pourrait alors déblatérer à mon sujet. Je ne lui offrirai pas ce plaisir, évidemment, alors je retiens mon geste. Elle ne perd rien pour attendre. J'ai beau me répéter que le bureau doit rester un territoire neutre, je finirai bien par lui régler son compte, d'une manière ou d'une autre.

En attendant, il me faut trouver l'adresse de la maison de chambres où habite Yolande Veillette. On pourrait peut-être fêter ensemble l'achat de la nouvelle maison… Je suis sûr qu'elle préférerait prendre un verre avec moi plutôt qu'avec sa sœur, la casseuse de *party*. Je n'ai pas encore décidé si je lui parlerai de Florence, mais une chose est certaine, elle sait qu'elle a affaire à une vedette de la télévision. Et ça, c'est magique.

Steve, l'actuel propriétaire de mon petit bungalow de rêve, est très occupé en ce moment à impressionner une fille de vingt-trois ans qu'il veut emmener dans le Sud, alors quand je lui présente l'offre d'achat de Patricia, il la reçoit avec gratitude. Il désire se débarrasser à tout prix de la maison des mauvais souvenirs, quitte à perdre un peu d'argent. Heureusement que je suis là pour le ramener à l'ordre, pour lui rappeler que sa maison a pris un peu de valeur et que le fils de Micheline lui avait vendu presque à perte. Il est peut-être prêt à lâcher un peu, mais moi je continue de protéger mes intérêts. Je suis le seul agent sur l'affaire et je peux me faire un beau magot, dans les limites du possible, vu le court laps de temps entre les deux transactions. Donc, je convaincs Steve de ne pas se laisser avoir aussi facilement et je retourne présenter à Patricia une contre-proposition qu'elle accepte en rechignant. Elle avait insisté au début pour faire une première offre très basse, pensant que

Steve était un veuf éploré qui voulait se défaire au plus vite d'un mauvais souvenir. J'aurais dû m'en douter, Patricia est forte en psychologie.

«Est-ce que votre sœur va venir avec vous pour la signature? Si ça peut vous rendre service, j'irai la chercher chez elle.»

«Non, elle ne viendra pas, Yolande n'achète pas la maison avec moi. De toute façon, on ne peut pas dire qu'elle soit folle de joie à l'idée de venir vivre avec moi. Elle a accepté seulement parce que ça va lui coûter moins cher pour vivre. Elle n'a pas les moyens de refuser un loyer gratuit. Même avec les assurances du gouvernement, elle n'arrive même pas à payer tous ses médicaments.»

«Est-ce que son loyer est très cher?»

«Elle vit dans une maison de chambres minable, rue Saint-Christophe, près de la rue Ontario. C'est mal chauffé, il y a de la moisissure sur les murs et des meubles qui tombent en morceaux. Alors, même si elle payait vingt dollars par mois, ça serait encore trop cher.»

Et voilà le travail! Effort minimum, résultat maximum. Je ne vais quand même pas lui demander le numéro d'adresse, mais rendu là, je vais me débrouiller.

Décidément, la chance me court après: ça fait à peine une demi-heure que je suis stationné dans la rue Saint-Christophe et je commence à me demander si je ne devrais pas retourner sur la Rive-Sud, quand je vois Yolande sortir d'une maison de chambres. Patricia n'avait pas menti: l'endroit a vraiment l'air minable.

C'est une vieille maison à la façade de pierre grise, dont la porte vert pâle à la peinture écaillée donne directement sur le trottoir. La femme sort d'un pas lent et regarde autour d'elle comme si elle ne savait pas trop où aller. Elle est probablement sortie juste parce que rester en dedans serait pire. Je ne l'avais pas revue depuis le jour où je l'ai déposée à la clinique et je n'ai jamais eu l'occasion de l'observer vraiment : elle est laide en tabarnak ! Elle a l'air de quelqu'un qui ne s'est pas regardé dans le miroir depuis des années et qui, pendant ce temps-là, s'est appliqué minutieusement à se défigurer à coups de brosses. Le genre de brosse qui dure trois ou quatre jours et qui laisse un mauvais goût dans la bouche et des souvenirs pas nets. Évidemment, avec un cancer par-dessus le marché, ça n'arrange rien. Elle a le teint gris, les yeux cernés, des plis vilains et profonds autour de la bouche. Ça fait longtemps qu'elle n'a pas ri, autrement ses rides seraient différentes. Plus je la regarde, plus je me demande : à quoi ça rime de prolonger la vie d'une loque pareille ? Elle ne sert à rien cette bonne femme, et pas un homme n'aurait envie d'elle, à moins d'être complètement désespéré ou trop saoul pour baiser de toute façon.

Elle marche lentement vers la rue Sainte-Catherine, semblant chercher un endroit où accrocher son regard, l'air un peu affolé. Je reconnais cet air-là. C'est celui d'une femme qui a soif. J'ai fréquenté pas mal d'alcoolos, surtout dans les dernières années de vie de ma mère. Elle avait un entourage assez pathétique : surtout des *losers* comme elle, qui passaient leurs soirées à ressasser et à embellir leurs souvenirs du temps qu'ils étaient des vedettes. Je crois d'ailleurs me rappeler que Yolanda Caruso a déjà végété dans leur cercle.

Je ne sais pas à quoi elle carbure d'habitude, mais il y a probablement une bouteille de gin ou de vodka qui tourne dans sa tête et Yolande la cherche. Si c'est vrai qu'elle sort d'une cure de désintox, j'ai des mauvaises nouvelles pour Patricia.

Elle s'arrête net au milieu du trottoir et un grand gars à l'allure d'un étudiant l'évite de justesse. Il la contourne en contenant à peine un petit air pincé proche du dégoût. Elle doit faire cet effet à pas mal de gens. Elle fouille dans son sac, une vieille cochonnerie brune qui a l'air d'avoir traîné dans les égouts. C'est vraiment une clocharde, la sœur de Patricia. Si le public savait où est rendue Yolanda Caruso! Qu'est-ce qu'elle cherche? Son portefeuille, peut-être. En tout cas, elle a l'air paniqué. Elle fait demi-tour et retourne en direction de la maison. Elle pousse la porte verte avec effort, on dirait la porte d'un coffre-fort de banque suisse. Je me dis d'abord que je vais l'attendre, mais si elle ne ressortait pas? Je ne vais quand même pas aller sonner à la porte. Je ne saurais pas quel prétexte inventer. Je sors de ma bagnole et fais quelques pas vers elle.

«Hé, madame Veillette, quel heureux hasard! Habitez-vous par ici?»

Elle se retourne, la main appuyée sur la porte et me regarde comme si je la réveillais. C'est évident qu'elle ne me reconnaît pas.

«Julien Paulhus, l'agent immobilier. On a visité une maison ensemble, l'autre jour. Ensuite, je vous ai reconduite à la clinique.»

«Ah oui, bonjour.»

«Avez-vous le temps de prendre un café?»

Si elle avait assez d'énergie, elle m'enverrait probablement promener, mais c'est trop d'ouvrage. Elle hésite : après tout, c'est peut-être mieux de prendre un café avec un inconnu que de retourner dans son trou.

Je regarde ma montre et je lui offre un sourire à la fois enjôleur et réconfortant.

«Il est quelle heure, là? …Quatre heures et demie, c'est pas trop tôt pour une bière, hein? Allez, je vous invite, on va fêter votre déménagement dans une nouvelle maison!»

Oups! Elle vient de s'allumer, la vieille. Comme un briquet! On dirait que je lui ai proposé une croisière dans le Sud. Je ne sais pas trop comment ça marche, mais il reste encore des muscles dans sa vieille face qui réussissent à exprimer quelque chose qui ressemble à du plaisir, à de la gratitude. Elle ne fait même pas semblant d'être occupée, d'avoir un rendez-vous, d'avoir perdu son portefeuille. Au diable les bonnes résolutions, elle se reprendra demain. De toute façon, je ne suis pas censé savoir qu'elle sort d'une cure, ni même qu'elle picole.

« Si vous m'invitez, ça serait pas poli de refuser. »

Allez, première étape franchie. Avec Yolanda Caruso, je vise le long terme, cette fois je veux faire durer le plaisir. De toute manière, ce ne sont pas deux ou trois bières qui vont l'achever, quoi qu'en pense sa sœur. Yolande, c'est une coriace, je le sens. Il va lui en falloir une bonne couche pour l'assommer. J'en ai sûrement pour quelques semaines, alors il va falloir investir un peu. Mais que de plaisir en perspective! C'est le retour du petit chatouillis dans le bas du ventre. Je marche un pas derrière elle, pour qu'elle ne me regarde pas trop. Il ne manquerait plus qu'elle s'imagine que c'est elle qui me fait bander. Elle pue la cigarette, la maladie, la misère. Je ne tiens pas trop à ce qu'on me remarque à côté d'elle : elle fait dur en crisse, avec son imperméable mauve et vert lime des années 1980. Ça doit faire un bout de temps qu'elle n'a pas mis d'argent dans sa garde-robe. Le premier bar minable sur notre chemin sera le bon. Et on ira s'asseoir au fond, pour que personne ne nous voie.

Yolande et moi, on s'est fait une petite routine, en secret : trois fois par semaine, je viens la retrouver et je l'emmène dans un petit bar miteux et sombre tout près de chez elle. En fin de compte, ça ne me coûte pas trop cher : étonnamment, Yolande a un seuil de tolérance assez bas et, après trois ou quatre rhums, elle s'effondre, déparle et va vomir dans les toilettes. En plus, comme elle n'a pas le droit de fumer dans le bar, elle a souvent besoin d'aller prendre l'air. Par cet été pluvieux, ce n'est pas l'idéal.

Ensuite je la ramène chez elle où, malgré ses invitations répétées, je ne monte jamais plus haut que la deuxième marche, juste assez pour m'assurer qu'elle sera capable de grimper jusqu'à sa chambre. Quand même ! Je ne voudrais pas qu'elle se fasse des illusions. D'ailleurs, je lui ai vite fait savoir que mon intérêt envers elle était professionnel. Je me suis inventé un projet très crédible : j'ai prétendu que je voulais écrire un livre sur les vedettes des années 1960 en lui confiant que je l'avais reconnue, qu'elle avait été l'une de mes idoles de jeunesse ! Elle n'en revenait pas. J'ai bien vu qu'elle était prête à ouvrir sa boîte à souvenirs, telle les vannes d'un barrage. Ensuite, je n'ai eu qu'à poser une question banale, du genre : « Comment avez-vous enregistré votre premier 45 tours ? », pour qu'elle me déverse en vrac toutes ses réminiscences de chanteuse de l'époque yéyé, avec quelques inventions en prime.

Je ne lui ai pas encore dit qui était ma mère. C'est une information que je garde comme un atout dans ma manche, même si je ne sais pas encore à quoi il va servir. Mais dans le flot de ses souvenirs, Yolanda Caruso ne se prive pas de parler de Florence Alarie et ça sort comme un flot de bile. Il me vient même à l'esprit le vomi vert de la fille possédée dans *L'Exorciste*.

C'est à croire que si Yolande Veillette, alias Yolanda Caruso, n'a connu que quelques petits succès éphémères et que sa carrière n'a jamais décollé, c'est entièrement la faute de Florence Alarie. J'ai l'impression que Yolanda a haï ma mère encore plus que moi.

« Cette petite crisse-là, elle savait se placer les pieds. Y a pas un producteur de disques avec qui elle a pas couché. Pis je te dis qu'on avait affaire à se tasser quand madame arrivait ! »

La confidence est un peu perturbante, mais franchement, je n'ai rien appris là de nouveau. Je m'en souviens encore, des «mononcles» qui sortaient de chez nous le matin et qui promettaient à Florence que son nouveau 45 tours passerait en primeur le lendemain sur tout le réseau. Je me rappelle aussi ma mère qui se pendait à leur cou devant la porte en disant «Mon gros loup, t'es tellement fin avec moi…». Pour Florence, le succès justifiait tout. Mais quand même, il y a certains souvenirs que j'étais trop petit pour analyser et parfois, en écoutant Yolande rabâcher les siens, j'avale un peu de travers.

«Une fois, un parolier m'a donné rendez-vous dans un studio : il avait une nouvelle chanson à me montrer, il me disait qu'elle était faite pour moi. C'était une version d'une chanson américaine, je ne sais plus laquelle, mais en anglais, c'était déjà un gros succès. J'y suis allée avec mon gérant, j'ai lu le texte. C'était vraiment bon, en tout cas c'était différent de toutes les niaiseries qu'on me donnait tout le temps à chanter. Cette chanson-là, c'était ma chance. J'étais sûre que ça serait un gros *hit* en français. Puis Florence Alarie est arrivée : une demi-heure après, les deux gars lui donnaient la chanson et, en plus, ils la remerciaient de l'avoir acceptée ! Elle est entrée dans le studio d'enregistrement en tortillant du cul, elle l'a chantée comme elle aurait chanté une colonne de noms dans l'annuaire. Mais elle avait réussi son coup, elle m'avait fait disparaître. C'est exactement comme si j'avais pas été là.»

Ouais, ça c'est du Florence tout craché : même moi, j'ai souvent eu l'impression d'être transparent avec elle.

«En plus, elle avait un petit crisse de morveux qui était toujours dans nos jambes. Elle le traînait partout comme si c'était la septième merveille du monde ! Elle avait beau faire sa fraîche pis jouer à la mère modèle, moi je me rappelle quand elle est tombée enceinte : elle a tout essayé pour le faire passer, ce bébé-là. Le gros gin, les pilules, l'aiguille à tricoter, tout ! Il est resté bien accroché, comme une sangsue. Ça fait que Florence a décidé que tant qu'à avoir un petit, elle le montrerait. Même en tournée, on était tout le temps pognés avec son morveux.»

Sous la table, je serre le rebord de la banquette tellement fort que mes jointures doivent être blanches. Yolande regarde le fond de son verre, espérant ainsi me faire remarquer qu'il est presque vide, mais moi c'est elle que je regarde. Je me crisse de son verre. Je suis entièrement occupé à me retenir pour ne pas lui sauter dans la face. Entre mes deux mains crispées, c'est comme s'il y avait son cou. Et je serre, je serre… J'ai une sorte d'étourdissement. Je me lève en chancelant.

«Excusez-moi, je reviens…»

Je me précipite dans les toilettes et je vomis. Si j'étais resté une seconde de plus, je l'étranglais vraiment, la vieille crisse. Je commence à trouver que Yolanda Caruso me coûte cher. Il faut que je trouve le moyen de régler son cas au plus vite.

Je reprends mes esprits et, après m'être rafraîchi un peu, je reviens à la table et lui annonce que je dois partir.

«Mais on a pris juste un verre!»

À mon regard, elle comprend que je n'ai pas envie de discuter, mais elle n'ose pas poser de questions. Je la regarde vider ce qui reste de son rhum Seven-Up d'une seule gorgée et ça me donne une idée. La prochaine fois, c'est chez elle qu'on boira.

Voyons ça comme un service rendu: j'évite au régime de santé québécois des dépenses inutiles et, à Patricia, un déménagement. Si elle me redonne la maison à vendre, ce dont je ne doute pas, on pourra augmenter un peu le prix. Ça lui vaudrait un petit profit – et une autre commission pour moi. Sacrée Micheline, il faudrait que je me décide à t'apporter des fleurs au cimetière!

SDRA : syndrome de détresse respiratoire aiguë. Je me suis rappelé ce que Patricia m'avait raconté à propos de l'état de santé de sa sœur et j'ai lu un peu là-dessus sur Internet. Je pense que ça devrait être possible, mais j'aurai besoin d'un alcool très fort. C'est le moment de profiter de la bouteille de rhum agricole qu'un collègue m'a rapporté de la Martinique il y a quelques années. Un truc imbuvable, qui te met le feu à la gorge. Yolande va aimer ça ! Je prépare un grand sac avec tout ce qu'il faut et je vais sonner chez la vieille chanteuse. Je me suis lavé et parfumé plus que d'habitude et j'ai même une petite bouteille de désinfectant pour les mains dans ma poche. Ce n'est sûrement pas un luxe si je dois passer la soirée dans une maison de chambres remplie d'épaves.

« Vous vous êtes enfin décidé à venir me voir… »

Elle est tout émoustillée, la Yolanda, quand elle vient m'accueillir à la porte. Je ne sais pas à quoi elle s'attend, mais elle est contente, et la mémoire de son jeune temps lui revient juste assez pour qu'elle se mette à marcher d'un pas différent. Ça devait être sa démarche de scène, celle des talons aiguilles et des jupes serrées. Engoncée dans un vieux pantalon de Fortrel rose délavé et une blouse fleurie qui a connu ses meilleurs jours en 1986, elle est ridicule. Je la suis néanmoins jusqu'à sa chambre et, avant d'y entrer, je prends une grande respiration et je retiens mon souffle. C'est peine perdue : il faudra bien que je m'habitue à cette puanteur, je suis ici pour un moment. On ne peut même pas ouvrir la fenêtre, il pleut à boire debout. Alors j'essaie de m'adapter, de temps en temps je respire par la bouche, pour me donner un répit, pour m'épargner cette odeur fétide de renfermé, de vieux tabac, de transpiration et de maladie. Des yeux, je cherche où m'asseoir, mais Yolanda m'a déjà déniché une place en débarrassant un petit fauteuil râpé des vêtements sales qui traînaient dessus. Avec un dégoût que j'ai du mal à cacher, je pose mes fesses sans enlever mon pardessus. D'ailleurs, j'ai mis mon plus vieux manteau, celui que je songeais à abandonner à l'Accueil Bonneau depuis un bout de temps. Je regarde discrètement autour de moi.

Il y a du vieux papier sur les murs, d'un beige sale avec des fleurs roses. La tapisserie décolle de partout, il manque une ampoule au plafonnier, les meubles sont dépareillés. Misérable et pathétique, c'est un décor qui convient tout à fait à Yolanda. Celle-ci s'assoit sur son lit et me regarde d'un air satisfait.

« Ça tombe bien que vous soyez venu. J'ai des choses à vous conter que vous croirez peut-être pas, des affaires pas faciles à dire. »

« Ah oui ? Ça va être bon pour mon livre. On va fêter ça ! J'ai quelque chose qui va vraiment vous faire plaisir. »

Je sors de mon sac la bouteille de rhum agricole et deux petits gobelets. Je n'ai pas l'intention d'en boire, c'est pour ça que j'ai aussi une bouteille d'eau dans mon sac, mais Yolanda n'est pas obligée de le savoir. Je n'aurai qu'à remplir discrètement mon verre, le rhum étant aussi clair que de l'eau.

« Ça, madame, c'est du sérieux ! Vous m'en direz des nouvelles. Les Créoles boivent ça pur et cul sec. »

Elle ne se fait pas prier. On voit qu'elle a de l'expérience. Elle saisit le verre et s'envoie une longue lampée derrière la cravate sans réfléchir. Mais cette boisson, c'est de la dynamite. La vieille s'étouffe complètement. Elle devient rouge comme une tomate et n'arrête plus de tousser. Alors je vais au petit lavabo rouillé dans le coin et je lui verse un verre d'eau. Elle le prend sans regarder, en renverse la moitié sur ses cuisses avant de parvenir à avaler une gorgée. Elle continue de tousser comme une perdue, j'attends patiemment qu'elle se calme. Sa respiration est sacca- dée, laborieuse. Pendant quelques minutes, on croirait qu'elle a oublié ma présence : la main crispée sur la poitrine, elle secoue la tête en marmonnant. Elle sacre comme un bûcheron, contre la maladie et contre je ne sais pas qui, deux ou trois personnes non identifiées qu'elle traite de tous les noms. Mais c'est peut- être à elle-même qu'elle s'adresse, je ne suis pas certain.

«Hey, buvez pas si vite, vous avez des choses à me raconter, il paraît.»

Elle me regarde enfin, troublée. Je suis certain qu'elle m'avait oublié. Avec un peu de difficulté, ses yeux refont le point, elle m'identifie.

«C'est fort, ce rhum-là, mais c'est pas mal bon.»

Yolande ne perd pas le nord. Elle me tend son verre à nouveau, je le remplis en la prévenant d'y aller mollo, cette fois. J'aimerais que ça dure un moment. Elle avale posément deux ou trois gorgées, sans même grimacer. Je ne peux pas m'empêcher d'avoir une certaine admiration pour ses capacités : cette femme est censée être mourante si je me fie à sa sœur, mais telle que je la vois ce soir, on dirait un roc indestructible. Ça m'inquiète un peu : et si l'alcool ne suffisait pas ? Elle regarde son verre d'un air pensif.

«Peut-être que ce qui me rendait malade au bar, c'était le Seven-Up que je mettais dans mon rhum. C'est la première fois que je le bois pur, c'est bien meilleur et ça passe mieux. Ça descend tout seul, une fois qu'on s'est habitué.»

Si je comprends bien, elle a l'intention de faire durer le plaisir, elle aussi.

«Qu'est-ce que vous vouliez me raconter ? Est-ce que c'est à propos de Roger McKenzie ou de Johnny Lafleur ?»

Avec Florence Alarie, ces deux hommes, respectivement producteur et chanteur de charme, sont les principales bêtes noires de Yolanda, qui ne manque pas une occasion de cracher son venin sur leur mémoire. Je ne sais pas si elle a couché avec les deux ou si, au contraire, ils l'ont repoussée, mais à chacune de nos rencontres, elle a quelque chose de nouveau à déblatérer sur leur compte.

« McKenzie, c'était une tapette qui aimait beaucoup les petits garçons. Il passait toutes ses soirées libres au parc La Fontaine. Mais c'est pas une grosse nouvelle, je pense que tout le monde est au courant. Non, c'est pas de ça que je voulais parler. »

Déjà, elle me tend son verre. Je remplis le gobelet et je regarde la bouteille. Ça ne descend pas très vite, mais si elle reste aussi pleine de bonne volonté, je pense que je parviendrai à lui faire avaler le contenu du flacon. En espérant que ça suffira.

« Non, c'est à propos de la belle Florence Alarie… »

Encore… Je commence à me demander si, au fond, je ne fais pas exprès. Ça fait des années que personne ne m'a parlé de Florence, j'avais presque réussi à l'oublier ou, en tout cas, à faire oublier que j'ai été son fils, mais maintenant c'est presque tous les jours qu'on me rappelle son existence. Pourtant, Yolanda Caruso ignore que je suis son fils…

Yolanda décide de s'installer plus confortablement : elle allonge ses jambes et, après y avoir posé un oreiller, appuie son dos contre la tête du lit. Ses cheveux jaunes et filasse, qui laissent paraître une longue repousse grise, s'écrasent en remontant sur le mur pour lui faire une couronne. On dirait une couronne d'épines… Avec autorité, elle tend le bras pour réclamer la bouteille, comme si c'était évident qu'elle devait en prendre le contrôle. Je me lève et lui tend le rhum sans discuter : ça ira mieux si elle se sert elle-même. Elle est déjà pas mal imbibée mais, contrairement à nos rencontres précédentes, elle ne semble pas vouloir s'arrêter en si bon chemin. Elle s'enfile d'une traite un gobelet plein à ras bord et se remet à tousser. Cette fois, elle retrouve vite son souffle. Son corps s'est sans doute rappelé un vieux réflexe. Je croyais que son emphysème allait légèrement m'aider, je suis un peu déçu. N'empêche, ses yeux commencent à devenir vitreux. De l'alcool à 50°, quand même, ça fesse ! Allez, on va en venir à bout !

«Son garçon, là… Je sais plus comment il s'appelait, de toute façon, personne ne l'appelait jamais, il était toujours là. En tout cas, quand il a commencé à se… développer, la Florence s'est mise à se servir de lui, si vous voyez ce que je veux dire…»

Je secoue la tête, autant pour lui faire comprendre que je ne vois pas ce qu'elle veut dire que pour couper court à ce qui s'en vient. Non, non, non, je ne veux pas l'entendre. La panique monte, ce n'était pas prévu. Mais dans sa brume, Yolanda ne me voit plus. Elle est retournée dans les années 1970.

«Moi, je la voyais plus ben souvent dans ce temps-là, j'avais arrêté de chanter, mais elle, même si sa carrière marchait plus, elle continuait de s'accrocher. Elle trouvait toujours le moyen de se *booker* dans des petites places. Elle emmenait son gars avec elle pis comme plus personne voulait d'elle au lit ben… c'est le p'tit qui y passait. C'est écœurant, quand j'y pense, un p'tit gars de treize-quatorze ans… Elle était capable de ça, Florence Alarie, elle avait pas de cœur. Moé, j'ai jamais été une bonne mère, j'ai trop pris un coup. Mais ça, je l'aurais jamais fait.»

Non. Elle n'a pas dit ça, j'ai sûrement mal entendu. Ça doit être à cause du rhum. Il a bien fallu que j'en boive un petit gobelet, pour l'accompagner. J'ai mal compris, c'est sûr. Je me dresse devant Yolanda et lui arrache la bouteille si vite qu'elle n'a pas le temps de résister. Je me ressers un verre, j'ai besoin de secouer ce vertige qui vient de s'emparer de moi. Je regarde la bouteille, elle tremble. Je regarde encore, c'est ma main qui tremble. L'autre aussi tremble, celle qui tient si mal le gobelet que le rhum coule sur mes pieds. Lourdement, je me laisse retomber sur la chaise.

Mon pouls bat si fort dans mes oreilles que je n'entends plus Yolanda qui continue de cracher sur Florence. Dans mes veines, ça n'est plus du sang qui coule. C'est un liquide blanc, glacé, coupant. Partout où il passe, ça fait mal : au détour de chaque articulation, dans le pli du coude, au bout du pouce gauche, au sternum, au rectum… Je le sens sous mes cheveux, derrière mes yeux, dans mes oreilles. Mes genoux sont paralysés par la brûlure du liquide blanc, mes pieds n'existent plus, ou plutôt ils sont séparés de mon corps, posés devant moi comme deux objets inconnus, encombrants. Je penche ma tête pour les regarder et mon cou pousse un hurlement de douleur, ma tête va éclater. Mais le cri reste à l'intérieur, pris dans la glace qui fige mes cordes vocales. Je regarde Yolanda et je me vois en train de lui arracher sa couronne de crin et de la lui enfoncer dans la gorge avec mon poing qui descend jusqu'au fond d'elle. Puis mes pouces s'enfoncent dans son goitre, ses yeux sortent de leurs orbites, elle tousse jusqu'à en perdre le souffle, je la secoue comme une poupée de chiffon, comme un mannequin de premiers soins qu'on torture pour le plaisir de le voir gigoter.

Je regarde mes mains : elles n'ont pas bougé – à peine un léger tremblement – et elles tiennent toujours le verre et la bouteille.

« Là je pense que j'ai assez bu. »

Yolanda se donne des petits coups sur la poitrine avec son poing, mais ce n'est pas un repas qu'elle essaie de digérer. C'est qu'elle commence à siffler dangereusement : une vraie locomotive. Sa dernière quinte de toux ne s'est jamais vraiment arrêtée et sa respiration est très saccadée. Elle commence à pâlir.

« J'aurais... pas dû en prendre autant, mais j'ai... toujours de la... misère à me contrôler. C'est bon... en crisse, cette affaire-là... »

Elle halète.

« Je pense que... le... *party* est fini... pour à soir. »

« Oh non, c'est pas fini. »

Il a suffi de quelques mots pour que je me ressaisisse. Je suis à nouveau très présent, et habité d'une rage... nourrissante. Je jette mon gobelet derrière moi et pose la bouteille sur la table de chevet, le temps de fouiller dans mon sac. J'en sors la corde qui m'avait si bien servi pour attacher Manon et je l'entortille autour de Yolanda. Elle n'a même pas le réflexe de se débattre, elle me regarde avec des yeux vides. Mon désir de l'étouffer est toujours aussi violent, mais je ne veux pas laisser de marques, et une vieille peau maganée comme la sienne, ça doit marquer facilement. Alors j'évite de serrer fort. Je me contente de faire plusieurs tours autour de son torse, en descendant jusqu'aux coudes, je fais quelques tours autour des poignets et j'enroule la dernière partie autour de ses chevilles. De toute façon, elle ne fait pas un geste pour se débattre, trop occupée à essayer de souffler. Moi, je me concentre pour éviter de respirer de trop près son odeur de suri et encore plus pour ne pas céder à mon envie féroce de l'étrangler. Ma haine atteint un sommet insoupçonné. Je voudrais lui faire ravaler ses paroles, ne pas les avoir entendues ou au moins être capable de les oublier, comme si elles n'avaient jamais été lâchées. En même temps, il faut que je la fasse parler. C'est plus fort que moi, j'ai besoin de savoir d'où elle tient ces racontars. Je suis assis au bord du lit, face à elle, et je serre la corde un peu plus autour de ses pieds gonflés, chaussés de pantoufles éculées et laides à vomir. Je pose mes mains de chaque côté de ses jambes et, surmontant ma répugnance, m'approche d'elle jusqu'à avoir le nez presque collé sur le sien.

« Non Yolanda, on n'a pas fini, on va aller au bout de cette histoire. Pis tu vas continuer de prendre un coup, ma vieille crisse, parce que c'est ce que tu fais de mieux. Ça serait une belle mort, de partir en te paquetant la fraise, tu trouves pas ? Ta sœur serait tranquille, il me semble qu'elle mérite mieux que de finir ses jours à torcher un vieux débris comme toi… Tu vas me raconter tout ce que tu sais à propos de Florence Alarie pis de son garçon. Au fait, il s'appelait Julien, comme moi… »

Elle est trop saoule pour s'agiter, mais la panique se lit dans ses yeux fiévreux et s'entend dans son souffle saccadé, oppressé. Elle commence à se poser des questions, mais aussi, probablement, à faire certains liens.

«Je… sais pas… c'est ce que… le monde… disait. Moi… les ai jamais vus… Julien… s'appelait Julien, oui…»

«Qui? Qui disait ça? Penses-y, réfléchis, fais un effort. Qui a répandu cette rumeur-là?»

Il me semble que je tremble un peu. À moins que ce soit elle. Non, c'est moi. Du contrôle, du contrôle. Il faut que je maîtrise la situation, que ça se passe proprement, jusqu'à la fin.

Je recule un peu, reprends un air détaché et j'attrape la bouteille et son gobelet sur la table de chevet. Doucement, je verse une rasade de rhum tout en lui parlant et je colle le verre contre ses lèvres. Docilement, elle ouvre la bouche et avale des petites gorgées. Elle aime trop ça, c'est sûr que l'alcool va la tuer!

« Bon, procédons par ordre : qui participait aux tournées, dans ce temps-là? Il ne devait pas y avoir beaucoup de monde, juste la petite bande de minables qui continuaient de s'acharner, incapables de comprendre qu'ils n'intéressaient plus personne. Pis toi? Tu chantais même plus, qu'est-ce que tu faisais là? De l'espionnage? Alors, il y avait qui? Mackenzie? Lafleur? Et l'autre, la petite Chacha, celle qui se prenait pour une Brésilienne… non? Ça ne viendrait pas d'elle, par hasard?»

Le nom de la petite chanteuse qui tortillait du cul en essayant de faire croire qu'elle était née sur la plage de Copacabana m'est revenu d'un seul coup. Évidemment, elle ne connaissait pas un mot de portugais, même pas d'anglais. Je la trouvais excitante, la salope. Elle avait à peine deux ou trois ans de plus que moi quand elle a commencé à chanter et c'est la première fois que j'ai regardé une fille. Vraiment regardé. J'essayais même de regarder en dessous de sa jupe pendant qu'elle dansait. Mais elle ne m'a jamais remarqué. Pour elle, j'étais juste le garçon de Florence Alarie.

«Cha…cha… Oliveira? Non, trop… niaiseuse…»

À croire qu'elle a oublié que je l'ai attachée. C'est bien possible, après tout, elle doit être suffisamment engourdie par l'alcool pour ne plus rien sentir. Elle doit vraiment avoir l'habitude d'aller jusqu'à la limite de ses capacités parce que, depuis un moment, on dirait qu'elle s'est mise en mode «économie d'énergie». Elle respire à peine, pour éviter de déclencher la toux, ne bouge plus à part ses lèvres qui aspirent le rhum et sa gorge qui fait descendre le liquide dans son œsophage. À ce rythme-là, elle va peut-être tenir encore longtemps. Pas grave, j'ai une autre bouteille de rhum, plus *cheap*, dans mon sac. Et je veux des réponses.

Quand elle parle, c'est à peine un souffle qui sort de sa bouche et je dois tendre l'oreille pour distinguer ses paroles marmonnées. On dirait une poupée de ventriloque, du genre vieux modèle défraîchi que plus personne ne voudrait engager, même dans un cabaret miteux dans la mauvaise partie d'Atlantic City. L'allure est trop minable, ça serait mauvais pour le commerce.

«Chacha Oliveira… s'appelait… Sylvie… Baillargeon.»

Tabarnak, la mémoire c'est fort. Elle n'a vraisemblablement pas prononcé ce nom depuis des années, elle se rappelle à peine de son propre nom et peut-être pas de ceux de ses enfants, mais Sylvie Baillargeon, ça lui remonte tout seul, tel un rot quand on vient de boire un Coke.

«Je travaillais… sur la… tournée, je… déchirais… les billets à l'entrée. On couchait… même… chambre, au motel… Chacha… épaisse.»

Je ne sais pas ce qui me retient. On s'en fout de Chacha, c'est pas ça que je veux savoir, crisse!

«Si c'est pas elle qui t'en a parlé, c'est qui?»

Yolanda respire de plus en plus mal et commence à devenir bleue. Son petit regain d'énergie a été de courte durée : maintenant, on voit bien qu'elle manque dramatiquement d'air. Allez, vite, je veux qu'elle me réponde avant de crever. Je la saisis aux épaules et la secoue.

« Qui a dit que Florence... »

Elle m'interrompt en soufflant :

« C'est elle... »

« Elle, qui ? »

Là, j'ai crié. Pas pu m'en empêcher.

« Flo... »

Ce n'est même pas un son, à peine un semblant de soupir. Pourtant, elle n'a pas besoin de le dire au complet. J'ai compris.

« Pourquoi ? Pourquoi elle t'aurait dit ça ? »

« ... me rendre... jalouse... »

Yolanda a les yeux fermés, la bouche entrouverte. Son menton pend, on dirait qu'il s'est décroché. On pourrait penser qu'elle ne sait plus ce qu'elle dit. Pourtant, je suis sûr qu'elle le sait, exactement. Parce que juste au moment où elle articulait avec peine ces trois mots, elle a ouvert les yeux et m'a regardé. Elle m'a vraiment regardé et reconnu. Elle a aussi abdiqué. Elle est prête à mourir, consentante. Dans un sens, ça freine un peu mon ardeur. J'aimerais mieux qu'elle se débatte ou au moins qu'elle résiste. Mais non, elle a décidé d'en finir.

Ce qui sort d'elle est un son gargouillant, facile à interpréter. Si je me fie à ce que j'ai lu sur Internet, ses poumons sont en train de se remplir d'eau. Syndrome de détresse respiratoire aiguë, comme je l'avais prévu. Je vais rajouter un peu de rhum là-dessus.

Je pince son nez pour faire descendre le liquide dans sa gorge et, aussitôt que je l'entends avaler, je tiens sa tête en la basculant vers l'arrière avec mes deux mains, une sous le menton, l'autre sur le dessus, pour que tout le liquide reste à l'intérieur.

Malheureusement, dès que je la lâche, elle se lâche aussi. Dans un sursaut, un flot de vomi sort de sa bouche et se répand sur sa blouse fleurie et sur le couvre-lit qui n'avait pas besoin de ça pour avoir l'air dégueulasse. Crisse, est-ce que je vais devoir tout recommencer ? Son menton dégoulinant pend de plus en plus sur sa poitrine. L'odeur est insupportable. J'aurais dû apporter des gants, un masque. Je m'essuie les doigts sur l'envers du couvre-lit. Son nez couperosé de vieille ivrogne, humide et gras, son menton sur lequel j'ai senti quelques poils, ses cheveux collants... Elle me dégoûte.

Heureusement, ses poumons continuent de gargouiller, ce qui vient apaiser mes craintes. Elle a beau s'être vidé l'estomac, c'est trop tard pour le reste, le mal est fait. Comme disent les Français, je vais prendre mon pied à la regarder mourir, ce qui ne saurait tarder. Au moins, je n'ai plus à supporter son regard puisqu'elle n'arrive plus à ouvrir les yeux.

Je n'aurai sûrement pas besoin de l'autre bouteille de rhum cachée au fond de mon sac. Pas de l'agricole, mais du bon rhum brun épicé, le genre qu'elle aime, celui que je bois en vacances avec du jus d'ananas. C'est vrai, j'adore les boissons sucrées. C'est une des caractéristiques qui m'ont été transmises par Florence. Il faudra que je fasse attention au diabète.

Surmontant mon envie de dégueuler à mon tour, je reste assis à côté de Yolanda sur le bord du lit et je tiens son poignet, l'index et le majeur appuyés là où on doit sentir son pouls. Si quelqu'un entrait maintenant, il penserait probablement que je l'examine, comme un médecin soucieux. Non, évidemment, ça ne se passerait pas comme ça ! Elle est attachée, ça fait toute la différence. Mais tout se passe bien, personne n'entrera.

Yolande est seule, sauvage, elle ne cherche la compagnie de personne et c'est tout à fait réciproque.

Je ne fais qu'attendre avec patience et confiance, car je sais désormais qu'il n'y aura pas de retour en arrière. Yolanda n'appellera pas à l'aide. Le pouls est de plus en plus faible. Pas besoin de stéthoscope pour entendre le borborygme des poumons qui se noient. Bientôt, bientôt. Plus d'hésitation maintenant : même si elle ne résiste pas, j'ai hâte de la voir partir, qu'elle meure et que ses mots meurent avec elle. Langue sale, vieille vipère... Yolanda Caruso, minable chanteuse canadienne-française qui s'était inventé un nom italien pour avoir l'air exotique. Tout le monde riait de toi dans ton dos, le savais-tu ? Les autres filles s'habillaient tout croche et t'imitaient. Ta chanson « C'est ton enfant que je porte », elles l'avaient transformée en « C'est mon gérant qui me porte ».

Je la regarde intensément, plein de haine et du désir de la voir souffrir. La vieille maudite ne m'offre même pas la satisfaction de me demander de l'aide. J'attends, à l'affût d'un je-ne-sais-quoi, mais le spectacle n'est pas très excitant. Bizarrement, à la toute fin, il me manque toujours quelque chose. Tant pis.

Après une dizaine de minutes, je tâte son pouls encore une fois. Je ne sens plus rien au bout de mes doigts. Je pose mon oreille sur sa poitrine : pas le moindre petit battement. Je mets ma main devant sa bouche : pas un souffle. Ça y est, c'est fini. Une nouvelle odeur vient prendre le dessus sur toutes les autres : ses intestins se sont vidés. Vieille crisse de puante, elle m'aura emmerdé jusqu'au bout.

Je ne suis pas sûr de ce que je ressens. C'est très étrange, différent des autres fois : avec Micheline, avec Manon, je m'offrais juste un plaisir, une gâterie. C'était sexuellement excitant et un peu apeurant, comme un tour dans Le Monstre à La Ronde.

Cette fois-ci, c'était une nécessité, une revendication. J'ai ressenti un besoin impérieux de voir disparaître Yolande Veillette de la surface de la Terre. Toute ma volonté était suspendue à ce moment-là. Je me rends compte que jusqu'à l'instant où j'ai constaté qu'elle ne respirait plus, mon corps était crispé, tendu telle une corde de violon. Et ça n'avait rien à voir avec ma queue.

Mon cœur bat à grands coups. J'ai l'impression d'avoir échappé de justesse à un danger. Yolande était devenue une menace pour ma tranquillité d'esprit. Une fois morte, tous ses souvenirs de tournée qu'elle était disposée à raconter au premier imbécile prêt à l'écouter sont morts avec elle. Malheureusement, mon bonheur n'est pas parfait ; j'aurais voulu lire dans ses yeux qu'elle reconnaissait mon pouvoir sur elle. Une victime consentante, c'est sans intérêt. Je voulais qu'elle meure, mais pas que ça lui fasse plaisir !

J'attends encore un peu, je la regarde : dans peu de temps, elle va se rigidifier, je sens la menace s'éloigner encore. Oui c'était une menace, la Yolanda. Pas elle, mais ses mots, sa mémoire.

Quand je me lève enfin, je chancèle et la tête me tourne. Mes jambes sont molles. Le rhum était fort. Je me secoue, il faut que je sorte d'ici au plus vite.

Je dois d'abord la détacher : je commence par ses chevilles, puis je déroule délicatement la corde. C'est bien, je n'ai pas serré fort, il n'y a aucune marque, ni aux poignets ni aux chevilles. Quand je la prends par les épaules pour la faire pencher vers moi, elle tombe lourdement sur le côté, en travers du lit, la face dans son vomi. Je la laisse dans cette position. Ça paraît normal, l'angle est tout à fait naturel. Mais du même coup, le corps basculé laisse apparaître une mare de merde. Il faut que je sorte d'ici au plus vite : déjà que je suis facilement dégoûté, il ne manquerait plus que je vomisse à mon tour !

Tant bien que mal, j'essaie de me contrôler pendant que j'inspecte la chambre pour m'assurer que ma présence sera indétectable. Je me lave les mains et j'essuie le petit verre et le robinet du lavabo pour faire disparaître mes empreintes, mais c'est une précaution inutile : je n'ai rien fait de répréhensible. Après tout, j'ai regardé une vieille ivrogne se saouler à mort, c'est tout. Je récupère les gobelets et la bouteille presque vide que je glisse dans mon sac, mais je me ravise. Si on la trouve morte imbibée d'alcool et qu'il n'y a aucune bouteille en vue, ça paraîtra bizarre. J'essuie les traces de mes doigts sur la bouteille avec ma chemise et j'enroule ensuite les doigts de Yolande autour de celle-ci pendant quelques secondes, le temps qu'elle y imprime ses empreintes. Alors, la tenant par le goulot, toujours à travers ma chemise, je la dépose, renversée, sur le lit. Le reste du rhum dégouline doucement sur le couvre-lit. Quel mélange…

Je jette un dernier regard à l'ancienne chanteuse quétaine. La voyant mariner dans l'étendue visqueuse et fétide de sa médiocrité, je ressens un gonflement dans ma poitrine. De la fierté, de la puissance. Je me sens à nouveau invincible. J'enfile mon manteau et j'entrouvre la porte. Il n'y a personne. C'était ma dernière soirée avec Yolanda Caruso. J'ai – enfin ! – une érection très respectable. Merci Yolanda.

Un demi-sourire flotte sur les lèvres d'Éric Beaumont pendant qu'il observe son collègue de la Rive-Sud, Olivier Bessette. Il reconnaît dans son attitude un attendrissement imprévu, presque encombrant dans les circonstances. Éric l'a lui-même ressenti en rencontrant Françoise Favreau. Ce métier de fou, qui vous fait témoin des pires horreurs, a le don de vous offrir aussi parfois des moments de grâce éphémères. Il assiste à l'un de ces moments. Attablé face à Patricia Veillette dans sa minuscule cuisine, le jeune policier parle plus doucement que d'habitude, pose ses questions avec une grande délicatesse et attend les réponses avec une infinie patience et un regard ouvert, plein de sollicitude. Facile de constater que, malgré lui, Bessette est touché par le personnage de l'infirmière au grand cœur.

D'abord réticent à l'idée de devoir travailler en collaboration avec un membre d'un autre corps policier, Éric est maintenant content que Marianna ait un beau-frère dans la police. Bessette est compétent, efficace et, à n'en pas douter, il a l'esprit ouvert. Il n'a même pas bronché quand Éric a parlé de Jean-Louis comme de son mari. Il souhaite pour Marianna que cette collaboration suffise pour la réconcilier avec sa sœur. Mais pour l'instant, les trois policiers ont bien d'autres chats à fouetter. Depuis vingt-quatre heures, ils n'ont pensé à rien d'autre qu'à Julien Paulhus. La finesse et l'habileté de Bessette, qui interroge subtilement l'infirmière au sujet de l'agent immobilier, finissent par porter leurs fruits.

Patricia Veillette ouvre grand les yeux, secoue la tête, l'air de quelqu'un qui vient de trouver la solution à une énigme. Comme si tout un tas d'images assaillaient son cerveau en même temps, elle se met à parler dans un rythme accéléré, le regard lointain.

« Le propriétaire de la maison de chambres où ma sœur habitait m'a dit qu'il avait vu Yolande sortir avec un homme à quelques reprises, dans les semaines qui ont précédé son décès. Ma sœur avait raconté au propriétaire que l'homme était un agent immobilier qui s'intéressait au *show-business* et qu'il voulait écrire un livre sur elle. Ma sœur a déjà été chanteuse, du temps de sa jeunesse. J'ai tout de suite deviné que c'était monsieur Paulhus. Je me suis dit qu'il l'avait prise en pitié, que c'est pour ça qu'il venait la visiter de temps en temps. Que c'était sa façon de faire du bénévolat. Après tout, il a fait de la télévision et ma sœur a été chanteuse. Ils venaient du même milieu. Je ne lui en ai jamais parlé, pour ne pas le mettre mal à l'aise, mais ça me semblait un beau geste de sa part. Évidemment, une fois Yolande partie, je n'avais plus de raison d'acheter une maison. Ça aurait été du gaspillage. »

Elle sursaute légèrement en se rappelant un autre incident et fixe les trois policiers à tour de rôle.

« C'est drôle comme le monde est petit, quand même : saviez-vous que c'est Christine, la fille de Yolande, qui a racheté la maison que je venais d'acheter pour ma sœur et moi ? Je n'ai jamais réussi à la retrouver pour lui annoncer le décès de sa mère et le hasard la place juste devant moi. Sauf que je n'ai même pas pu lui parler. Elle s'est fermée complètement et m'a évitée comme si j'avais la peste. Alors, jusqu'à aujourd'hui, même si je sais très bien où elle habite, je n'ai pas encore trouvé le courage d'aller chez elle pour lui dire que sa mère est morte. Comment vous feriez ça, vous ? Elle la haïssait tellement, sa mère ! En tout cas, ça m'a fait drôle de revoir Christine. On l'avait perdue de vue depuis tellement d'années… Elle a même changé de nom. Elle n'avait pas l'air contente de me voir. Ma sœur lui en a fait voir de toutes les couleurs. Je devrais pas dire une chose pareille, mais Yolande n'était pas ce qu'on appelle une bonne mère… »

Olivier Bessette en a échappé son crayon. Éric Beaumont et Marianna Martel, assis sagement au bout de la table, ont sursauté aussi, et tous trois, patiemment, ont attendu que Patricia aille jusqu'au bout de son récit avant de réagir.

« Christine Payer était la fille de votre sœur Yolande ? »

« Oui mais… pourquoi dites-vous "était" ? »

Beaumont, Martel et Bessette se regardent d'un air qui oscille entre l'agitation et le découragement. Une nouvelle piste vient de s'ouvrir. Il y a là des liens à faire, mais lesquels ?

AUTOMNE

Cinq jours après ma mémorable soirée avec Yolanda Caruso, en rentrant du tennis, je trouve deux messages sur mon répondeur. Intrigué et vaguement inquiet, je rappelle d'abord Patricia Veillette.

La pauvre femme a l'air démoli. Il me semble pourtant qu'elle devrait être sereine, discrètement soulagée même. Ça fait déjà quelques jours que sa sœur… Mais Patricia m'apprend que ce n'est que ce matin que sa sœur Yolande a été retrouvée, morte depuis plusieurs jours. Bien sûr, Mère Teresa est rongée par la culpabilité d'avoir négligé de prendre des nouvelles de sa sœur malade pendant tout ce temps.

Il paraît que ça commençait à sentir le cadavre décomposé dans sa chambre. On ne peut pas dire que les tenanciers de la maison où vivait Yolande étaient très vigilants. Cinq jours, c'est long. Peut-être aussi que la quantité de rhum que la vieille a avalé lui a permis de se conserver plus longtemps que la normale. Je n'y connais rien, mais il me semble que quand on fait macérer de la viande, ça ressemble à ça. En tout cas, j'offre mes condoléances avec toute la sincérité dont je suis capable.

« Si je peux me permettre, savez-vous de quoi elle est morte exactement ? »

« Ils m'ont dit que ça sentait fort l'alcool dans sa chambre. Les ambulanciers ont tenté de la ranimer mais c'était peine perdue. Elle serait morte d'avoir trop bu, ses poumons étaient remplis d'eau et son cœur a lâché. Dire qu'elle sortait d'une cure. Je m'en veux tellement de ne pas l'avoir prise avec moi avant! Il n'y avait personne là-bas pour veiller sur elle, pour l'empêcher de se faire du mal. J'ai l'impression que ma sœur a décidé d'en finir au plus vite. Ça me fait tellement mal au cœur, elle aurait pu... J'aurais pu... Excusez-moi, j'ai beaucoup de misère à comprendre. Maintenant, il faut que j'essaie de trouver ses enfants, qui n'ont pas donné signe de vie depuis leur majorité. Je ne sais pas par où commencer pour les chercher. Peut-être que ça ne vaut pas la peine. Après tout, Yolande n'a rien à leur laisser, à part des mauvais souvenirs. »

La pauvre femme est toute à l'envers. Elle voit se dessiner toutes les corvées supplémentaires qui lui retomberont sur le dos. Vider la chambre, s'occuper des funérailles, tout le tralala. Si Yolande n'avait plus de contact avec ses enfants, ça m'étonnerait qu'ils se précipitent pour lui organiser un bel enterrement. Alors forcément, Patricia devra s'occuper de tout.

Je me demande pourquoi elle me raconte tout ça. Elle me prend pour son psy, ou quoi? Je dois trouver le moyen de lui faire comprendre que c'est un cadeau, pas une catastrophe, que Yolande soit morte. D'abord, elle n'a pas eu à vivre la souffrance liée à sa maladie et Yolande pourra être enfin tranquille.

« Votre sœur savait probablement ce qu'elle faisait. Moi, je pense que c'était sa décision et que vous devez l'accepter, même si c'est difficile. »

Patricia pousse un long soupir et hésite avant d'enchaîner.

« Malgré tous ses défauts et surtout toutes ses faiblesses, ma sœur était une bonne personne. Savez-vous que, quand j'avais neuf ans, elle m'a sauvée d'un viol probable? Je revenais de l'école quand une voiture s'est arrêtée à côté de moi. Un homme en est sorti et m'a fait un grand sourire. Il m'a demandé si j'avais vu son chien et il m'a décrit un petit caniche. J'ai répondu que non et j'ai continué à marcher, mais l'homme m'a attrapée par le bras et a ouvert la portière arrière. Il allait me jeter dans la voiture quand ma sœur est arrivée derrière lui en courant. Heureusement, il ne l'a pas vue venir. Elle l'a poussé, m'a prise dans ses bras et s'est mise à hurler dans la rue "Appelez la police! Appelez la police!". L'homme a eu le temps de se sauver dans sa voiture avant que les voisins sortent de chez eux, mais ma sœur avait appris par cœur le numéro de sa plaque d'immatriculation et elle a dépeint avec précision le modèle et la couleur de la voiture aux policiers. L'homme a été retrouvé. Il était déjà recherché pour d'autres incidents du même genre et il avait déjà enlevé et violé deux petites filles.»

Eh bien, on peut dire que Patricia a été chanceuse, en effet. Mais je n'avais pas besoin d'apprendre ça, je ne sais ce qui me retient de lui dire que je m'en fous complètement. C'est un peu tard pour me présenter Yolande comme une héroïne.

«Vous comprenez maintenant pourquoi j'avais une dette envers elle. Excusez-moi de vous raconter tout ça, mais ça déborde. À mon travail, j'entends parler toute la journée des problèmes des autres, je n'ai pas l'habitude de m'épancher. Je suis désolée.»

Je n'ai pas envie qu'elle continue de me pleurer ses états d'âme. Pour moi, Yolanda Caruso est disparue, c'est tout ce qui compte. D'ailleurs, c'est le moment ou jamais de faire un autre bon *deal*...

«Je ne sais pas ce que vous avez l'intention de faire, mais si je peux vous aider, pour la propriété...»

«Je vais être franche avec vous, je n'aimais pas beaucoup cette maison-là. C'est aussi pour ça que je vous appelle. Je m'étais dit qu'aussitôt que Yolande serait... décédée, je la revendrais. Alors, si vous voulez la remettre sur le marché aussi vite que possible, ça me rendrait service. Ça ne doit pas être drôle pour vous, des clients qui changent d'avis comme ça, mais j'espère que vous comprendrez.»

Tu parles si je comprends. J'aurais été bien surpris si Patricia avait décidé d'emménager dans la maison. C'est sûr que la propriété va devenir éventuellement plus difficile à vendre, il y a comme un sort qui s'acharne sur les nouveaux propriétaires. Mais ce n'est pas grave, je vais prendre mon temps.

«Ne vous inquiétez pas, je m'occupe de tout.»

Le deuxième message sur mon répondeur me laisse perplexe. Est-ce que ça vaut la peine de rappeler ou pas? La fille se dit directrice de production pour une grosse boîte de production télévisuelle. Elle insiste: je dois la rappeler le plus vite possible. Ben oui, ben oui. Je l'ai souvent entendue, celle-là. En se levant le matin, le client décide qu'il veut voir six hommes au lieu de cinq en audition pour vendre ses stores et on essaie de nous faire croire que c'est la chance du siècle qui est en train de passer devant nous. On se présente à l'audition et, par la suite, ils n'ont même pas la courtoisie de nous rappeler pour nous dire qu'on n'aura pas le rôle. Les auditions, c'est de la merde. On nous traite comme du bétail. Aucun respect.

Je me fais toutes ces réflexions pour la millième fois. Pourtant, c'est plus fort que moi, je rappelle quand même la fille. Un reste de conscience professionnelle? Non, même pas. Juste la curiosité.

Bah, ce n'est pas tout à fait vrai: l'odeur des plateaux de télé m'excite encore, j'ai un petit frisson dans la colonne quand je m'imagine devant la caméra. Et puis on ne sait jamais, si ça marchait?

«Radio-Canada nous a confié le mandat de produire le *Bye Bye* cette année. Vous devez déjà savoir que c'est le groupe les

Mononcles qui écrit les textes et qui va animer l'émission en direct ? »

En direct… Ils sont fous ! Les Mononcles doivent vraiment être en manque d'adrénaline. Je la vois venir : elle a probablement peur de ne pas trouver assez de figurants pour le 31 décembre. C'est normal, dans ces événements-là, le mousseux est chaud comme de la pisse, le *show* est presque toujours ennuyant et la plupart des gens ont autre chose à faire que d'aller s'asseoir dans un studio de télé le soir du Nouvel An et d'applaudir pour des pinottes des clowns trop payés, qui vont faire des farces plates que tout le monde va critiquer le lendemain. Évidemment, je connais des « matantes » qui seraient prêtes à y aller, mais pour les *shows* prestigieux, elles ne représentent pas un public suffisamment présentable. On veut une audience plus jeune, d'allure branchée, qui a l'air de s'amuser et qui sait s'habiller. Des beaux gars, des filles sexy. Ça fait plaisir de voir que je suis encore sur cette liste-là. Mais en même temps, ce n'est pas trop surprenant, je m'entretiens.

« Excusez-moi mademoiselle, mais pour la figuration du 31 décembre, j'ai déjà donné et, franchement, je ne peux pas dire que le chèque en valait la peine. »

« Monsieur Paulhus, ce n'est pas pour ça que je vous ai appelé. »

La fille avait l'air trop branchée *business* pour que ça soit une mauvaise farce. Je n'arrive pourtant pas à y croire. Est-ce qu'il y a en ondes en ce moment une émission du genre *Surprise sur prise* que je n'aurais pas remarquée ? Parce que ça ressemble à un piège et j'aime autant vous dire que je n'ai vraiment pas envie de tomber dedans. D'un autre côté, si c'est vrai…

« Les gars ont écrit un numéro qui met en vedette plusieurs politiciens, sur le thème de la crise économique. Les personnalités politiques, qui seront interprétées par les Mononcles, doivent répondre à des questions-quiz. L'émission aurait une allure des années 1980 et les Mononcles aimeraient que vous soyez l'animateur qui pose les questions. Autrement dit, vous joueriez votre propre rôle, avec un *look* 1980. »

Je ne peux m'empêcher de dire à haute voix ce qu'il y a de sous-entendu dans sa proposition.

« Vous avez besoin d'un *has been*, en fin de compte. »

« Ben… Si vous voulez le voir comme ça. »

La fille est un peu mal à l'aise : *has been*, c'est une expression très courante, tout le monde l'emploie régulièrement, mais jamais en présence des personnes concernées. Ce n'est pas politiquement correct. La fille ne se laisse pas impressionner. Elle ne me connaît pas et elle se fout de moi comme de sa première teinture. Je représente une tâche à remplir dans son agenda, c'est tout. Au son de sa voix, elle a l'air d'avoir tout au plus la trentaine, donc elle ne m'a pratiquement jamais vu à la télévision, sinon dans son enfance.

« Vous pouvez être assuré que vous ne serez pas traité en… *has been*. Les gars tiennent beaucoup à votre présence dans le sketch. Vous faites totalement partie du concept. Le cachet est intéressant, d'autant plus que, même s'ils vont enregistrer à l'avance quelques numéros, cette portion de l'émission sera diffusée en direct. On aurait juste besoin de votre réponse le plus vite possible. Disons que je vous donne jusqu'à demain ? »

Le ton est froid, professionnel. Pour Miss Production, c'est mission accomplie, elle a déjà la tête ailleurs. C'est vrai que *booker* le *Bye Bye*, ça ne doit pas être de la tarte. La fille me laisse son numéro de téléphone et son adresse courriel. Elle me laisse aussi absolument sans voix. Crisse, c'est le *Bye Bye*, quand même ! J'ai toujours animé des petits *shows* minables et sans budget, on ne veut même plus de moi pour des pubs insignifiantes et, d'un seul coup, je me retrouverais au *Bye Bye* ?

C'est trop beau pour être vrai. Mais je peux toujours vérifier. Je « google » le nom de la maison de production : effectivement, dans leur rubrique de nouvelles, ils annoncent déjà leur collaboration au *Bye Bye* et ils consacrent plusieurs paragraphes aux Mononcles, les plus grandes stars de l'humour actuellement. Des humoristes au style acide, aux dents longues, au culot légendaire. C'est vrai que ça prend un certain culot pour ramener un *has been* au milieu de la plus grosse production de l'année.

Pourquoi moi ? J'ai failli poser la question à la fille au téléphone, mais je me suis retenu. J'avais peut-être peur de la réponse. Est-ce que j'étais en haut ou en bas de la liste des *has been* potentiels ? Je ne le saurai que quand j'aurai donné ma réponse, ou peut-être jamais. Ces gens-là, comme tous ceux qui ont un gros – même si temporaire – pouvoir dans le monde de la télé, ont le don de manier la flatterie, de présenter les choses de manière à t'entourlouper et à te faire croire que ta petite participation à leur projet va changer la face du monde. Quoi qu'il arrive, la situation tournera de toute façon à leur avantage, parce que c'est comme ça que ça marche. Quand tu es au *top*, tu obtiens tout ce que tu veux. En bas, tu pédales dans le vide.

Je l'ai constaté souvent au cours de ma carrière, particulièrement quand j'assistais à l'ascension de Corinne. Les patrons des chaînes de télé savaient parfaitement de quelle manière la manipuler pour qu'elle devienne leur esclave consentante sans que ça leur coûte cher. À ses débuts, on lui avait même servi un « On t'a sortie de ta province, on t'a fait connaître, tu ne voudrais quand même pas être payée en plus ! ». Vrai comme je suis là ! Et elle avait cédé, acceptant d'être mal payée pour avoir un bon temps d'antenne, pour que tout le Québec la regarde. Évidemment, ça n'a pas duré : grâce à mes conseils et à ma vigilance, Corinne a très vite appris comment ça marchait et elle s'est rattrapée. Maintenant, elle applique la même formule aux petits nouveaux qui veulent devenir célèbres. Douce vengeance…

Je n'avais pas pensé à Corinne depuis un bout de temps, avec toutes mes histoires de clientes suicidées. Raison de plus pour continuer dans cette nouvelle aventure : pendant que je regarde crever mes bonnes femmes, je commence enfin à me débarrasser de certains souvenirs encombrants. N'empêche, ça va la jeter par terre, la Corinne, quand elle va apprendre ma participation au *Bye Bye*. C'est évident que je vais accepter et c'est tout aussi certain qu'elle en sera informée avant tout le monde. Elle a beau travailler dans le privé et à la radio, tout se sait dans ce milieu-là, surtout au plus haut niveau, là où elle sévit.

Est-ce que je réponds tout de suite ou je me laisse désirer jusqu'à demain ? Évidemment, les Mononcles ne sont pas dupes. Ils savent très bien que je n'ai pas fait de télé depuis longtemps et ils se doutent probablement aussi que, comme tous les autres, je meurs d'envie d'y retourner, de connaître à nouveau mon petit moment de gloire. C'est minable en crisse, mais c'est la vie, on est tous pareils, la vanité nous mène par le bout du nez. Quoique, dans mon cas, il est clair que je n'ai jamais été traité comme j'aurais dû l'être. À cause de ça, j'ai l'intention de profiter de cette opportunité au maximum.

Je vais quand même les faire patienter, pour le plaisir de jouer à l'indépendant. *Just for the kick.* Est-ce que je devrais demander combien ça paie avant de dire oui ? Le cachet est probablement bon. *Bye Bye* = gros budget. Il y aura sûrement plusieurs répétitions, peut-être même de la promotion. Ouais… mais la promotion, c'est les Mononcles qui vont la faire, c'est certain. Pas de danger qu'ils me délèguent pour une entrevue à *La Presse*. Pourtant, je serais excellent.

C'est drôle, pour une fois qu'il m'arrive quelque chose d'excitant, j'aimerais pouvoir raconter ça à quelqu'un, mais je ne vois pas à qui annoncer la bonne nouvelle. On ne peut pas dire que ça grouille de monde autour de moi. C'est mon choix, bien sûr : pas d'amis, pas de problèmes. J'ai toujours vécu selon ce principe, hérité de Florence, qui croyait qu'il suffisait amplement d'avoir une «équipe»; qu'il valait mieux rester mystérieux pour être désiré. En fait, elle craignait par-dessus tout que quelqu'un découvre que derrière le personnage de la reine du yéyé, il y avait seulement une pauvre fille aux capacités limitées. Évidemment, il a été très facile de le constater, aussitôt que la poussière d'étoile est retombée de sa robe de scène, même si elle-même ne s'en rendait pas compte. L'équipe s'était envolée depuis longtemps.

Plus tard, elle a continué de décourager les rapprochements, pour d'autres raisons. Elle avait honte de sa déchéance et ça lui devenait de plus en plus difficile de donner le change, de faire semblant que notre appartement minable n'était qu'un arrangement temporaire, que nos beaux meubles étaient en restauration, que toute sa belle vaisselle était restée dans les boîtes en attendant le déménagement, alors qu'en fait elle avait dû vendre tout ce qui avait un peu de valeur pour payer ses dettes.

Les rares fois où j'ai emmené des copains d'école à la maison, elle avait l'art de les faire fuir : son attitude ridicule de diva quétaine les mettait mal à l'aise autant que ses remarques déplacées et sa manie de leur tâter les biceps, sous prétexte de voir s'ils avaient des muscles. Et elle m'a inculqué la méfiance. Selon elle, il y avait deux sortes de gens : «... les pas-intelligents sont là pour t'admirer, les autres vont essayer de te fourrer.» Alors je n'ai pas d'amis, seulement quelques partenaires de tennis avec qui j'aime bien prendre un verre de temps en temps et des collègues de travail. Jaloux, bien sûr. Plusieurs envient mon style : j'ai une technique unique pour mener à bien une transaction. Les clients en redemandent mais les agents me détestent. Quand je les croise dans le couloir, j'en vois qui chuchotent dans mon dos. Ils m'ont surnommé «la vedette», ça m'a fait un petit velours au début, même si ce n'est pas souvent dit sur le ton qui convient. Surtout quand il s'agit de Françoise, la réceptionniste qui, après plusieurs tentatives ratées, a finalement renoncé à obtenir son permis d'agent.

Elle ferait des heures supplémentaires s'il le fallait pour avoir le plaisir de me manquer de respect. Encore ce matin, quand je suis arrivé, elle m'a lancé mes messages sans même lever les yeux. Pour cette vieille chipie, militante féministe, je suis à peu près transparent. J'ai bien essayé, au début, d'exercer mon charme sur elle – c'est toujours utile d'avoir le personnel de soutien dans sa poche – mais ça n'a jamais marché. Elle prétend m'ignorer, mais s'arrange pour que je m'en rende compte. Peut-être qu'elle est allergique aux surnoms. En tout cas, quand j'ai voulu la charmer en l'appelant «mon chou», elle m'a fusillé des yeux. Depuis ce temps, entre elle et moi, c'est la guerre froide.

Parlant d'allergie, peut-être que… Non, j'ai beau être allergique à la vieille hippie, je vais réfréner mes envies de lui régler son compte. Mais ce n'est pas l'envie qui manque.

Et si j'appelais Corinne pour lui faire part de la nouvelle ? Non, à bien y penser, c'est une idée stupide. Elle voudra me donner des conseils, peut-être même me proposer de négocier mon cachet sous prétexte de me rendre service. J'aime autant qu'elle l'apprenne autrement.

Alors, j'appelle qui ? Et si je demandais à parler à Mononcle Paul, la tête pensante des Mononcles, pour qu'il m'explique le concept ? Après tout, je suis en droit de craindre qu'on tente de me ridiculiser. Ça s'est déjà vu, ça aussi : on sort un *has been* des boules à mites, on se fout de sa gueule pendant quelques jours, les chroniqueurs du Plateau-Mont-Royal en font leurs choux gras puis le pauvre gars retourne à son anonymat, moitié fier moitié honteux, pas trop sûr de ce qui lui est arrivé. Heille, réveille, ti-cul! Tout ce qu'ils voulaient, c'était une cible facile!

Je vais laisser passer deux heures puis appeler Mononcle Paul. Pour tuer le temps, je consulte le site où se retrouvent toutes les propriétés à vendre. Je cherche depuis des mois une petite ferme dans les Cantons-de-l'Est pour un client. Pauvre imbécile, il s'imagine qu'on peut encore en trouver pour presque rien. Il n'a aucune idée du marché, mais il m'appelle deux fois par jour pour me dire quoi faire.

Je pourrais peut-être le convaincre de changer de région, l'Estrie est au-dessus de ses moyens. Tiens, il me semble avoir lu quelque part que Mononcle Paul a une maison dans les Cantons-de-l'Est… Je pourrais lui demander si ses voisins veulent vendre. Ça lancerait la conversation.

En fin de compte, je n'ai pas appelé Mononcle Paul. Je suppose que j'aurais dû lui laisser un message et qu'il aurait chargé une assistante de me rappeler. Donc, j'ai rappelé la recherchiste, je lui ai dit que j'acceptais le job, sous réserve de lire le texte.

« Désolée, on n'a pas le temps pour ça. Ça nous prend un oui ou un non tout de suite. Vous devez comprendre que, selon les remous de l'actualité, les textes pourraient changer jusqu'à la dernière minute. »

Ce n'est pas aujourd'hui que je me paierai le luxe d'envoyer promener des producteurs.

« Bon, si c'est comme ça… Dites aux Mononcles que je serai très content de travailler avec eux. »

Voilà une bonne affaire de réglée. C'est bien la première fois que je sais aussi longtemps à l'avance où je serai le soir du 31 décembre. Je n'aurai même pas besoin de payer une professionnelle pour finir cette nuit-là. Il y aura probablement des figurantes sexy et le prestige du *Bye Bye* devrait suffire pour que l'une d'elles se laisse embarquer. Quoique… au fond, je préfère la professionnelle, avec sa liste de tarifs. Au moins avec elle, je sais à quoi m'attendre et j'obtiens exactement ce que je veux. Ça m'a pris du temps, mais j'ai fini par trouver quelques filles assez solides, du genre qui sont capables d'en prendre et qui ne se laissent pas impressionner par quelques insultes.

C'est comme ça que je les aime : grandes, sexy, baveuses, TRÈS baveuses et, surtout, avec beaucoup de vocabulaire. Des filles capables de provoquer la colère avec quelques mots bien placés et assez fortes pour en assumer les conséquences. Je les paie bien, j'attends du service en retour. J'aime les minutieuses, celles qui vont fouiller dans le dictionnaire pour dénicher des insultes assez violentes pour me faire sortir de mes gonds en quelques secondes. J'exige aussi qu'elles le fassent avec élégance, en talons hauts, avec une élocution correcte. J'admire les gens qui parlent bien, même si parfois ils me font chier avec leur vocabulaire. En général, j'essaie de bien m'exprimer, même si le naturel me revient facilement dans certaines situations. Florence parlait mal, même quand elle faisait de gros efforts. Elle s'est souvent ridiculisée sur les plateaux, en essayant de « perler » à la française. Alors j'ai appris par moi-même, pour ne pas avoir l'air con sur les plateaux. Ça me fait bander quand la fille me traite de « pourriture », de « saloperie de butor » et de « goujat ». Ensuite, je la punis pour m'avoir insulté : c'est le meilleur moment, surtout si elle sait doser la résistance.

Avec Corinne, j'ai bien essayé de créer certaines mises en scène : pour ce qui est de l'élégance et des talons hauts, évidemment, pas de problème. Pour elle, baiser sur une couverture de fourrure avec des perles au cou, c'était du quotidien, de la petite bière. Mais dans le domaine des insultes, elle n'était pas de taille. Et surtout, le scénario devait tourner autour d'elle. Dans sa tête, elle devait déjà être Madame la présidente à neuf ans. Moi, dans le domaine des divas, j'ai assez donné. Après avoir été le toutou de Florence pendant tant d'années, j'ai décidé que, dorénavant, tout devrait tourner autour de MOI. Après le divorce, j'ai découvert le plaisir de ne pas avoir à me préoccuper de ce que l'autre voulait et j'ai compris qu'au fond, une femme pouvait très bien ne pas avoir d'autre usage que celui de satisfaire quelques besoins bien précis.

Françoise passe devant mon bureau, sans regarder de mon côté, évidemment. Pour elle, j'existe le moins possible. Elle a les bras chargés : d'un côté une pile de dossiers, de l'autre son manteau, son sac, son foulard, tout son attirail de vieille hippie. Elle est probablement persuadée d'avoir un *look* unique et sophistiqué mais, à mon avis, ses grandes robes bizarres lui donnent l'air d'une sorcière. Je m'empresse de me lever pour la rejoindre avant qu'elle parte. Si je dois annoncer la nouvelle à quelqu'un, autant que ce soit à une personne qui ne m'aime pas. J'aurai au moins le plaisir de la faire chier !

« Françoise, vous croirez jamais ce qui m'arrive ! »

Elle tourne à peine la tête, comme si elle n'entendait que le bourdonnement d'un maringouin.

« Imaginez-vous donc que je vais participer au *Bye Bye* cette année. Mais ne le dites à personne, c'est encore un secret. »

S'arrêtant net au milieu du couloir, elle se tourne vers moi et me gratifie d'un regard chargé de mépris.

« *Oh my god*, je pleure de joie… »

Puis elle repart comme si elle n'avait rien entendu. Glissés dans mes poches, mes poings sont tellement serrés qu'ils me font mal. Il me passe par la tête des images qui feraient pâlir un réalisateur de film d'horreur ou même Patrick Senécal . Calme-toi Julien, pas au bureau, pas au bureau.

Étonnamment, la maison de Micheline suscite encore de l'intérêt. Il va de soi que, quand un acheteur potentiel m'appelle pour obtenir des renseignements, j'évite de faire mention des péripéties qui s'y sont déroulées au cours des derniers mois mais, dans l'ensemble, le petit bungalow fait encore bonne figure sur le marché. Trois personnes ont demandé une visite dans les prochains jours, ce qui a fait dire à Patricia Veillette qu'au fond, la maison ne devait pas être pour elle de toute façon. Elle souhaite vraiment s'en débarrasser au plus vite. Je devine qu'elle se sent toujours coupable de la mort de sa sœur, comme si un projet de déménagement avait pu précipiter sa perte. Les femmes ont vraiment la culpabilité facile. Pas toutes, remarquez : ma mère n'a probablement pas connu une seconde de culpabilité dans sa vie. On peut difficilement se sentir coupable si on n'a pas de cœur…

J'attends des clients pour une visite, la dernière de la journée. La bonne femme est en retard de dix minutes, ce qui me met en rogne, vu que j'ai un tournoi de tennis cet après-midi. Si elle n'arrive pas dans les cinq minutes qui viennent, *too bad*, je sacre mon camp. Les gars m'attendent pour un double, pas question que je rate le premier match. À moins que je téléphone pour prévenir que je serai légèrement en retard : ça serait con de rater une vente, quand même.

J'adore le tennis, pour moi c'est un défoulement parfait parce que solitaire. Je n'ai jamais tissé que des liens superficiels avec mes partenaires même si je fréquente le même club depuis des années, mais ça me plaît d'appartenir à une sorte de confrérie où on n'a pas besoin de s'apprécier ni même de se connaître. Tout ce qui compte, c'est de pouvoir renvoyer la balle.

Tiens, ça doit être elle. Elle sort de sa voiture comme si on la poussait de l'intérieur, à croire qu'un ressort est sorti de son siège pour lui piquer les fesses. Elle claque la portière, la rouvre aussitôt et se penche à l'intérieur. Elle avait laissé ses clés sur le contact et son sac à main sur l'autre siège. Une fois sur le trottoir, elle rajuste sa veste et se retourne d'un air impatient vers l'arrière de la voiture, agite le bras. Un garçon d'une quinzaine d'années s'en extirpe lentement. Il devait être affalé sur la banquette, car on ne le voyait pas d'où je suis. Il déplie ses longues jambes maigres perdues dans un jean déchiré qui lui pend sur les hanches. Au bout de son bras si long qu'il lui arrive presque à mi-cuisse, pendouille un sac à dos qu'il jette d'un geste nonchalant sur son épaule. À voir l'effort qu'il fait pour le soulever, son sac doit contenir des briques. L'ado a des longues mèches châtain qui lui collent au front et lui descendent jusque sur les yeux. Son attitude est puante de mauvaise volonté : tellement caricature d'ado qu'il en est péjoratif! Deux fils blancs sortent de ses oreilles. Encore un qui s'est fait greffer des écouteurs pour ne pas entendre le monde exister autour de lui. C'est probablement à cause de lui qu'ils sont en retard.

La femme lui chauffe les oreilles, déplace du bout des doigts les longues mèches qui cachent les yeux de son fils – ça ne peut être que son fils – et marche vers la maison d'un air décidé, presque vindicatif. J'ai l'impression que ça ne sera pas une partie de plaisir. Pas grave, mon tennis m'attend, ça me donne un prétexte pour l'expédier en quelques minutes.

« Monsieur Paulhus ? Bonjour, Christine Payer. Je vous présente mon fils, Charles-Antoine Payer-Saint-Arnaud. »

La poignée de main de la femme est froide, sèche, presque métallique, comme son ton. En voilà une qui n'est pas prête à se laisser séduire. Le fils hoche la tête vaguement et s'éloigne déjà de nous. Je le comprends.

Un paquet de nerfs, cette femme ! Aussitôt qu'elle a mis le pied dans la maison, l'atmosphère s'est chargée d'électricité, ça sent l'orage. Elle parle vite, sur un ton saccadé, comme si elle tapait sur son clavier d'ordinateur. En trois minutes, elle a déjà énoncé ses exigences, ses limites, son « cadre de négociations ». J'ai presque envie d'emprunter les écouteurs de son fils. D'ailleurs, celui-ci a disparu : il effectue sa visite tout seul et a opté pour le sous-sol en premier. C'est probablement là qu'il vivrait de toute façon et, encore une fois, je le comprends.

«Je suis comptable, divorcée, je vis seule avec mon fils qui passe un week-end sur deux chez son père depuis deux ans. Le quartier m'intéresse parce que mon ex-mari habite pas très loin d'ici. Quoique ça pourrait changer bientôt, le père de mon fils a décidé qu'il était nécessaire pour son épanouissement personnel d'aller faire le tour du monde sur son voilier. Monsieur va prendre une année sabbatique. Il voulait même emmener Charles-Antoine avec lui! J'ai dit qu'il n'en était pas question, bien entendu. Un garçon de cet âge a besoin de stabilité, d'encadrement. Franchement, son père est un très mauvais exemple pour lui. Mais enfin, vous n'avez pas besoin de savoir tout ça, excusez-moi. »

En effet, je m'en crisse comme de ma première chemise. Mais si ça m'aide à vendre, je veux bien faire semblant. Alors je la laisse évacuer sa mauvaise humeur.

Elle se racle la gorge, rajuste sa veste et commence à regarder autour d'elle. Je le vois, elle cherche des défauts, des joints mal tirés, des fissures dans les murs, même si elle ne possède sans doute aucune notion du bâtiment. Si je voulais lui vendre une bagnole, elle donnerait des coups de pied dans les pneus, pour avoir l'air de s'y connaître. Elle évalue intérieurement ses arguments de négociation, dresse mentalement une barricade, ramasse ses briques et son fanal. Malheureusement pour elle, la maison de Micheline a été relativement bien entretenue, il n'y a rien d'autre à constater qu'une usure normale. Un salon aux belles proportions, trois chambres de dimensions respectables, une cuisine pas trop démodée, des salles de bain rénovées récemment: pour ce prix-là, irréprochable. C'est à peine défraîchi et elle n'aurait qu'à faire repeindre pour que la résidence soit tout à fait vivable.

Pendant que la cliente pince la bouche et plisse les yeux, je l'observe et je cherche sur sa personne les défauts, les joints mal tirés, les fissures. Il y en a quelques-unes. Elle a des petites rides sèches autour de la bouche et du nez, en haut du front : celles provoquées par les moues dédaigneuses, les réflexions mesquines, les critiques acerbes. Les belles rides, celles qu'on voit en haut des pommettes et autour des yeux, causées par les fous rires et le plaisir, sont à peu près absentes. Crisse que cette bonne femme est antipathique !

Je la laisse circuler dans les pièces sans trop faire de commentaires. J'évite ainsi des remarques possibles sur « ces agents qui veulent à tout prix vous refiler une maison pour s'en débarrasser, parce que personne n'en veut ». Je l'ai déjà entendue, celle-là. Je les ai toutes entendues, d'ailleurs. Je me contente de la suivre, quelques pas derrière, sans dire un mot sauf pour répondre à ses rares questions. Je l'observe, je l'analyse. Si elle pense avoir le gros bout du bâton, elle va apprendre qu'un agent d'expérience sent venir à l'avance tous les coups.

« Êtes-vous propriétaire actuellement, madame Payer ? »

« Oui, mais mon condo est déjà presque vendu. Et sans agent. C'est un collègue qui l'achète. »

Sous-entendu : c'est une commission que tu n'auras pas, mon *snoro*.

« Tant mieux pour vous, ça fait un souci de moins. »

Elle entre dans chaque pièce avec précaution et son regard acéré inspecte avec minutie chaque recoin, à la recherche d'une crotte de souris ou d'une tache d'humidité. Je la laisse faire : avec ce genre de cliente, mieux vaut rester discret. La retenue est la meilleure arme. De toute façon, les visiteurs précédents semblaient vaguement intéressés, je pourrai toujours les relancer.

On a fait le tour, en terminant par la cuisine. Le fils a réussi à nous éviter complètement grâce à son circuit parallèle et maintenant il attend dehors, assis sur les marches du perron. Il serait un passager idéal pour faire le tour du monde sur un bateau, il arrive parfaitement à se rendre invisible.

Du haut de ses cinq pieds et quatre pouces, Christine Payer arriverait presque à me faire croire qu'elle est grande, tellement son attitude est rigide. Heureusement que c'est une cliente. Autrement, je me ferais un grand plaisir à la rabaisser. Je connais des tas de trucs.

« J'aurai besoin d'un rapport sur la qualité de l'air et j'aimerais savoir aussi si les anciens occupants avaient des animaux domestiques. Charles-Antoine et moi souffrons tous les deux d'asthme et c'est essentiel que nous vivions dans une maison très saine. Apparemment, celle-ci a l'air assez saine, mais on ne peut se fier aux apparences. »

« La maison n'a pas été habitée depuis quelque temps, mais l'ancienne propriétaire n'avait pas d'animaux et elle entretenait la maison avec beaucoup de soin. »

Pas question de lui dire que Micheline est morte, ou en tout cas, pas ici, dans le salon. Qu'est-ce que je pourrais bien inventer ?

« D'après ce que j'ai compris, mais je pourrais me tromper, elle devait partir en vacances en Floride et elle n'est jamais revenue. En tout cas, c'est son fils qui a dû mettre la maison en vente. Ensuite, il y a eu deux autres transactions, qui ont avorté parce que les acheteurs ont eu des problèmes. Est-ce que c'était des actes manqués ? Comme vous voyez, cette belle petite maison pleine de charme et bien entretenue est impatiente de trouver des occupants. Peut-être que c'est vous qu'elle attend. »

La visiteuse ne répond pas à ma tentative pour l'amadouer. Elle agit même comme si elle n'avait rien entendu. Christine

Payer n'est pas du genre à apprécier l'art de la conversation légère. Quand je lui propose de visiter quelques autres maisons dans le secteur, elle me répond qu'elle est déjà en contact avec un autre agent et qu'elle m'appellera si elle a à nouveau besoin de mes services. Une fin de non-recevoir à peine polie. Je la raccompagne à la porte avec diligence, en regardant sa tête comme si c'était une balle de tennis. Je me paierais un de ces smashs…

Juste avant qu'ils remontent en voiture, j'entends pour la première fois la voix du fils.

« Pourquoi t'es allée raconter que papa partait en voyage, c'est pas de ses affaires ! De toute façon, c'est même pas certain, p'pa m'a dit qu'il attendrait probablement encore un an, pour que je puisse venir avec lui… »

« Charles-Antoine, recommence pas. Monte dans l'auto, on parlera de ça une autre fois. »

Une autre mère l'aurait peut-être abordé avec crainte ou lassitude : difficile de négocier avec les ados. Mais là, le ton est cassant et sans appel. Christine Payer ne doit pas croire beaucoup aux méthodes modernes d'éducation. Le garçon jette son sac à dos sur le trottoir d'un mouvement rageur.

« De toute façon, je te l'ai dit : je veux pas déménager, pas avec toi. Je veux vivre avec mon père ! Je vais le demander au juge, j'ai le droit ! »

« Monte dans l'auto, Charles-Antoine ! »

S'il n'était pas plus grand qu'elle, elle le traînerait probablement par une oreille. Elle le fixe avec intensité.

« Tu n'as que quinze ans. Quand je dirai au juge ce que ton père a l'intention de faire, tu peux être certain qu'il lui retirera la garde. Tu restes avec moi jusqu'à la fin de ton secondaire 5, un point c'est tout. »

Mais Charles-Antoine n'a pas dit son dernier mot. Ça doit faire longtemps qu'il se prépare, qu'il fait provision de courage pour affronter sa mère, il ne s'arrêtera pas en si bon chemin.

« Je veux plus vivre avec toi. T'es un monstre. »

Il attrape son sac et se remet en marche, mais dans la direction opposée. Il tourne à peine la tête vers elle, le temps de lui lâcher :

« Je m'en vais chez p'pa, il m'a dit qu'il m'aiderait pour mon travail de géo. »

Au moment où elle va se lancer à sa poursuite, Christine Payer tourne la tête et s'aperçoit que je la regarde du balcon. Elle se ressaisit et lance à son fils, sur un ton beaucoup plus léger, qu'elle l'attendra pour le souper. Elle monte dans sa voiture et démarre avec emportement. Il n'est pas bon de contredire madame.

Cinq jours plus tard, Christine Payer réclame une seconde visite. Elle arrive seule, dans ce qu'elle considère sans doute comme sa tenue de week-end : son jean est repassé, son chemisier impeccable, ses cheveux placés comme pour une photo. Ses Reebok ont l'air de sortir de la boîte. On est samedi, Charles-Antoine est probablement chez son père. Ou alors il a réussi à trouver un prétexte pour ne pas participer à une autre visite. C'est vrai que son avis n'a pas beaucoup de poids dans la balance. Peut-être l'a-t-elle enfermé dans sa chambre, pour ne pas qu'il se sauve…

Si je devais décrire Christine Payer, je dirais qu'elle personnifie la rigidité. On ne doit pas rigoler souvent avec elle. La conception et l'éducation de son fils ont dû être planifiées avec un soin maniaque et je parie que, dans la vie, elle ne supporte pas les surprises. À la place de son ex, je serais parti faire le tour du monde bien avant.

À l'instant où elle met le pied dans la maison, quelque chose d'indéfini dans son attitude, dans son regard, provoque chez moi une impression de familiarité. Un frisson me parcourt, pas tout à fait inconfortable, mais pas agréable non plus. Comme une chaussure un peu trop serrée ou une étiquette de t-shirt qui gratte dans le cou. Je ne connais cette bonne femme ni d'Ève ni d'Adam, mais il y a quelque chose en elle… Elle me rappelle quelqu'un, mais je n'arrive pas à mettre le doigt dessus.

J'hésite à lui demander ce qu'il est advenu de ses visites avec l'autre agent. Elle voulait se montrer indépendante, c'est normal, et moi aussi, mais mon propre plan B n'a pas fonctionné. Je viens d'apprendre par un collègue que le couple qui était passé visiter cette semaine a trouvé une autre cabane. Je suis bien obligé de considérer Christine Payer comme une cliente sérieuse. Je vais donc m'acharner un peu plus sur elle, ne serait-ce que parce que les affaires sont plutôt au ralenti et que j'ai besoin de m'occuper l'esprit. Depuis que j'ai donné mon accord pour le *Bye Bye*, je n'ai plus eu la moindre nouvelle de la maison de production et j'essaie de ne pas trop y penser, ce qui m'est très difficile.

J'ai encore du mal à y croire et le fait de devoir garder tout ça en dedans me donne l'impression d'être un cuiseur à pression. Par moments, je sens la vapeur qui veut me sortir par les oreilles ; je vais finir par éclater. La recherchiste m'avait déjà prévenu que les répétitions, dans mon cas, n'auraient pas lieu avant décembre, mais je m'impatiente. Ça me fait encore presque trois mois à trépigner. D'autant plus que je n'ai toujours pas reçu de contrat et que, dans ce métier, tant que rien n'est signé… C'est pour ça aussi que je n'ai rien dit à personne – à part cette chipie de Françoise, mais ça ne compte pas, elle l'a sans doute oublié. Déjà, mes collègues de travail ont du mal à croire que j'ai fait de la télé. Alors, s'il fallait que j'essaie de les convaincre que je vais participer au *Bye Bye*...

«Avez-vous le rapport sur la qualité de l'air?»

«Pardon?»

Elle m'énerve de plus en plus, celle-là. On n'a jamais vu ça, demander un rapport de qualité d'air pour acheter un bungalow. Pour qui elle se prend?

«Personne n'est tenu de vous fournir ce genre de document. Cependant, si vous y tenez absolument, je connais des firmes spécialisées qui pourraient vous produire une étude. Ce serait à vos frais, bien entendu.»

Elle a dû sentir qu'elle poussait un peu trop loin, parce qu'elle laisse tout de suite tomber.

«Bon, tant pis. Je suppose que si je n'ai pas eu de malaise après la première visite, ça doit être un signe que l'air n'est pas vicié.»

Je vais t'en faire, de l'air vicié.

«Pour ce qui est des animaux domestiques, j'ai vérifié et je vous assure que l'ancienne propriétaire n'en avait pas.»

Je n'ai rien vérifié du tout. On s'en fout, des poils de chat, ça fait des mois que la maison est vide. Faut pas charrier avec l'asthme...

Elle entame au pas de charge un nouveau tour de la propriété, en posant souvent les mêmes questions qu'à sa première visite, mais cette fois avec un air soupçonneux. Peut-être est-elle persuadée que je cherche à lui cacher quelque chose. Elle insiste aussi sur des niaiseries, du genre: «il manque des ampoules au plafond dans les trois chambres!». Je la vois venir, elle s'imagine qu'elle va pouvoir négocier là-dessus, l'épaisse! Si le fils de Micheline a été assez minable pour récupérer les ampoules quand il a vidé les affaires de sa mère, il n'y a rien qu'on puisse y faire. Il n'est pas le premier ni le dernier à se montrer baise-la-piastre.

Ma bonne volonté et ma patience commencent à décroître. Je n'ai qu'une envie : me débarrasser d'elle au plus vite. Je déteste perdre mon temps. Elle va peut-être vouloir revenir pour une troisième visite, avec un soi-disant « expert » pour avoir un deuxième avis, genre beau-frère ou collègue de travail qui a rénové son sous-sol, puis elle trouvera un prétexte pour se défiler. Une emmerdeuse de première classe. J'en ai tellement vu, des emmerdeuses comme elle.

« Bon, je pense que je vais faire une offre. »

Les bras m'en tombent ! J'ose si peu y croire que je lui offre même une porte de sortie.

« Vous ne préférez pas revenir avec votre fils une dernière fois, pour être certaine de votre décision ? »

« Mon fils n'a pas encore les moyens d'acheter une maison, que je sache, alors il ne prend pas les décisions. De toute manière, les seules choses qui l'intéressent sont le sous-sol et le frigo. »

« Bon, alors si vous avez un peu de temps, on va remplir une offre d'achat. »

Puisqu'il n'y a même pas une table dans la maison, je lui propose d'aller nous installer dans un café, pas loin. Elle décrète qu'on devrait plutôt aller à mon bureau parce qu'elle n'aime pas traiter des affaires n'importe où. Tout, TOUT pour me contre-dire. Si je lui avais proposé d'aller au bureau, elle aurait sans doute préféré un Tim Hortons.

Je l'accompagne des yeux alors qu'elle monte dans sa voiture. Je suis toujours en quête d'une réponse à cette impression fugace de familiarité que j'ai eue tout à l'heure. Je suis pourtant certain de ne pas la connaître. Même en fouillant dans mes souvenirs d'école ou de studio, je ne la trouve nulle part. Si on avait déjà effectué des transactions ensemble, elle l'aurait sûrement mentionné. Quant à la télé, non, je ne crois pas. Ça n'est pas le genre à traîner dans les enregistrements d'émissions et elle n'a même jamais mentionné m'avoir reconnu.

Évidemment, ça ne prouve rien. Il se pourrait très bien qu'elle m'ait reconnu et qu'elle ne m'ait pas apprécié comme animateur. Elle m'aura au moins évité les : « Vous paraissez plus mince qu'à la télé. Mais la dernière fois que je vous ai vu, vous ne perdiez pas vos cheveux. » Toujours est-il qu'il y a quelque chose d'aride chez elle, comme un dessèchement de l'intérieur, qui m'est familier. J'ai l'impression que, si je la secouais, j'entendrais quelque part s'agiter des petits grains rabougris, comme avec ces courges qui en séchant deviennent des instruments de percussion.

Assis derrière mon volant, je continue de l'observer, en faisant semblant de chercher des papiers. Et là, il se passe quelque chose d'étrange : aussitôt assise dans sa voiture, son visage semble se déconstruire. Elle passe du masque rigide aux traits flous comme on enlève un masque : c'est soudain et déconcertant. Elle paraît tout à coup tellement vulnérable que je croirais voir quelqu'un d'autre. C'est très jouissif de la regarder se décomposer : elle me fournit sans le savoir des armes pour l'affronter. Elle semble manquer d'air. Je la vois descendre un peu la fenêtre puis s'emparer d'un sac en plastique transparent dans lequel il y a pas moins de trois ou quatre pompes différentes. C'est de l'asthme sérieux, on dirait. Elle saisit un inhalateur qu'elle applique sur sa bouche en inspirant avec voracité. On dirait quelqu'un qui va se noyer. *Fuck*, je sens que, cette fois-ci, elle va me dire que l'air de la maison est malsain et qu'en fin de compte, elle renonce à faire une offre.

Je démarre et passe devant elle sans tourner la tête, l'air détaché. Qui m'aime me suive. On verra bien.

En entrant dans mon bureau, je sors le dossier de la maison de Micheline, de même qu'un formulaire de promesse d'achat, sans trop y croire. Au bout de dix minutes, je suis toujours seul. Est-ce qu'elle va venir ?

Eh bien ! Les petites pompes doivent être très efficaces : Christine Payer entre dans l'immeuble d'un pas assuré, avec le même air dictatorial qu'à l'accoutumée. Si je ne l'avais pas vue tout à l'heure s'enfoncer une pompe dans la bouche comme si sa vie en dépendait, je ne pourrais jamais croire à un quelconque malaise. Elle semble d'ailleurs avoir oublié l'incident et sa respiration paraît tout à fait normale : elle ne souffle pas un mot de ses problèmes respiratoires.

« Excusez mon retard, j'ai eu un petit pépin à régler. »

Elle tire la chaise, s'installe avec autorité et me réitère ses exigences sans attendre. De temps en temps, elle toussote discrètement.

« Aimeriez-vous avoir un verre d'eau ? »

« Non, ça va, merci. »

« Vous êtes certaine ? Il m'a semblé que tout à l'heure vous n'aviez pas l'air bien… »

« Oh ça, non ce n'était rien. Juste un petit gratouillis. Ça m'est passé tout de suite. Je pense vous avoir mentionné que je souffre d'asthme ? Eh bien, si je faisais une vraie crise, ce serait autrement plus sérieux. Je pourrais même en mourir. Vous avez préparé le dossier ? »

Elle évoque l'idée de la mort avec une sorte d'indifférence froide : cela doit faire partie de ses appréhensions depuis si longtemps qu'elle s'y est habituée. Un pilote de course se fait à l'idée que la mort le guette à chaque virage, puis l'oublie pendant qu'il effectue son parcours, parce que sinon, il ne mettrait jamais le moteur en marche. Christine déjoue la mort avec ses inhalateurs. Je suppose qu'elle choisit lequel elle va utiliser selon son degré de suffocation. C'est curieux, aujourd'hui elle me semble moins tendue qu'à notre première rencontre. Ce doit être son fils qui la met dans cet état, qui lui fait perdre un peu ses moyens. Alors, qu'est-ce qui a bien pu provoquer son malaise de tout à l'heure : un souvenir ? la fatigue ? le stress d'avoir à prendre une décision importante ?

Elle étudie les formulaires, répond à mes questions, appose sa signature au bas du document. C'est au moment où elle se redresse, après avoir signé son nom, que je la reconnais enfin. C'est-à-dire que je découvre à qui elle me fait penser. Ce petit air suffisant, cette assurance indestructible, comme si tout ne pouvait aller que dans la direction qu'elle a choisie, comme si nous n'étions tous là que pour faire ses quatre volontés… c'est Corinne. Elle me rappelle mon ex, la séduction en moins. Elle a la même rigidité, la même détermination. Quand elle a décidé quelque chose, rien ni personne ne peut l'arrêter. Avec les années et l'expérience, et peut-être aussi parce qu'elle possède une intelligence supérieure, Corinne a raffiné son style, a mis des gants de velours sur son tempérament d'acier trempé, mais au fond, elles sont pareilles. À cet instant, je déteste Christine Payer avec une profondeur délectable. Le sentiment est si puissant que, pendant une seconde, j'oublie complètement où je suis et ce que je suis censé faire. Si je ne devais pas lui vendre une maison et empocher un gros chèque, je pense que j'étranglerais ma cliente avec bonheur. Ce serait une jouissance rarement égalée que de la voir demander grâce.

Heureusement, avant qu'elle commence à s'inquiéter de mon regard fixe et du vide que j'ai laissé s'installer dans la conversation, mon accès de haine redescend aussi vite qu'il est monté : Christine n'est pas Corinne. Ce n'est qu'une comptable, qui ne se tient plus de fierté depuis qu'elle a été promue au rang de contrôleur dans la compagnie de produits naturels où elle travaille.

Prenant un air détaché et professionnel, je me lève pour mettre fin au plus vite à cet entretien périlleux. Je me contente de signifier à madame Payer que je vais présenter son offre dans les délais requis. Je la raccompagne jusqu'à la sortie, légèrement obséquieux, avec mon blabla de vendeur efficace et d'animateur de quiz, mais elle choisit de rester silencieuse. Notre molle poignée de main dure moins d'une seconde. C'est à regret, d'un côté comme de l'autre, que nous nous forçons à céder aux conventions sociales : son animosité est aussi palpable que ma propre aversion. Juste avant que la porte se referme, je refrène pourtant une curieuse impulsion. Je ne sais pas pourquoi, mais j'ai eu envie de lui demander des nouvelles de son fils. Par la fenêtre, je la vois s'éloigner et quelque chose dans sa démarche vient encore solliciter ma mémoire. Rien à voir avec Corinne, cette fois. Christine Payer me rappelle quelqu'un que j'ai rencontré récemment, mais qui ?

Quand je repasse, seul, devant le poste de Françoise, celle-ci m'apostrophe.

« Tiens, vous avez eu une autre offre ? Je parie que c'est pour la maison de la rue d'Auteuil… »

Elle me dévisage d'un drôle d'air puis retourne à ses mots croisés.

L'offre est acceptée immédiatement par Patricia Veillette. Puisque je préférais ne plus la revoir pour des raisons évidentes – les déprimées me dépriment –, j'ai délégué une collègue junior qui est allée chez elle lui présenter la proposition. Il paraît que Patricia a louangé mon efficacité… La demande de prêt hypothécaire ne pose évidemment aucun problème pour

Christine Payer, en bref c'est un dossier sans histoire. Ça se passe beaucoup mieux que je l'avais escompté avec la pète-sec. Elle aura son bungalow et le pauvre Charles-Antoine pourra s'enfermer dans le sous-sol pendant les deux ou trois prochaines années pour rêver tranquillement d'un tour du monde en voilier, seul avec son père. Des fois, j'aurais envie… Je me demande s'il s'est résigné. Mais je ne le saurai probablement jamais.

Après tout, c'est leur problème. Dès qu'ils seront passés chez le notaire, ils disparaîtront de ma vie. Si je pouvais, j'irais embrasser la tombe de Micheline pour la remercier d'un autre beau chèque, mais ça pourrait être mal interprété.

Je me suis réjoui trop vite. Christine Payer a décidé un dimanche d'aller respirer l'air de son futur quartier : les commères de la rue en ont profité pour faire leur œuvre. Elle a d'abord appris que Micheline était morte chez elle, puis que deux autres décès avaient marqué les transactions précédant la sienne. Que la maison était vide en conséquence de tout ça. Une voisine en a même rajouté en affirmant que, d'après elle, l'un des acheteurs avait probablement poussé sa femme vers le suicide pour vivre avec une jeune. Je ne sais pas où elles sont allées chercher des histoires pareilles. C'est fou comme les potins arrivent à se faufiler partout. Il y a des cerveaux qui n'absorbent que ce genre d'information. En tout cas, je n'ai parlé à personne mais le mal est fait. Résultat : Christine Payer veut annuler la vente.

« Cette ambiance est très malsaine, je n'ai pas besoin de ce genre d'histoire dans ma vie. Ce n'est pas que je croie aux mauvais sorts, mais avouez que ça fait beaucoup de coïncidences. J'ai changé d'avis, je ne veux plus acheter cette maison-là. Il faut tout annuler. »

« Ce sont des coïncidences malencontreuses, je vous l'accorde, mais il ne faut pas vous arrêter aux commérages. Vous devez savoir que plus un potin se promène, plus il grossit. C'est absolument faux que Steve a tué Manon. Elle était allergique aux arachides et, d'après ce que j'ai su, elle aurait mangé probablement par erreur une sauce aux arachides. C'est à cause de ça qu'elle est morte. En plus, contrairement à ce que vous ont dit ces chipies, les deux transactions ont vraiment eu lieu, la maison a été vendue à deux reprises, mais les acheteurs ne l'ont jamais habitée, c'est tout. »

Pourquoi ai-je été préciser « sauce aux arachides » ? Quel con ! Personne ne m'a jamais dit qu'elle était morte d'avoir mangé de la sauce aux arachides. Steve m'a tout juste mentionné que Manon était morte d'un choc anaphylactique, causé probablement par son allergie aux pinottes. Il a ajouté qu'il ne comprenait pas qu'elle ait pu être aussi imprudente. J'espère que Christine Payer ne relèvera pas l'information. Il faut que je fasse plus attention, ce genre de petits détails pourrait me causer des ennuis.

« Je vous dis qu'il n'est pas question que j'achète cette maison ! »

Le ton monte, sa voix déraille un peu. Elle donne un coup de poing sur mon bureau. Son côté rationnel refuse d'admettre la possibilité qu'un mauvais sort ait pu être jeté sur une maison, mais elle a peur malgré tout. Tu ne m'auras pas comme ça, ma belle.

« Je suis désolé, madame Payer, mais les négociations ont été menées en toute bonne foi, il n'y a rien qu'on puisse faire. On ne peut pas annuler un contrat sur la base d'un mauvais *feeling*. Il y a des lois qui encadrent les transactions immobilières, vous devriez le savoir. »

Elle serre les dents, la bouche pincée, le nez et le front plissés. Si elle ne se retenait pas, elle me mordrait. Ses petits poings s'agitent dans les airs, elle cherche des mots pour exprimer son indignation, mais rien ne lui vient. Moi, je retiens un fou rire. Rien ne me réjouit plus que de voir cette gribiche despotique essuyer un revers. Son visage change de couleur à mesure que la colère monte : elle rougit puis pâlit.

« Je vais prendre un avocat, vous allez voir, je vais… je vais… »

Je baisse les yeux sur un document que j'ai dans les mains et je fais semblant de lire, pour lui signifier que, en ce qui me concerne, le sujet est clos. Au bout de quelques secondes, les mots ne lui viennent toujours pas, ce qui finit tout de même par m'étonner. En relevant la tête, je me rends compte que c'est la respiration qui ne lui vient pas. Elle halète laborieusement, son visage vire au bleu, les ailes du nez sont pincées, elle a des traces blanches sur la figure. Ça devient sérieux. La crise d'asthme sévère, ça doit être ça. Fin de la discussion : la pétasse est en mode survie. Elle s'avance sur le bout de la chaise face à mon bureau, les mains sur la poitrine et tente vainement de maîtriser la crise. Puis elle agrippe son sac en tremblant, à la recherche d'une pompe qu'elle ne trouve pas. Elle se laisse envahir par la panique pendant que je reste immobile et stupéfait.

Juste à ce moment – aurait-il été relié à elle par un bouton d'alarme secret ? –, son fils entre sans s'annoncer, l'air exaspéré, ses écouteurs dans les oreilles. Françoise, qui l'a sans doute guidé, le suit de près, probablement attirée par les cris de protestation de ma cliente comme un animal est attiré par l'odeur du sang. Elle jette un coup d'œil rapide mais précis dans la pièce, me lance son habituel regard chargé de mépris et repart en traînant les pieds, sans avoir pu constater que Christine Payer est à bout de souffle puisque cette dernière lui tournait le dos. Je suis certain que Françoise s'est arrêtée près d'un mur discret, pour pouvoir entendre la conversation.

Fiston devait attendre dans la voiture depuis trop longtemps pour son goût et a décidé de venir voir ce qui prenait autant de temps à sa mère. Il espère peut-être lui aussi que la vente sera annulée, pour des raisons différentes. Quand il découvre sa mère dans cet état, il entre lui aussi en mode survie et se transforme sous mes yeux en premier répondant. Il s'accroupit tout en arrachant les écouteurs de ses oreilles, fouille aussitôt dans le sac à main de Christine et en sort le sachet de plastique que j'ai aperçu l'autre jour. Il y pêche la pompe extrême, celle des grandes occasions, et la lui fourre dans la bouche. Elle aspire une grande bouffée, les yeux révulsés. Il sort aussi d'une fiole deux petites pilules qu'il garde dans le creux de sa main. En attendant que le médicament fasse son effet, il lui prend la main, tente de l'apaiser, respire doucement en la regardant dans les yeux pour imprimer un nouveau rythme aux halètements désespérés de Maman Christine. Il chuchote :

« Ça va aller, ça va aller. Respire doucement… »

J'assiste à la scène en témoin curieux. Tiens, il a de la ressource le taré quand même. Qu'aurais-je pu faire s'il ne s'était pas pointé ? Pas grand-chose, tout s'est passé si vite. C'est un coup de chance pour elle que Charles-Antoine se soit manifesté. On voit bien que ce n'est pas la première fois qu'il fait face à une crise. Il s'est montré parfaitement calme et maître de lui. En ce moment, il ne fait pas ses quinze ans. Je l'observe avec intérêt : soudain, il me ramène à moi, au même âge, dans la même situation. A-t-il déjà pensé lui aussi à laisser la crise aller jusqu'à sa conclusion, sans réagir ?

Quand même, un peu d'humanité de ma part, ce ne serait pas du luxe ! D'autant plus que c'est à cause de moi que sa mère a failli mourir.

« Voulez-vous que j'appelle une ambulance ? »

«Non, ça ne sera pas nécessaire. Mais elle aurait besoin d'un verre d'eau, si ça ne vous dérange pas?»

Charles-Antoine répond d'un ton posé en se redressant, l'air d'un professionnel qui, même bouleversé, ferait semblant d'en avoir vu d'autres. Dans son système interne d'autoprotection, il a peut-être déjà classé l'incident dans les mauvais souvenirs, pour mieux l'oublier. Effectivement, le visage de Christine reprend des couleurs et sa respiration s'apaise. Je vais dans la petite cuisine et rapporte un verre d'eau, pour me rendre utile et pour qu'elle ne remarque pas l'air de jubilation qui traîne sur mon visage. Cette fois, je l'ai véritablement mise K.-O., la salope. Pas question de revenir en arrière, ça se passera comme JE le voudrai, jusqu'à la signature chez le notaire. Et même après.

Je lui tends le verre d'eau et Charles-Antoine lui donne les pilules. Christine Payer les dépose sur sa langue sans un regard pour son fils, sans le moindre signe de reconnaissance et boit en me regardant dans les yeux. Dès qu'elle a déposé le verre vide sur le bureau, elle repart à l'attaque.

«Êtes-vous absolument certain qu'il n'y a rien à faire?»

«J'aimerais bien vous donner un espoir, mais j'ai connu d'autres cas de ce genre. Un décès dans une propriété n'a jamais constitué une raison valable pour annuler une offre d'achat.»

«Bon.»

Elle se lève, repousse machinalement son fils qui a repris son masque imperturbable. Autant de son côté que chez sa mère, on croirait qu'il ne s'est rien passé. Une fois la crise dissipée, ils s'ignorent, mais leur impassibilité semble forcée. Je ne sais pas s'ils se sont parlé pendant que j'étais dans la cuisine, mais je ne vois aucune trace de gratitude chez la mère ni la moindre inquiétude du côté du fils. Difficile de les imaginer en train de manger leurs céréales ensemble à la table de la cuisine. En même temps, on dirait un vieux couple. Je me rappelle comme si c'était hier cette atmosphère étouffante, cette tension latente, cette sensation d'être toujours sur la corde raide. Je revois mon adolescence avec ma mère, les dernières années surtout, dans un appartement miteux où le huis clos avait parfois une odeur écœurante. Ah, Florence, tu me harcèleras donc toujours…

Une fois qu'ils sont partis, je me laisse tomber lourdement dans mon fauteuil, légèrement étourdi. Bizarre comme cet épisode m'a secoué. J'en tremble presque. Mais ce n'est pas à cause de la crise d'asthme – a-t-elle vraiment frôlé la mort ? –, je n'en ai rien à foutre de son asthme. Elle peut bien en crever, du moment qu'elle attend d'être passée chez le notaire. Non, c'est plutôt à cause de ce que j'ai senti passer entre eux. Ce naturel avec lequel le fils est devenu le gardien de la mère, la manière dont elle l'a utilisé puis ignoré, comme si le rôle principal de Charles-Antoine, à quinze ans, était de prendre soin d'elle. J'ai reconnu cet égocentrisme. Je l'ai ressenti. Une brûlure, une gifle violente venue du passé. Je me suis trompé, Christine Payer n'est pas une Corinne. C'est une Florence. C'est bien pire.

La prochaine fois qu'elle se tapera une crise d'asthme, il vaudrait mieux pour lui que son fils soit absent. Mon but, à partir de maintenant, c'est de provoquer cette crise. Mais avant, il faut passer chez le notaire. Si tout se déroule comme prévu, et je ne vois pas pourquoi il en serait autrement, elle va acheter la maison. Et si les dés roulent pour moi, pas sûr qu'elle va l'habiter. Puisque Charles-Antoine veut partir en bateau avec son père, je vais l'aider à y parvenir.

Les démarches de Christine Payer pour annuler la vente n'ont effectivement pas porté de fruits. Elle a jugé bon de ne pas insister : il me semble avoir été assez persuasif il y a un mois, quand elle a voulu se désister. Depuis ce temps, notre relation a encore évolué : après avoir été sèche et méfiante à mon égard, ma cliente me voue désormais une haine qui n'a d'égale que celle que je lui porte. La mienne se justifie tout à fait, surtout depuis qu'elle a mentionné qu'elle avait entrepris des démarches pour obtenir la garde complète de son fils, considérant le père comme un irresponsable. Je ne sais toujours pas ce que cet homme fait dans la vie, mais s'il a les moyens de partir en bateau pendant un an, ce n'est sûrement pas un clochard... ni un agent immobilier.

Je ne sais toujours pas pourquoi Christine me tient au courant de ses démêlés légaux avec son ex : peut-être veut-elle me faire comprendre qu'elle a l'habitude d'affronter des adversaires et qu'elle m'a fait une fleur en renonçant à contester une entente signée. En tout cas, les trois ou quatre échanges téléphoniques que nous avons eus pour régler certains détails ont été incisifs. Si c'était un homme, je dirais que je le tiens par les couilles.

Ça ne m'empêche pas de me montrer sous mon meilleur jour quand nous nous présentons tous chez le notaire pour la signature de l'acte de vente. Pour moi, c'est le début d'une nouvelle aventure et je suis d'excellente humeur. En dévisageant mon acheteuse, plus rigide et pointilleuse que jamais, en l'écoutant poser au notaire des questions insignifiantes, passer et repasser sur tous les chiffres de la liste des ajustements (pourcentage des taxes municipales et scolaires qu'elle aura à payer, en plus du remplissage du réservoir de mazout), je dresse des plans. Je l'imagine déjà, elle halète sous mes yeux, la couleur de son teint vire au gris... Tout à ma rêverie, j'évite de porter mon regard sur Patricia Veillette.

Oui, bien sûr, la vendeuse est là aussi, avec son allure de Mère Teresa et son air de s'excuser d'exister. Quand elle est entrée, elle m'a tout de suite cherché des yeux. J'ai ressenti une pointe d'inconfort, alors j'ai fait semblant d'être très attentif aux propos vaseux du notaire et je lui ai à peine offert un signe de tête. Je ne sais pas pourquoi elle m'a choisi comme confident, mais mon bureau de psy est fermé. Je n'ai pas de consolation à lui offrir. En la débarrassant de sa sœur, je considère que j'ai fait ce que je pouvais pour elle.

Chose certaine, l'atmosphère a changé du tout au tout quand elle a croisé pour la première fois le regard de Christine Payer. Patricia a blêmi comme si elle venait d'apercevoir un fantôme. Puis elle a esquissé un mouvement de la main vers elle, mais Christine lui a opposé un regard glacial avant de détourner la tête. Son refus d'établir le contact est aussi solide qu'une porte de coffre-fort. Christine a pivoté sur sa chaise, tournant presque le dos à Patricia pour éviter toute tentative d'entamer la conversation. Elle se concentre sur les propos du notaire. Je suis assez intrigué par cet échange muet mais très chargé : on dirait que les deux femmes se connaissent. Pourtant, quand Paul-Émile les présente officiellement l'une à l'autre, elles se comportent toutes les deux comme des étrangères. Ou plutôt, Christine garde la même distance hautaine et Patricia reprend son air de chien battu. J'ai dû me tromper.

Mon rôle dans cette réunion étant plutôt symbolique – c'est une tradition plutôt qu'une obligation d'accompagner les clients quand ils finalisent leur transaction, je pourrais fort bien me faire envoyer mon chèque par messager –, je prends plaisir à observer les allées et venues du notaire. Sacré Paul-Émile, il est célèbre dans toute la région…

C'est amusant : Christine Payer me déteste, mais sans le savoir elle a choisi mon notaire préféré, Paul-Émile Grenon. Ce n'est pas notre première transaction ensemble : lui et moi, on remonte à loin. En général, je recommande à mes clients de prendre leur rendez-vous à son cabinet dans l'avant-midi. Plus tard que ça, après un lunch le plus souvent arrosé de scotch, ils risquent de le trouver imbuvable. Il faut souvent réparer ses gaffes et ses oublis. Alors les tracasseries s'éternisent, et qui est-ce qui reçoit les plaintes ? Toujours l'agent immobilier. Il est tout de même bien sympathique, le Paul-Émile, avec sa grosse bedaine prospère et ses cravates fleuries. Il y a quelques années, je lui ai fait faire tellement d'argent en lui envoyant des clients que, pour me remercier, il m'a invité à son mariage. Je lui ai offert une cravate à fleurs, et un bouquet de fleurs pour sa nouvelle femme, qui s'est avérée être sa secrétaire. Quelqu'un m'a révélé, trop tard, qu'elle collectionnait les disques yéyé des années 1960. Avoir su…

« Voilà madame Payer, tout est réglé. Il ne reste plus à madame Veillette qu'à vous remettre les clés. Dès que les papiers auront été enregistrés, ma secrétaire les fera envoyer à votre agent. Je suis certain que monsieur Paulhus se fera un plaisir d'aller vous les porter. »

J'acquiesce poliment. Un bon agent n'a pas terminé son travail tant que les clients ne sont pas installés dans leur nouvelle maison. Et même après, il y a toujours un attardé qui appelle parce qu'il n'a pas trouvé le disjoncteur de la laveuse.

Christine Payer se tourne vers moi d'un mouvement sec.

« Il faudra que vous m'appeliez pour prendre rendez-vous. Dans la journée, je n'aurai pas le temps et je dois aller reconduire mon fils à ses cours presque tous les soirs. »

Le notaire qui a déjà les joues rouges – je crois qu'il a profité d'une pose-pipi pour prendre une petite lichette de scotch – sort ses compliments des grands jours.

« Je vous félicite d'avoir un enfant aussi occupé. C'est un signe d'intelligence de s'intéresser à beaucoup de choses. »

« Je considère que l'apprentissage de la musique est essentiel pour les enfants. Et c'est excellent pour la compréhension des mathématiques. »

Ben voyons ! J'aurais dû me douter qu'elle était du genre à lui imposer des gammes interminables tous les soirs devant un clavier. C'est un dragon, cette bonne femme! Tu vas voir, je vais te faire ravaler ton feu.

Paul-Émile se lève et serre la main des deux femmes qui, à leur tour, se tournent l'une vers l'autre et échangent une poignée de main contrainte. Encore une fois, Patricia ouvre la bouche. Elle va tenter un rapprochement, mais Christine lui coupe le sifflet. À la vitesse de l'éclair, elle lui tourne le dos pour marcher d'un pas précipité vers la porte. Pourquoi y a-t-il ce malaise aigu entre les deux femmes? C'est un mystère que j'aimerais bien éclaircir. Je n'ai pas rêvé, elles ont vraiment l'air de se connaître.

Bof, c'est peut-être la maison elle-même qui est la cause du malaise. Patricia n'a jamais vraiment voulu de cette maison. Elle ne rêvait probablement que de faire disparaître cet intermède dramatique de sa vie. Quant à Christine, la voilà coincée avec une maison hantée. Ça lui fera peut-être du bien, de jaser avec des fantômes! Je chasse mes réflexions et me lève aussi, plein de pep dans le soulier. J'ai du mal à ne pas afficher ma bonne humeur: même pas besoin de prétexte pour revoir Christine Payer, le bon notaire au nez rouge vient de me le fournir. En plus, il me tend une enveloppe qui, je le sais, contient un chèque.

«Et le tennis, monsieur Paulhus, ça va? Avez-vous de bons partenaires ces temps-ci?»

Paul-Émile me vouvoie toujours devant les clients. C'est bon de garder une certaine distance professionnelle. Mais son clin d'œil est plein de connivence. C'est qu'on partage quelques bons souvenirs. Dommage, depuis qu'il s'est marié, je le vois moins souvent. Dans le temps, il m'a fait découvrir quelques agences d'escortes pas piquées des vers…

Dans quelques jours, j'irai porter les documents officiels à Christine et lui ferai, par la même occasion, regretter d'avoir été une aussi mauvaise mère. Il faut seulement que je m'arrange pour que son fils soit absent. Évidemment, ce sera un dur moment à passer pour lui mais il s'en remettra vite, surtout s'il part jouer au matelot avec son père.

Je n'ai pas le pouvoir de gérer l'agenda de Charles-Antoine X, mais il me faut absolument connaître ses moments de liberté, c'est-à-dire les moments où il se trouve n'importe où sauf avec sa mère. Il va donc falloir que je m'impose un peu de surveillance devant leur condo, histoire de découvrir leurs horaires. Christine et lui habitent au premier étage d'un immeuble de six condos. Je connais bien le secteur puisque j'ai vendu trois bungalows pas loin de là au cours de la dernière année. J'ai vérifié pendant la journée le nom sur la boîte aux lettres dans le hall d'entrée, c'est au numéro 4.

Cinq jours d'affilée, je m'installe discrètement pas très loin de leur immeuble vers seize heures et trente. J'oriente ma voiture de manière à pouvoir observer leurs allées et venues, ce qui me permet de découvrir que l'autobus scolaire dépose fiston à trois maisons de chez lui, à seize heures cinquante. Trois minutes plus tard, une lampe s'allume dans ce qui doit être le salon. Le garçon profite d'un peu de temps pour lui tout seul, c'est déjà ça. Quand sa mère rentre, autour de dix-sept heures quarante-cinq – jamais plus tôt, elle travaille au centre-ville et la traversée des ponts à cette heure-là a une durée variable mais toujours interminable –, je vois s'allumer une nouvelle lumière dans la cuisine. Je sais que c'est la cuisine, je connais ce type d'immeuble par cœur. D'ailleurs, je connais le promoteur qui l'a construit et si je racontais à Christine à quel point il a tourné les coins ronds pendant les travaux, elle serait bien contente de déménager dans son petit bungalow des années 1970, hanté ou pas.

Donc, Christine doit être en train de préparer le souper qu'ils mangent sûrement dans la cuisine. Chaque soir, à dix-neuf heures, je les vois ressortir tous les deux. Le garçon tient un étui à violon dans les mains. C'est drôle, j'aurais cru qu'il jouait du piano. Mais ça ne m'étonne pas. Le violon c'est… je ne sais pas, encore plus… sec. Ils montent dans la voiture et Christine revient seule, quinze minutes plus tard. La leçon de violon devrait durer une heure et demie, car je la vois repartir à vingt heures trente. Ça me laisserait du temps…

J'aime bien cette période de vigie pendant laquelle je joue au détective. J'ai même envie de la prolonger, juste pour le plaisir de voir Christine Payer aller et venir comme une souris affolée. Quand elle ressort de la voiture après avoir ramené fiston, elle parle sans arrêt en le regardant. Ça se voit qu'elle lui pose des questions. Ses progrès ? Ses difficultés ? Elle insiste et il répond par monosyllabes. Il tient son instrument mollement, fait balancer l'étui par le bout, comme si pour lui ça n'était qu'un jouet ou un objet sans intérêt. Bordel, il me semble que ça coûte cher, un violon, pourtant. D'ailleurs, sur une phrase coupante de sa mère – j'imagine le ton en voyant le geste sec qu'elle a pour l'apostropher –, il saisit son étui avec plus de précaution. Elle continue pourtant de le harceler.

C'est une « picosseuse », une emmerdeuse, une achalante, une raison pour un fils de choisir la ruelle ou la rue ou… de cacher ses médicaments. Je pourrais passer des heures à la regarder et à la haïr. Ça pourrait devenir un loisir. Mais je vais quand même passer à l'acte aussitôt que possible. D'abord, elle est déjà presque prête à emménager dans la « casa Michelina » et Charles-Antoine espère peut-être encore que son père…

Elle a presque toujours un sac d'épicerie au bras quand elle rentre du travail. Grâce à ma petite lorgnette de théâtre – un chanteur français en tournée de promotion ici avait fait découvrir le mot à Florence qui l'avait ensuite employé à toutes les sauces pour écœurer le peuple –, j'observe de loin qu'il n'y a jamais rien d'excitant dans son sac, pas la moindre gâterie pour faire plaisir à fiston. Du brocoli, des pâtes au blé entier, un filet de poisson. Un soir, malgré la distance, je crois deviner une boîte de All-Bran à travers le plastique blanc. Pas surprenant. Dans le genre constipé, je parie que c'est une championne.

Le temps passe, les journées raccourcissent et, bientôt, je ne pourrai plus rien discerner dans ses affaires. Il faut que je passe à l'action. Mais ce n'est pas tout d'arriver chez elle avec des papiers, il me faut un prétexte pour rester, et ensuite que je trouve le moyen de faire disparaître ses petits inhalateurs. Combien en a-t-elle et où sont-ils rangés ?

J'ai le trac, c'est sûr, mais le plaisir augmente. C'est presque aussi bon que les dernières minutes avant que la caméra s'allume sur une nouvelle émission, surtout en direct. Et puis, je ne dois pas perdre de vue que je suis une sorte de bienfaiteur. Prenons Micheline, par exemple. Si j'ai bien lu entre les lignes, c'était une emmerdeuse de première classe : rien qu'à l'entendre parler de la manière dont son propre fils cherchait à l'éviter, facile de deviner que celui-ci allait être bien débarrassé quand sa mère aurait levé les pieds. Pour ce qui est de la bru, ça semblait encore plus évident qu'elle ne pouvait pas sentir sa belle-mère.

En ce qui concerne Manon, ça ne m'a pas tout de suite sauté aux yeux. L'allergique aux pinottes était une quétaine ordinaire, fatigante mais pas au-dessus de la moyenne. Pourtant, à voir la vitesse avec laquelle Steve l'a remplacée, je suppose que le petit mari n'était pas si heureux avec sa poupoune de quarante-cinq ans aux mèches orange.

Quant à Yolanda… C'était du bois mort, un fardeau pour sa sœur, pour elle-même et même pour moi depuis que j'avais découvert ses liens avec Florence. Il y a des gens qui ne savent pas ce qui est bon pour eux. Patricia avait encore l'air éploré quand je l'ai retrouvée chez le notaire. J'espère qu'avec le temps, elle comprendra que la société doit se défaire de ses embarras. Yolanda, c'était comme une pile de vieux 45 tours rayés. Ça ne sert à rien de les garder, même les brocanteurs n'en voudront pas. Yolanda était exactement comme Florence, bonne pour la ferraille.

Pour être franc, je n'ai pas été qu'un bienfaiteur. Elles m'ont toutes procuré une bonne dose de plaisir en passant de vie à trépas. Les regarder étouffer, lire la peur dans leurs yeux, la supplication aussi, savoir que je n'aurais qu'à sortir la seringue pour les sauver d'une mort certaine mais DÉCIDER de rester là sans bouger, parce que c'est moi qui ai le contrôle, c'est une sensation incomparable. C'est sûr qu'un corps chaud, des cuisses qui s'ouvrent, des fesses qui se laissent taper avec des petits cris de plaisir, c'est agréable, mais au fond je les préfère sous forme de fantômes, mes bonnes femmes. Tiens, c'est comme ça que je vais les présenter à Christine. Je vais lui parler de mes fantômes. Mais avant, je vais lui apporter des fleurs.

Encore une fois, la chance m'accompagne. La fortune sourit aux audacieux, c'est ça qu'on dit ? Quand j'ai téléphoné à Christine pour lui annoncer que j'avais reçu ses documents enregistrés, elle m'a demandé de passer le lendemain, soit vendredi, parce qu'après son cours de violon, Charles-Antoine s'en irait directement chez son père pour la fin de semaine.

J'arrive donc chez elle à l'heure fixée, assez fébrile. J'ai libéré mon agenda jusqu'au lendemain, on ne sait jamais. Je vais prendre mon temps, savourer chaque seconde d'une soirée qui promet d'être mouvementée. Je voudrais qu'elle souffre un peu, la pimbêche, et je veux qu'elle sache pourquoi.

Quand elle m'ouvre la porte dans son tailleur de comptable et qu'elle voit le gros bouquet derrière lequel je suis dissimulé, je la devine plus qu'étonnée. À vrai dire, elle est déstabilisée. Elle a bien senti depuis le début que je ne la portais pas dans mon cœur. À chacune de nos rencontres, on pouvait presque voir les ions se heurter. Si les atomes étaient crochus, ils l'étaient dans le mauvais sens. Alors pourquoi ce bouquet, se dit-elle ? Il doit y avoir quelque chose de louche là-dedans, elle se méfie, attend la mauvaise nouvelle ou, pire encore, l'arnaque vicieuse. Je la laisse languir quelques secondes en savourant mon avantage, puis je baisse le bouquet pour qu'elle aperçoive mon plus beau sourire.

Elle continue de me regarder d'un air soupçonneux, mais mon sourire lui dit que je veux me faire pardonner de lui avoir causé des inquiétudes, que je désire la rassurer, que je suis là pour l'aider. Alors là, elle est sans voix ! Excellent, excellent. Elle est bien obligée de m'inviter à entrer, de m'offrir un café ou un verre de vin ou n'importe quoi. Je m'empresse d'accepter. Je regarde autour de moi, on dirait presque une chambre d'hôtel. L'appartement est trop bien rangé, la décoration, pratiquement inexistante. C'est vrai qu'ils se préparent à partir, mais tout de même. Il y a dans un coin une bonne vingtaine de boîtes de déménagement, toutes étiquetées avec des pastilles de couleurs différentes. Elles sont si bien alignées qu'elles semblent faire partie du décor. J'espère que la chambre de son fils n'est pas aussi impeccable que le reste, ce serait trop déprimant. Il faut quand même qu'il mérite les efforts que je vais faire pour lui et pour sa liberté.

Comme toujours, l'asthmatique robotique s'agite mais, cette fois-ci, elle a l'air d'une poule sans tête. Elle vient de découvrir une autre facette à ma personnalité et cette découverte la désarçonne. Elle doit se demander ce qu'elle devrait en conclure. Comme elle n'a pas l'air de savoir par où commencer, je lui suggère de mettre d'abord ses fleurs dans l'eau. Et parlant d'eau, je lui demande la permission d'utiliser la salle de bain.

Une fois seul dans la pièce – tout y est beige et lisse –, j'ouvre le robinet du lavabo pour couvrir le bruit pendant que je fouille dans les placards à toute vitesse. Je découvre trois médicaments pour l'asthme sous forme d'inhalateurs : tendant le bras, je les cache sur le dessus du meuble de rangement en mélamine beige qui doit bien faire sept pieds de hauteur. C'est assez haut pour qu'elle ne puisse pas les atteindre autrement qu'en grimpant sur un escabeau. À condition de savoir qu'ils sont là, bien entendu. Je me demande si Charles-Antoine a déjà eu cette idée avant moi…

En sortant, je jette un coup d'œil dans une chambre, sûrement la sienne. Le lit au couvre-lit beige et bleu est fait au carré, les tentures bleues sont tirées devant la fenêtre. Il y a une photo de son fils sur le mur : il a l'air d'avoir environ dix ou onze ans, mais il porte une toge, un mortier et tient un diplôme. Le sac à main de Christine, celui qu'elle avait à chacune de nos rencontres, est posé juste là sur la commode, ouvert. Il me suffit de trois pas pour mettre la main sur le fameux sac de plastique transparent qui contient pas moins de quatre inhalateurs, tous différents. Dis donc, elle est parée pour toutes les urgences. J'ai toujours le sac dans la main quand j'entends sa voix qui se rapproche.

« Préférez-vous le vin blanc ou le rouge ? »

J'ai tout juste le temps de lancer le sac sous le lit et de sortir de la chambre. Elle est devant moi, les joues rouges, l'air soudain timide, comme une fille qu'un gars vient chercher pour la première fois pour l'emmener au cinéma. Ma parole, je crois que je viens de faire une conquête. Décidément, les fleurs, ça marche toujours. Sauf avec Corinne, qui les considérait comme du gaspillage, à moins de les lui envoyer à son bureau où elle passait plus de temps qu'à la maison. Au bureau, tout le monde pouvait les voir. Corinne n'a jamais été une grande romantique. Florence, par contre, considérait les fleurs comme des hommages naturels à son talent, à sa beauté et un excellent moyen pour accéder à son lit, à condition que le bouquet soit gros et qu'il ait l'air d'avoir coûté très cher. Elle avait horreur des *cheaps* qui lui offraient des petits bouquets de dépanneur. Même de la part de ses fans, elle prétendait que trois œillets blancs entourés de soupirs de bébé, c'était presque une insulte.

Christine ne doit pas en recevoir souvent puisqu'elle ne s'en remet toujours pas. Est-ce qu'elle a fini par me reconnaître ou bien aurait-elle parlé de moi à une de mes anciennes coquerelles de studio qui m'aurait identifié en tant que vedette? Tout d'un coup, la pauvre fille a laissé tomber tous ses soupçons. Elle est bien près de me donner le bon Dieu sans confession. Je n'en demandais pas tant, néanmoins ça me rendra la tâche plus facile. Peut-être même qu'elle va m'inviter à souper. Tant qu'à faire, puisqu'elle m'ouvre la porte, je vais sortir le grand jeu et investir dans une opération de charme. Je ne m'attendais pas à ça, mais profitons-en, ça doublera l'agrément.

« Je boirai ce que vous préférez, chère madame. »

Elle rougit de plus belle, je sens que ce sera une partie de plaisir. Dis donc Christine, je ne te devinais pas aussi facile à émoustiller, je jurerais que tu es en train de mouiller ta culotte !

« Vous pouvez m'appeler Christine, vous savez… »

Elle marche vers la cuisine d'un pas étudié puis tourne la tête à nouveau vers moi avec un *double-take* assez charmant.

« Vous m'avez vraiment prise par surprise. Ça faisait longtemps que je n'avais pas reçu de fleurs. Il y a des attentions qui se perdent. »

Elle sourit légèrement en me montrant d'un geste large le divan du salon pour m'inviter à m'asseoir. Elle tente d'avoir l'air détaché mais c'est trop tard. Pour la première fois depuis que je la côtoie, il y a du brillant dans ses yeux. Pourtant, elle n'a pas encore commencé à boire. Si j'en avais envie, je n'aurais pas à tortiller trop longtemps pour me faufiler dans son lit.

« Est-ce que vous avez déjà jeté un coup d'œil aux documents que je vous ai apportés ? J'espère que le notaire n'a rien oublié. Si jamais il manquait une précision quelconque, vous pouvez être certaine que je m'en occuperai tout de suite. »

Elle revient de la cuisine avec deux verres de vin blanc et m'en tend un.

« Oui, j'ai jeté un coup d'œil. –

(Menteuse…)

– … Il n'y a aucun problème, tout est en règle. Mon homme à tout faire commence les travaux dans la maison dès lundi matin. »

« Ah, vous allez entreprendre des rénovations ? »

Elle déguste une gorgée de vin, lentement, les yeux fermés, avec une ferveur étonnante, oubliant carrément ma présence. Je vois son corps se relâcher, ses épaules tombent, un demi-sourire de jouissance s'imprime sur son visage. Cette fois, c'est à mon tour d'être surpris. Elle n'est peut-être pas aussi pète-sec que je le croyais.

« Je veux me débarrasser des mauvais souvenirs que la maison pourrait conserver. »

Une autre gorgée. En la regardant siroter son Chardonnay avec un abandon terriblement sexy, j'en oublie mon propre verre. C'est carrément une autre femme qui est en train d'apparaître.

« C'est bon le vin, vous ne trouvez pas ? »

Elle soupire en regardant sa coupe.

« J'en bois rarement car je supporte mal l'alcool. J'ai toujours peur de perdre le contrôle. Mais je trouve ça délicieux. Je m'étais promis que je fêterais la transaction avec une bonne bouteille, alors c'est ce soir. Vous voyez, je sais faire contre mauvaise fortune bon cœur! En tout cas, ça me semble approprié que vous en profitiez aussi. »

Je me retiens de lui faire remarquer qu'elle était prête à tout pour faire avorter cette transaction il n'y a pas si longtemps. On n'en est pas à une contradiction près. Elle soulève à nouveau son verre devant son visage et fait tourner le vin dans la coupe. Elle ferme à nouveau les yeux, hume le parfum qui monte puis boit une autre gorgée.

« Le problème, voyez-vous, c'est que mes parents étaient alcooliques. La dernière fois que je les ai vus, c'était même carrément deux loques humaines qui s'enfonçaient dans la déchéance chacun de leur côté. Ils se sont séparés alors que j'étais encore très jeune, je ne me souviens même plus de les avoir vus ensemble. D'ailleurs, je n'ai pratiquement pas de souvenirs de mon père. Mais je me méfie de l'héritage qu'ils m'ont tous les deux laissé. En plus, il y a mon problème d'asthme, évidemment. Un asthme sévère comme le mien, ça ne fait pas bon ménage avec l'alcool. »

Elle me regarde par en dessous, l'air de se demander si elle devrait continuer de s'épancher, si j'en vaux la peine. Mais au diable la prudence, elle est en veine de confidence et, le vin aidant, elle continue.

«Jusqu'à ce que je coupe complètement les ponts, j'ai vécu avec ma mère dans le désordre et l'anarchie. Alors maintenant, je n'aime que l'ordre et la routine. Je déteste les surprises, qu'elles soient bonnes ou mauvaises, et je m'arrange pour les éviter. »

À ce moment, ses yeux se posent sur mon bouquet qu'elle a déposé tout à l'heure sur la table basse et elle se rend compte qu'elle pourrait m'avoir vexé en disant qu'elle n'aimait pas les surprises.

« Sauf les bouquets de fleurs. C'était très gentil de votre part. »

Je lève mon verre pour trinquer en la regardant droit dans les yeux pour l'encourager à continuer. Pendant qu'elle parle, je peux préparer mon plan et, plus elle boira, plus ce sera facile.

« Est-ce que vous faites ça souvent ? »

« J'aime bien gâter mes bonnes clientes. Et puis, je suis conscient que ça a été difficile pour vous d'accepter la transaction alors que vous ne vouliez plus de la maison. Je vous prie de me croire que, si j'avais pu revenir en arrière pour vous accommoder, je l'aurais fait. Mais les lois sont les lois. »

Tu parles, si j'avais vraiment voulu, je me serais arrangé, il y a toujours moyen. Si je n'avais pas d'autres plans la concernant, je lui proposerais bien de remettre la maison en vente tout de suite.

« Ouais… La loi c'est la loi, comme disaient les vieux ! »

Christine vient de vider son verre d'un trait. Elle se lève et va récupérer la bouteille qu'elle avait laissée sur le comptoir de la cuisine. Elle se rassoit à côté de moi, remplit mon verre que j'ai à peine touché et se verse une belle rasade.

« Ouais… Comme je vous disais, je n'aime pas les surprises et j'en ai eu une très mauvaise, chez le notaire. »

« Ah bon ? Pourtant, tout le dossier était en règle. Je ne me souviens d'aucune anicroche. Évidemment, le notaire Grenon peut parfois être un peu déplacé s'il a pris un verre de trop, mais là, il était complètement à jeun. Je peux vous l'assurer, je le connais assez pour le savoir. »

« Ce n'était pas la transaction. »

Elle boit maintenant à un rythme un peu plus rapide. On dirait qu'elle cherche du courage dans le fond de son verre.

« La vendeuse, madame Veillette… c'est… ma tante, la sœur de ma mère. Mais comme je vous l'ai dit, j'ai coupé les ponts avec ma famille il y a très longtemps. À dix-huit ans, je suis partie et j'ai épousé le premier gars qui a voulu de moi. Mon premier mariage n'a duré que quatre ans, mais au moment du divorce, j'ai fait des démarches légales pour pouvoir garder le nom de famille de mon ex-mari. J'aurais fait n'importe quoi pour ne plus avoir de lien avec ma famille. Je ne les ai plus jamais revus : ni ma mère, ni mon père. Même mes deux frères sont disparus dans la nature. Alors, découvrir que j'achetais la maison de ma tante, ça a été une mauvaise surprise que je suis encore en train d'essayer de digérer après deux semaines. »

Une chance que je sois assis, parce que j'ai les jambes coupées. Christine Payer est la fille de Yolanda ! Ça, c'est le summum.

« Patricia Veillette est votre tante ? »

Il faut que je réagisse, c'est ce qu'elle attend. Mais je n'ose pas faire de phrases trop longues, de peur d'échapper quelque chose. En tout cas, je comprends mieux l'attitude de Patricia l'autre jour, sa main tendue vers Christine, dans l'étude du notaire. Elle voulait sûrement lui parler, lui annoncer peut-être la mort de sa mère. Christine ne paraît pas être au courant.

« Vous aviez tous les renseignements sur la maison, incluant le nom de la propriétaire. Vous n'avez pas fait le lien avant ? »

« Non, j'ai presque réussi à oublier le nom des Veillette, à la longue, alors je n'y ai même pas pensé. C'est en la voyant que j'ai eu un choc… »

« Vous êtes la nièce de Patricia Veillette, donc la fille de… Yolande ? »

« Oui, Patricia c'est ma tante martyre. Ma mère l'a torturée toute sa vie. La dernière fois que je l'ai vue, elle avait encore l'air d'en redemander. Très peu pour moi, ce genre de résignation. Si elle veut servir de *punching bag* à sa sœur, se laisser humilier, et en plus lui trouver des excuses, c'est son affaire. Moi, j'ai décroché. Je vais beaucoup mieux depuis qu'elles sont disparues de ma vie. »

Qu'est-ce que ça devait être avant si elle se trouve détendue maintenant !

« J'ai remarqué que madame Veillette cherchait à vous dire quelque chose, l'autre jour. Maintenant, je comprends mieux pourquoi. Elle avait acheté la maison pour y habiter avec votre mère. »

« Ah ? Elle a changé d'avis ? A-t-elle fini par comprendre que Yolanda Caruso est une cause désespérée ? »

Pendant que je cherche comment lancer ma première salve, elle poursuit sur un ton plus qu'acide.

« Croyez-le ou non, ma mère a été chanteuse dans les années 1960. Pourtant, elle chantait comme une patate, ils n'étaient pas difficiles dans ce temps-là, il faut croire. Elle a osé choisir Yolanda Caruso comme nom d'artiste. Le vrai Caruso a dû souvent se retourner dans sa tombe. En tout cas, Yolande Veillette a eu probablement la plus courte carrière de tout le *show-business*. Malgré tout, Patricia a toujours admiré sa sœur, même si elle lui en a fait voir de toutes les couleurs. »

Un moment, son regard s'égare : on dirait qu'elle revit les frasques de Yolande et ça n'a pas l'air de lui faire plaisir. Puis elle secoue la tête pour chasser une image encombrante et reprend son air détaché.

« Donc, si je comprends bien, ma tante a fini par revenir à ses sens puisqu'elle a décidé de vendre la maison. Je suppose que ma mère a dû lui réserver une de ses mauvaises surprises habituelles. »

« Heu… On peut le voir comme ça. Yolande est morte peu de temps avant qu'elles n'emménagent ensemble dans la maison. »

Et voilà le travail. À mon tour de lui couper les jambes. Ou plutôt le souffle, puisque Christine perd plus facilement l'un que l'autre. Pas mal moins sexy tout d'un coup, la Christine. Elle pâlit, son verre de vin vacille un peu dans sa main, mais comme sa mère est censée être devenue pour elle une pure étrangère, elle cherche à se ressaisir.

« Comment le savez-vous ? En êtes-vous certain ? »

Plus que certain… Comment lui expliquer ? J'aimerais que ça lui fasse mal, qu'elle perde un peu de sa nonchalance. Elle recommence à m'agacer. Peut-être que je vais lui révéler mes secrets.

« Vous aviez raison, votre mère était vraiment une loque. Elle est morte comme elle a vécu. Elle avait beau sortir d'une cure de désintoxication, elle n'a pas résisté longtemps à l'attrait d'une bonne bouteille de rhum. Elle s'est saoulée jusqu'à en crever. Son cœur n'a pas tenu. »

« C'est Patricia qui vous a dit ça ? »

Je jubile intérieurement. Je me sens comme sur une scène, devant un auditoire captif. Là, je vais la scier.

« Non, ça n'était pas nécessaire, j'étais avec Yolanda quand elle est morte. Elle et moi, on était devenus des… copains, en quelque sorte. Votre tante la surveillait de trop près, elle étouffait. Alors je l'ai aidée à adoucir ses derniers jours. »

Christine me dévisage d'un air alarmé, en hochant la tête. La nouvelle a beaucoup plus d'impact sur elle qu'elle ne l'aurait cru.

«De toute façon, elle n'en avait plus pour longtemps ; votre mère avait un cancer du poumon. Elle voulait profiter un peu de la vie avant de partir, mais Patricia n'était pas d'accord. Moi, je n'y voyais pas d'objection. Je crois au libre choix.»

Elle est bouche bée. Je n'ai plus qu'à enfoncer le clou. J'avale une grande lampée de son vin pas terrible et je me lance.

«C'est curieux, l'autre jour vous ne vouliez plus acheter la maison parce que la dernière propriétaire à y avoir habité était morte dedans. Maintenant, ça me revient : elle aussi est morte à cause de l'alcool. Elle était diabétique et elle a bu trop de crème de menthe en mangeant de la crème glacée. Et puis tiens, l'acheteuse suivante, Manon, n'a jamais eu le temps d'habiter dans sa nouvelle maison, elle non plus. Elle était allergique aux arachides et elle a mangé de délicieuses crevettes dans une sauce aux arachides, sans se méfier. Et après elle, il y a eu Yolande. Pauvre Yolande, c'est vrai qu'elle a eu une triste vie. Je me rappelle bien d'elle, quand elle était chanteuse. Ma mère était chanteuse aussi, à la même époque. Elles avaient un peu le même style, d'ailleurs. Malheureusement pour Yolanda Caruso, ma mère était bien plus sexy.»

Christine a renversé son verre de vin sur le tapis, mais ne s'est pas précipitée pour nettoyer. Elle est effondrée sur le divan, les jambes ouvertes dans une position disgracieuse. D'où je suis, j'ai une vue très nette sur sa petite culotte. C'est de la dentelle blanche. Pas mal. Mais elle ne songe plus à me séduire : elle tremble comme une feuille et sa respiration a commencé à changer. Elle halète un peu et me regarde les yeux écarquillés. Elle hésite à mettre en mots la peur qui commence à s'infiltrer dans son cerveau embrumé.

«Est-ce que vous... les avez toutes vues... mourir ?»

«Oui.»

Elle sursaute et l'air qu'elle inspire alors se bloque dans sa gorge serrée. À l'expiration, elle se met à tousser violemment et se lève d'un bond, en prenant soin de maintenir une bonne distance entre elle et moi. En quelques secondes, je suis devenu un pestiféré. Je la regarde sans broncher, pendant qu'elle marche à reculons vers la salle de bain. J'écoute attentivement pendant qu'elle fouille dans l'armoire où elle range habituellement ses médicaments. Je suis très détendu, assuré qu'elle ne trouvera rien : j'entends les flacons qui volent dans tous les sens, la belle ordonnance de ses produits rangés par ordre de grandeur est complètement défaite. Puis j'entends un bruit sourd et tout s'arrête. Poussé par la curiosité, je me lève tranquillement et la rejoins : elle est assise par terre, adossée à la baignoire, la tête contre le mur, semblable à une poupée désarticulée. Son visage très pâle a pris une teinte légèrement bleutée, ses yeux écarquillés cherchent un point de repère. Sa respiration est rapide et oppressée, essoufflée comme si elle venait de fournir un effort intense, ce qui est sans doute le cas. Je lis l'angoisse et l'incompréhension dans ses yeux, des gouttes de sueur perlent sur son front. Elle ne sait pas si elle peut me demander de l'aide. Mais l'instinct de survie est plus fort et elle m'appelle au secours en tendant le bras.

« Mon… sac… à main… dans… ma chambre. »

Galamment, je me dirige vers sa chambre, attrape le sac et le lui rapporte. Maladroitement, à l'aveuglette, elle fouille dedans sans succès et, pour finir, en renverse tout le contenu sur le sol. Ses bouées de sauvetage ne sont pas là. Elle secoue la tête sans comprendre en haletant de plus belle, envahie par la panique. Sa respiration est de plus en plus ténue et sifflante. Quand elle cherche à me parler, je dois m'accroupir devant elle pour l'entendre. Elle lève la tête et parvient de peine et de misère à fixer son regard sur moi. Elle me dévisage avec stupeur.

« … les… avez… tuées. »

« Non, bien sûr que non. Je n'ai jamais tué personne. Elles sont mortes par leur propre faute. Disons que je me suis arrangé pour qu'elles se tuent elles-mêmes. C'était presque trop facile… »

Il y a mille questions dans son regard, qu'elle n'a plus la force de poser. Elle concentre donc toute son énergie sur trois syllabes : « Ch… Antoine… »

« Charles-Antoine est avec son père, l'avez-vous oublié ? Il est très bien avec son père. Il vous l'a déjà dit d'ailleurs, pourquoi ne pas l'avoir écouté ? Charles-Antoine a la chance d'avoir un père qui s'en occupe, qui est même prêt à l'emmener autour du monde, pourquoi le priver de cette chance ? S'il veut partir avec son père en bateau, c'est son droit. À sa place, si j'avais le choix entre partir en bateau avec mon père et supporter la tyrannie maternelle… Justement, parce que vous êtes sa mère, vous vous croyez tout permis. Vous pensez savoir ce qui est le mieux pour lui. La musique, l'école, les vêtements, je suis prêt à parier qu'il n'a jamais rien pu décider lui-même. C'est un instrument pour exercer votre pouvoir, je gage que vous avez eu un enfant pour le plaisir d'avoir quelqu'un à contrôler, parce que vous ne contrôliez pas votre propre vie ! Évidemment, quand on a une mère comme Yolanda Caruso… En plus, Charles-Antoine est devenu votre infirmier : s'il était ici, il saurait exactement quoi faire, hein ? Il trouverait tout de suite le bon médicament, il vous glisserait la pompe dans la bouche et ça serait réglé. Comme dans mon bureau, l'autre jour. Et pas un remerciement, pas de reconnaissance… Abus de pouvoir, harcèlement en position d'autorité, on aurait un bon dossier à la DPJ… »

« Mhhh… »

La pauvre, elle essaie de protester, mais je crois bien qu'elle n'arrivera plus à parler. De toute manière, son cas est réglé, c'est sans appel.

Je suis assis face à elle, adossé contre la porte refermée, les jambes allongées sur le carrelage, les bras croisés. Assis par terre comme ça, face à face, on dirait deux colocs qui échangent leurs impressions après avoir passé une nuit sur la brosse. D'ailleurs, on est très collés l'un contre l'autre : la salle de bain étant petite, mes longues jambes touchent presque à la baignoire contre laquelle elle est appuyée. J'ai failli aller récupérer mon verre de vin resté dans le salon, mais bof, je ne le trouve pas très bon, contrairement à Christine qui s'en délectait il n'y a pas cinq minutes. Alors je me contente de la regarder. C'est un peu ennuyeux, à vrai dire : pas besoin d'en rajouter dans les histoires d'horreur, pas de verre de rhum à remplir, ni de sauce à glisser de force dans sa bouche. Sa propre angoisse suffit à la mettre à ma merci. Mais je n'y trouve pas beaucoup de plaisir, pas suffisamment en tout cas, si ce n'est celui de lui expliquer pourquoi elle est là, dans cet état. Ça fait pourtant des semaines que j'anticipe ce moment, que je rêve de lui dire toute la haine que j'ai pour les femmes comme elle, les sèches qui ne donnent jamais d'affection, les négocieuses de contrat, les tireuses de couverture, les pisseuses de vinaigre, les vieilles qui se déguisent en jeunes et les jeunes qui agissent comme des vieilles…

Christine ressemble de plus en plus à un petit tas d'os et de peau grise ahanant devant moi. J'ai juste envie de lui donner des petits coups de pied pour la secouer, telle une vieille boîte de conserve crevée dans la ruelle, rien que pour la faire réagir, qu'elle m'explique pourquoi elle n'aime pas son fils, en tout cas pas comme il aurait besoin d'être aimé. Et là je me rappelle que sa mère, c'est Yolande Veillette, une vieille picouille qui, dans les heures qui ont précédé sa mort, n'a pas eu une pensée pour sa fille. La pomme n'est pas tombée loin du pommier. Christine a peut-être changé de nom, mais elle reste la fille de sa mère.

« Ouais, Charles-Antoine sera très bien avec son père. Et je suis certain que tu ne vas pas lui manquer longtemps. Il va découvrir le monde, devenir un homme et avoir une vraie vie. Dis-toi que tu lui rends service en disparaissant. Il y a toutes sortes de façons de rendre service. La seule chose qui m'embête, c'est que tu n'auras pas la chance de me voir au *Bye Bye…* »

En attendant qu'elle perde le souffle pour de bon, ce qui, vu la manière dont elle suffoque et la couleur de son teint, ne devrait pas tarder, je lui raconte l'offre providentielle qu'on m'a faite de participer au plus gros *show* télé de l'année. Je ne crois pas qu'elle m'écoute attentivement : l'oxygène n'arrive peut-être plus jusqu'à son cerveau. Mais tant pis, ça faisait trop longtemps que je mourais d'envie d'en parler à quelqu'un.

« Il n'y a pas plus gros que le *Bye Bye*. C'est comme la finale de la coupe Stanley. Plus personne ne pourra me traiter de *has been*. J'aurai réussi à grimper jusqu'au sommet. Après ça, c'est pas grave que je redescende un peu. Mais en douceur, comme sur un tapis volant. Finis les petits quiz merdeux, les remplacements pour deux semaines, les voix *off* pour des pubs de sirop pour la toux. Après un coup pareil, je n'aurai qu'à écrire sur mon CV : "a animé un sketch au contenu politique dans le cadre du *Bye Bye* 2010 ". Là, on ne pourra pas faire autrement que de me prendre au sérieux. C'est la grosse affaire ! Je suis certain qu'à partir du mois de janvier, mon téléphone va se remettre à sonner. Je pourrais même me permettre de refuser certains contrats, juste pour ne pas nuire à ma nouvelle image. Je ne pourrai plus faire n'importe quoi après le *Bye Bye…* »

Du bout de mes pieds croisés l'un sur l'autre, je pousse un peu sur sa cuisse : elle se laisse ballotter, sans force, le visage exsangue.

« T'ai-je déjà dit que je suis le fils de Florence Alarie ? Si quelqu'un décidait d'écrire sur l'époque yéyé, il serait obligé d'écrire sur elle. Rien qu'avec Florence, on remplit la moitié d'un livre. Et pour écrire sur Florence, il faudrait passer par moi. J'en profiterais pour parler de Yolanda Caruso, tiens, j'en sais un bout sur elle aussi, maintenant. Imagine ces deux-là au *Bye Bye* : ça serait un vrai *freak show* ! Ta mère m'a beaucoup raconté sa carrière avant de mourir. Mais c'est curieux, elle ne m'a jamais parlé de toi. Si c'est comme ma mère, elle ne devait pas t'aimer beaucoup. Savais-tu que ma mère est morte du diabète ? Je l'ai vue mourir, elle aussi… »

Je regarde au plafond, perdu dans mes souvenirs. Soudain, j'entends un petit couic de poule qu'on égorge puis un glissement sur le sol. Christine est partie rejoindre sa mère et peut-être lui demander des comptes. Son corps a basculé sur le côté et sa tête est maintenant coincée entre la baignoire et la cuvette des toilettes. Je n'ai pas l'intention de la déplacer : il vaut mieux qu'on la retrouve ainsi, dans sa position naturelle. Mais je me redresse et j'avance à quatre pattes jusqu'à elle. Je dois vérifier qu'elle n'a plus de pouls alors je mets deux doigts sur sa gorge. Bye-bye, Christine.

Je remets à leur place les médicaments que j'avais cachés sur le haut de l'armoire. Par réflexe, j'époussette mon pantalon à la hauteur des genoux et des fesses, mais c'est inutile. Il n'y a pas un grain de poussière dans cet appartement. Dans la chambre de Christine, je me penche à nouveau à la recherche du sac d'inhalateurs que j'ai camouflé sous le lit. Je me rends compte que, quand je l'ai jeté, tout s'est passé tellement vite qu'il ne s'est pas rendu très loin. Je le déplace à peine, de manière à ce qu'on puisse l'apercevoir aisément en penchant la tête. On croira qu'il est tombé du sac à main de Christine sans qu'elle s'en aperçoive.

Je vais récupérer mon verre de vin dans le salon, le vide d'un trait et l'emporte dans la cuisine pour le laver et le ranger. Tout est impeccable, elle avait même déjà jeté à la poubelle l'emballage du bouquet de même que les morceaux de tiges qu'elle a coupés. Il n'y a rien de bizarre, d'inhabituel dans ce décor, à part peut-être le bouquet qui trône au milieu du salon. Mais je n'y ai pas ajouté de carte, rien ne m'y relie. On pourrait même s'imaginer que

Christine a décidé de s'offrir des fleurs, ce qui – hélas ! – aurait pu provoquer sa crise.

Au moment où je vais me faufiler hors de l'appartement, je prends conscience qu'il y a une seule chose que je n'ai pas encore faite : visiter la chambre de Charles-Antoine.

Je la trouve au bout du couloir. En apparence, la pièce est assez bien rangée, même si le couvre-lit a été jeté à la va-vite sur les draps en boule. On connaît tous la technique, je l'ai faite mille fois à son âge. J'ouvre la garde-robe sans songer à me protéger et quatre ou cinq boîtes de jeux vidéo me tombent sur la tête. C'est un foutoir total là-dedans. Ça me rassure : tout va bien, le gars est normal. Par curiosité, j'ouvre les tiroirs de la commode… De toute évidence, Christine range, ou plutôt rangeait, les affaires de son fils dans les tiroirs. Les t-shirts sont bien empilés et classés par couleur. Les sous-vêtements sont pliés en quatre, pas une seule chaussette dépareillée pour venir semer le bordel. Même les jeans ont l'air trop propres.

Dans le dernier tiroir, celui des choses inutiles et des souvenirs, je découvre un foulard et une tuque aux couleurs du Canadien, un pyjama d'enfant à l'effigie de Superman, une boîte à chaussures remplie de petites épinglettes. Charles-Antoine a donc connu sa phase de collectionneur. J'aperçois au fond du tiroir une figurine de superhéros que je ne reconnais pas, toujours dans son emballage. Je déplace la coque de plastique pour lire le nom : Iron Man.

Tiens… le fond du tiroir est tapissé d'un grand carton noir qui glisse légèrement, laissant deviner en dessous quelques photos ayant l'air d'avoir été arrachées à un magasine. Je les attrape du bout des doigts. C'est sûrement ma découverte la plus intéressante, quoique je me foute complètement des fantasmes sexuels du garçon. Sous le carton noir, il y a des photos d'hommes nus ou à moitié nus. Sur l'une d'elles, un gars très baraqué est en train de retirer – ou d'enfiler – sa combinaison de Spider-Man.

Il est nu en dessous et la combinaison est descendue jusqu'à mi-cuisse, laissant voir un appareil génital exceptionnellement développé. Une autre photo montre Spider-Man en action, en train d'escalader un immeuble, mais Spider-Man ne porte que son masque et ses bottes. Son cul musclé brille, bien luisant, en plein centre de la photo et il tend la croupe comme s'il espérait une visite du Docteur Octopus. Je sais maintenant où sont les véritables intérêts de Charles-Antoine. J'espère que son père sera *cool* quand il l'apprendra. Parce que le plus gros bateau du monde peut paraître très petit si les deux personnes qui vivent dessus ne s'adressent pas la parole.

Je me demande si Christine a déjà fouillé dans ce tiroir. Si elle n'était pas déjà morte, j'irais lui montrer les photos. C'est toujours bon de savoir à quoi s'en tenir.

Pour l'instant, je n'ai plus rien à faire ici et j'ai un arrière-goût assez désagréable dans la bouche. Est-ce le vin, les photos ou tout simplement la chambre de Charles-Antoine qui me déprime ? Je suis loin de l'euphorie qui suit habituellement mes aventures de justicier.

Charles-Antoine Payer fait peine à voir. Les sergents-détectives Éric Beaumont et Marianna Martel ont beau mettre des gants pour l'interroger, ça se voit à l'œil nu que le garçon ne souhaite qu'une chose : courir se blottir au fond d'un placard et se faire oublier. À croire qu'il s'attend à être accusé du meurtre de sa mère.

Éric Beaumont n'a pas mis longtemps pour deviner les causes des malaises du garçon : il voudrait pouvoir lui offrir un peu de réconfort, lui faire sentir aussi que oui, c'est difficile d'être adolescent et encore plus pénible d'être un ado gay, mais que ça va aller mieux. Que sa vie va devenir belle, qu'il ne se sentira pas toujours comme ça. Sauf qu'en attendant, lui arracher un témoignage est carrément pénible, au point où son père, un architecte plutôt sympa et très protecteur, commence à regarder sa montre et à exprimer son désaccord. Un peu plus et il accuserait les policiers de le torturer.

« Écoutez, Christine est morte d'une crise d'asthme. Pourquoi venir tout remettre en question ? C'est superflu et ça bouleverse inutilement Charles-Antoine qui n'a vraiment pas besoin de ça. C'est déjà assez pénible de faire le deuil de sa mère à son âge. »

Pourtant, en attendant le mot « asthme », le regard de l'adolescent change et il redresse les épaules.

« L'agent d'immeuble, monsieur Paulhus…, il a déjà vu ma mère faire une crise. Elle était dans son bureau. Moi, j'étais resté dans l'auto pour… euh… lire, mais je commençais à être écœuré de l'attendre, ça fait que je suis entré pour savoir quand elle aurait fini. Maman était assise devant lui, mais elle parlait pas et bougeait pas d'un poil. Elle était presque bleue tellement elle pouvait plus respirer, mais lui, il la regardait d'un drôle d'air sans rien faire, comme si c'était un spectacle ! C'est moi qui ai sorti ses pompes de son sac. Un moment donné, j'ai levé la tête et il souriait. Je l'aimais vraiment pas, cet homme-là. Ma mère non plus, d'ailleurs. Sauf que… elle était toujours plus nerveuse que d'habitude quand elle avait rendez-vous avec lui. On dirait qu'elle était… »

Il baisse la tête et rougit. Le mot passe de travers dans sa gorge.

« Excitée… »

Difficile d'utiliser pareil qualificatif pour parler de sa mère.

« Le soir où elle est venue me conduire à mon cours de violon, le… dernier soir où je l'ai vue, elle m'a dit qu'il allait venir lui porter les papiers de la maison. Elle faisait semblant que c'était à cause de la maison qu'elle était toute contente, mais moi je savais que c'était à cause de lui qu'elle était comme ça. »

«Y avait-il quelque chose de différent dans l'appartement, quand tu es revenu?... Je veux dire, à part ta mère?»

L'adolescent replonge tête première dans ce mauvais souvenir. Son front se plisse et il se met à avoir l'air d'un petit garçon affolé à mesure qu'il se retrouve face à ce fameux dimanche soir, deux mois plus tôt, alors qu'il est entré dans la salle de bain pour découvrir sa mère, étalée dans une position incongrue sur le carrelage de la salle de bain, le visage blafard et les membres d'une rigidité absolue. Il a envie de hurler, comme la dernière fois, mais il retient son souffle pour ne pas que les autres s'aperçoivent que, quelque part au fond de lui, mélangée au choc, à la peine, au désarroi, il y a une petite part de soulagement, comme une délivrance.

«Non, c'était comme d'habitude. Attendez... c'est pas vrai, il y avait un gros bouquet de fleurs sur la table du salon. Ça m'a étonné, parce que ma mère n'aurait jamais acheté de fleurs, à cause de notre asthme. J'imagine que c'est lui qui les a apportées...»

Soudain il s'anime un peu, comme s'il se prenait au jeu de l'enquête. Au moment où une autre information lui revient à l'esprit, il plisse des yeux pour l'empêcher de s'évaporer.

«Il y avait une autre chose bizarre. Ma mère avait toujours son sac d'inhalateurs dans sa sacoche. Elle ne le sortait jamais de là, elle vérifiait toujours avant de partir qu'elle avait tout ce qu'il fallait au cas où elle aurait une crise. Quand je suis arrivé au condo, sa sacoche était à côté d'elle, avec toutes ses affaires renversées par terre. Mais le sac de médicaments était en dessous du lit.»

Éric Beaumont et Olivier Bessette échangent un regard. Où est passé ce sac?

«Je l'ai gardé, le sac. On prenait les mêmes médicaments, maman et moi.»

Olivier Bessette va ensuite au plus simple : il y a une boutique de fleuriste juste à côté de l'agence immobilière, pourquoi ne pas commencer par là ?

« Est-ce que Julien Paulhus, l'agent immobilier qui travaille à côté, est client chez vous ? »

Le cinquantenaire à l'air doux qui lui répond ne peut s'empêcher de plisser le nez en entendant le nom de Paulhus.

« Non monsieur, ça doit faire au moins cinq ans que je le vois tous les jours mais il n'est entré ici qu'une seule fois, au mois d'octobre. J'ai été très étonné, il a commandé un bouquet assez gros et il est parti avec. Quand je lui ai offert la livraison, il m'a répondu qu'il l'apporterait lui-même à sa cliente. »

Autour d'un grand latté – Éric ne lésine pas quand il paie la traite –, les trois policiers s'attellent à la tâche la plus compliquée, faire les liens entre tous ces incidents. Éric, quant à lui, approfondit son enquête sur Julien Paulhus.

Le policier est intimement persuadé qu'il n'apprendra pas grand-chose de plus sur Paulhus à l'agence immobilière. Il a déjà frappé le *jackpot* avec Françoise Favreau, mais il n'attend rien des autres agents. Dans ce genre d'entreprise, c'est chacun pour soi. Une intuition lui dit qu'il faut retourner dans le passé de l'ancien animateur pour le connaître mieux.

Il fouille les archives des journaux à la recherche d'articles sur les émissions de télévision auxquelles il aurait participé. Effectivement, Paulhus a eu quelques bonnes années, mais on ne l'a jamais vu en première page d'*Échos-Vedettes*. Pas assez star. C'est en lisant, en page 14, un article vieux de plusieurs années consacré aux animateurs de quiz qu'Éric apprend que Julien Paulhus et lui sont nés la même année. Puis un autre nom lui saute aux yeux.

Florence Alarie ! Ça faisait des années qu'Éric n'avait pas entendu ce nom, mais il sait très bien de qui il s'agit. Le policier a une passion secrète, un plaisir coupable : les années 1960. Les groupes quétaines aux cheveux en balai teints en mauve ou en blanc, les chanteuses qui portaient les petites robes de Mary Quant ou les imperméables transparents de style Courrèges, ça le fait vibrer. Né en 1967, il regrette de n'avoir pas vécu à cette époque, d'être passé à côté de l'invasion des groupes anglais, de la beatlemania, d'Expo 67, du vent de folie qui soufflait sur le monde. Florence Alarie représente tout à fait, pour Éric, le vent de folie qui a soufflé sur le Québec. Il découvre maintenant avec effarement que Florence Alarie était la mère de Julien Paulhus.

D'autres archives photographiques lui montrent la reine du yéyé saluant ses fans du haut d'une estrade ou posant fièrement devant un étalage de disques d'or. Une autre photo la révèle en train de signer des autographes à un groupe d'adolescents, assise dans une voiture dont la portière restée ouverte la présente dans une pose enjôleuse. À côté d'elle sur le siège, on aperçoit le haut de la tête d'un enfant. Photo suivante : Florence Alarie, déguisée en fée des étoiles, distribue des bas de Noël à des enfants en pyjamas, sous les yeux d'un groupe d'infirmières. À ses côtés, un petit garçon d'environ quatre ans, boudeur, déguisé en lutin. La légende précise : « Florence Alarie a rendu visite aux petits malades de l'hôpital Sainte-Justine, en compagnie de son fils Julien. »

Finalement, dans un hebdomadaire mineur qui a cessé de paraître il y a belle lurette, Éric parvient à trouver un article un peu plus documenté. Le journaliste y raconte que la chanteuse, envers et contre tous, a choisi d'élever son fils toute seule et qu'elle démontre « un très grand courage et une abnégation remarquable ». L'abnégation en question est vite démentie dans l'article suivant dans lequel il lit que Florence jure que sa carrière passe avant tout et que rien n'égale l'adoration de son public. Suivent quelques entrefilets qui relatent les frasques de la chanteuse au cours des années suivantes, la chute de sa popularité, ses ennuis financiers et ses problèmes d'alcool. Enfin, il apprend que Florence Alarie est morte des suites du diabète et que seul son fils adolescent était auprès d'elle au moment de sa mort. Tiens…

HIVER

Quelque chose ne tourne pas rond. Les autres fois, je me sentais bien. Avant, pendant, après… Voir mourir mes bonnes femmes, entendre leur dernier souffle me donnait un sentiment de puissance vertigineux. C'est maintenant que je m'en rends vraiment compte. Parce que justement, quelque chose cloche. Cette fois-ci, le *feeling* de posséder le monde, de faire un bras d'honneur à toute la planète, n'y est pas. Je me sens floué, comme s'il manquait un élément, comme si je n'avais pas accompli l'opération correctement. J'ai la désagréable impression de m'être trompé quelque part, qu'un grain de sable va bloquer l'engrenage.

Pourtant, je repasse toute la scène dans ma tête et je n'y trouve rien de bien différent. On a pris un verre ensemble, Christine et moi : elle a trop bu, puis elle a fait une crise d'asthme. Malheureusement pour elle, ses médicaments étaient hors de portée et son asthme l'a tuée. Je me suis assis devant elle et je l'ai regardée mourir ; je l'avais fait avec Micheline, Manon et Yolande. Pourtant, cette fois, la voir mourir ne m'a pas excité, ça ne m'a même pas fait plaisir. À vrai dire, j'étais presque indifférent. Assister passivement au spectacle, ça ne me suffit plus. Trop facile, trop amateur. Je peux faire mieux que ça.

C'est fou comme le plaisir s'use vite. Peut-être que je devrais considérer l'achat d'une arme. Pas une arme à feu, évidemment. Trop de bruit, trop de complications : les demandes de permis, tout ça, ce n'est pas mon genre. Une arme blanche, peut-être ? J'essaie de m'imaginer en train de jouer du couteau, mais ça ne va pas non plus : d'abord, il n'est pas question que je voie couler une goutte de sang, c'est dégoûtant. Et puis ça serait trop rapide, trop vulgaire. Bon, oublions l'arme, c'est une mauvaise idée. Prendre le temps qu'il faut, réaliser un coup de maître, voilà mon but.

Un autre malaise me trotte derrière la tête, lancinant comme un mal de dent. L'image de Charles-Antoine découvrant sa mère morte par terre dans la salle de bain me revient sans cesse à l'esprit. Quelle a été sa première pensée ? Était-il content ? Qu'est-ce qui va se passer pour lui maintenant ?

Ça fait deux heures que je remplis des formulaires dans mon bureau : assurances, renouvellement de cotisation, *et cetera*, un travail exécrable que je reporte toujours le plus longtemps possible. La paperasse me fait chier. Quand finalement je m'y attaque parce que je n'ai plus le choix, je me dis toujours qu'au fond je déteste ce métier.

Je m'y suis pourtant mis avec bonne volonté aujourd'hui. Au moins ça m'occupe les mains, à défaut de l'esprit. J'ai beau me plonger dans mes dossiers, il y a toujours ce malaise qui traîne, ça ressemble à une toile d'araignée qu'on arrache et qui revient tout le temps, impeccable le lendemain, parce que la maudite araignée n'a rien d'autre à faire dans la vie que de tisser ses toiles.

La sonnerie du téléphone est une distraction bienvenue. C'est probablement un client ou un autre agent, mais je m'en fous, je parlerais à n'importe qui pour me changer les idées.

« Bonjour monsieur Paulhus, c'est Mononcle Paul à l'appareil. »

Mononcle Paul, l'humoriste ? Celui du *Bye Bye* ? Il m'appelle lui-même ?

« Euh, bonjour… »

« Alors, quoi de neuf ? Est-ce que ça va bien, l'immobilier, ces temps-ci ? »

Il y a toujours un *smatte* pour poser cette maudite question-là. Si ce n'était pas Mononcle Paul, je l'enverrais chier. C'est comme dans n'importe quel domaine, ça va bien pour certains et mal pour d'autres, crisse ! Et ça va bien à condition de travailler comme un fou, on ne fait pas de miracles.

« Je n'ai pas à me plaindre. »

« Mon assistante va vous appeler dans les prochains jours pour fixer trois ou quatre dates de répétitions au cours des deux prochaines semaines. Mais je voulais vous parler avant, juste pour être certain qu'on se comprend bien. Vous êtes au courant que le sketch auquel vous participez se déroule dans les années 1980 et que ça va être, disons… très quétaine ? »

« La recherchiste à qui j'ai parlé vers la fin de l'été ne m'a pas donné tant de détails, mais j'ai deviné que c'était un peu l'esprit du gag. »

Il se racle la gorge pour gagner du temps, je le sens un peu mal à l'aise.

« En fait, je voudrais surtout m'assurer de votre sens de l'humour et de votre seuil de tolérance. L'idée, c'est de se moquer des politiciens, mais forcément, votre personnage va y passer aussi, parce que c'est dans l'esprit du sketch. J'ai besoin de savoir si vous êtes capable de vous moquer de vous-même et si vous êtes capable d'en prendre. »

J'ai encore une fois envie de l'envoyer chier mais je n'en ai pas les moyens. C'est assez condescendant, quand même, de t'appeler pour te dire : « On va rire de toi, mais c'est juste pour le *fun*. » Sur le point de l'appeler « Mononcle », je constate que les seuls vrais «mononcles» que j'ai connus, c'étaient les chums de ma mère. Je vais lui montrer, à la star de l'humour, que je suis capable de prendre les choses de haut, moi aussi, que je sais parler sa langue. Je pratique la langue du *showbiz* depuis assez longtemps pour connaître les codes : un mélange de fausse gentillesse, de cynisme léger et de snobisme candide.

«Mon cher Paul, j'ose espérer que le sens de l'humour, c'est ce qu'on perd en dernier. Avant ça, il y a le condo, les REER, puis la dignité. Moi, j'ai encore mon condo. »

«Alors on se comprend. Vous allez recevoir les textes par télécopieur d'ici ce soir. Au fait, je ne m'appelle pas Paul. Mon vrai nom c'est… »

«Guy, oui, je sais. Mais le personnage finit souvent par prendre le dessus sur l'homme, n'est-ce pas ? »

Il a un petit rire complice. Ça y est : il est déjà devenu mon faux ami, ça va durer jusqu'au 31 décembre. Ça aussi, ça fait partie du langage *showbiz*.

On se quitte là-dessus. Je n'en ai rien laissé paraître, mais je suis un peu secoué. Jusqu'à quel point va-t-il me ridiculiser pour faire rire le Québec ?

Me voilà au garde-à-vous devant le fax, attrapant les feuilles au fur et à mesure qu'elles tombent. Je survole le texte, la mort dans l'âme : chaque ligne me présente comme un con insignifiant, prétentieux, superficiel. Est-ce que c'est simplement l'image du personnage qu'ils ont voulu créer pour le sketch ou bien m'ont-ils toujours perçu comme ça ? Est-ce que c'est un animateur de quiz anonyme ou le vrai Julien Paulhus qu'ils veulent ressortir des boules à mites pour se payer une bonne rigolade ?

Je me réveille au milieu de la nuit, agité par des cauchemars. Dans mon rêve, Charles-Antoine, le fils de Christine Payer, est habillé en femme : ainsi, il ressemble à Yolanda Caruso, sa grand-mère. Il me tend les clés de la maison avant de monter dans une grosse Mercedes au volant de laquelle se trouve Mononcle Paul, habillé en Superman. Le jeune me crie : « Si tu veux vendre ma maison, il faut que tu me trouves un producteur de disques. »

La maison… Le bungalow de Micheline ! C'est ça l'arrière-pensée qui me chicote depuis un moment, le caillou dans ma chaussure. Ça fait déjà un mois que Christine est morte et je n'ai encore entendu parler de rien. Rien dans les journaux, évidemment : une crise d'asthme ne fait pas la une des journaux et c'est plutôt bon signe en ce qui me concerne. Je n'ai donc aucun moyen de savoir quand, comment et par qui elle a été découverte. Son ex-mari ne m'a pas appelé, personne ne m'a proposé de remettre la propriété en vente. L'acte de propriété de Christine, dûment enregistré, était posé sur la table de la cuisine, je n'avais donc plus aucune raison de rester en contact avec la famille. À partir de là, le tuteur de Charles-Antoine, son père sans aucun doute, peut prendre toutes les mesures qui s'imposent, y compris décider de garder la maison pour son fils. Charles-Antoine ne peut pas s'occuper de ses affaires et n'a probablement pas son mot à dire puisqu'il est mineur.

J'ai le sentiment que quelque chose vient de m'échapper, que le *no man's land* que je me suis patiemment construit depuis quelques mois risque de s'écrouler. La nacelle de ma petite montgolfière personnelle, mon espace de liberté totale, c'était la maison de Micheline. En réalité, il ne s'y est jamais rien passé : même Micheline n'est pas morte chez elle. Elle avait déjà expiré quand je l'ai ramenée chez elle et étendue sur son divan. Mais c'était comme un talisman. Tant que j'ai réussi à garder la maison vide, tout s'est bien passé. Ça fait maintenant presque un an que le bungalow n'est plus habité. Si quelqu'un d'autre s'y installe, il me semble que je perdrai toute latitude. Et je ne saurai jamais si le garçon va partir en bateau avec son père, je n'aurai plus jamais de nouvelles de lui.

Dès que je me suis levé ce matin, j'ai sauté dans ma voiture, envahi par un sentiment de panique. Mon auto était givrée à l'extérieur, glacée à l'intérieur. Elle n'a même pas eu le temps de se réchauffer avant que j'arrive, le cœur battant, dans la petite rue où l'on trouve les plus horribles décorations de Noël qui existent sur le marché, du bonhomme de neige gonflable au père Noël qui se déhanche. Devant le bungalow, à la place d'un arbre de Noël, il y a un panneau gris planté sur le gazon blanchi par le givre. Planter des pancartes en décembre, quand la terre commence à geler, c'est pénible.

Ils n'ont pas perdu de temps, les salauds. Je ne connais pas l'agent dont la photo figure sur l'affiche. C'est une agence immobilière qui ne travaille pas beaucoup dans le secteur. Je suis sûr qu'il ne connaît pas bien le marché par ici.

Je me gare devant la maison en tremblant. Il y a un volcan fumant et puant qui gronde à l'intérieur de moi. Assis dans ma bagnole, les mains crispées sur le volant, les fesses serrées, je tente de contrôler une pulsion de plus en plus violente. Je ressens la même rage que si on m'avait volé tout ce que j'ai. La maison de Micheline, c'était ma bulle, mon univers parallèle : tant qu'elle était à ma disposition, inhabitée et offerte, je pouvais tout me permettre. Est-ce que ça veut dire que tout est fini pour moi ?

Je me retiens à grand-peine de me précipiter sur le terrain, d'arracher la pancarte, de la saccager et de la jeter dans le bac de recyclage des voisins qui déborde juste devant le capot de ma voiture. J'inspire un grand coup pour essayer de me maîtriser : la vapeur qui sort de ma bouche à cause du froid me rappelle un personnage qu'Arnold Schwarzenegger a joué dans un film de

Batman. Le menaçant Mister Freeze… En ce moment, je me sens comme un mélange de Mister Freeze et de Terminator. Est-ce que les figurines de Charles-Antoine ont fait remonter en moi une passion oubliée pour les super-héros ? Je ne me souvenais pas les avoir fréquentés, mais c'est vrai, à une époque, les Superman, Flash et autres Doctor Strange meublaient mes rêveries de jeune boutonneux solitaire et frustré. J'achetais avec frénésie les bandes dessinées de DC Comics et de Marvel… Je devais avoir à peu près l'âge du fils de Christine. Mais ça m'a passé : à la longue, j'ai fini par trouver futile cette façon de m'identifier à un gars en collant aux biceps surdéveloppés. J'avais besoin de plus que des dessins pour satisfaire mes envies de décoller de terre, mes désirs féroces d'invincibilité. Les sensations qu'ils me procuraient étaient fades, délavées. Il m'a fallu près de vingt-cinq ans, je le comprends aujourd'hui, pour devenir le personnage dont je rêvais, pour développer mes pouvoirs. Celui de vie ou de mort, celui d'influer sur la vie de quelqu'un, celui de me réinventer. J'y arrive enfin, il faut maintenant que j'apprenne à utiliser mes pouvoirs à mon profit et surtout à les contrôler. Mais mon laboratoire, le cocon dans lequel j'ai développé peu à peu mes dispositions, vient de voler en éclats.

C'est plus fort que moi : je sors de ma voiture et je marche jusqu'à la porte d'entrée. Je tourne même la poignée. Un miracle, on ne sait jamais. Mais la poignée ne cède pas et, bien entendu, je n'ai plus les clés. Je me souviens très bien avoir vu Patricia les tendre à Christine, devant le notaire. Je regarde par le petit carreau de verre givré, tel un homme affamé devant la vitrine d'une charcuterie. Le salon avec sa vieille parqueterie égratignée a l'air plus grand, plus vide qu'à ma dernière visite. Pour me narguer, le nouvel agent a laissé traîner deux chaises pliantes avec quelques cartes professionnelles posées dessus. J'ai envie de frapper à grands coups de poing sur la porte, mais j'ai peur que quelqu'un me voie. À regret, je tourne le dos à la maison et redescends les marches du perron.

Ma rage est si puissante que je vais exploser si je ne trouve pas un moyen de l'évacuer. J'ai beau me répéter qu'il ne reste plus que trois semaines avant le *Bye Bye*, que mon temps sera occupé par les répétitions, les essayages et le trac, ça ne suffit pas. Aujourd'hui, regarder mourir une femme ne suffirait pas non plus. Je suis capable de plus, de mieux. Mollo mon Julien, pas trop vite, il faut réfléchir. La prochaine cible doit être parfaite.

Assis derrière mon volant en attendant que la tension retombe, je pense à mon carnet d'adresses resté sur ma table de chevet ; un petit carnet noir réservé aux professionnelles de l'exutoire, rempli de prénoms comme Natacha, Nadia, Monica. Il n'est pas encore dix heures. Il est un peu tôt, la plupart de ces filles ne sont sans doute même pas encore réveillées, mais j'en connais qui n'ont pas d'heure pour satisfaire les clients. Aujourd'hui, il m'en faudra une aux nerfs solides et qui aime recevoir des coups. Tiens, Grete. Je me souviens qu'elle a les épaules aussi larges que les miennes… et une toute petite queue qu'elle essaie de camou-fler, la pauvre, sous ses petites culottes de dentelle rouge. Pour finir de payer sa prochaine opération, je pense qu'elle acceptera quelques petits extras.

« Allo Julien ? C'est Corinne. Rappelle-moi sur mon cellulaire quand tu auras deux minutes. Attends, je ne suis pas sûre que tu aies mon nouveau numéro. Il a fallu que j'en change encore, trop de gens l'avaient. Après seulement six mois, tu te rends compte ? Enfin, le numéro est… »

Le dernier numéro de cellulaire qu'elle m'a donné, c'était il y a trois ans et ça a tout pris pour que je l'obtienne. J'avais seule-ment besoin d'une référence pour prendre une hypothèque sur mon condo. C'est curieux, voilà près de dix ans qu'on est divor-cés et il reste toujours un petit cordon qui ne veut pas fondre entre nous. Elle s'arrange pour que je sois au courant du moindre changement dans sa carrière, se manifeste aussitôt qu'elle croit que je pourrais l'avoir oubliée. Je lui sers de gabarit en quelque sorte ; c'est en se comparant à moi qu'elle mesure ses succès. On est partis de la même ligne de départ et elle court allègrement loin devant moi, en se retournant de temps en temps pour voir la distance qui nous sépare.

Enfin, elle ne parviendra pas à me mettre en rogne aujourd'hui : j'arrive tout juste de la première répétition pour le *Bye Bye* et, malgré le rôle parfaitement crétin qu'on m'a attribué, je flotte sur un nuage. Au-delà du personnage de *has been* que je traîne depuis quelques années, ma présence dans ce groupe a eu un véritable impact et je pense qu'on a enfin compris qui j'étais. Dans leur propre intérêt, ils devront commencer à m'utiliser à la mesure de mes capacités.

Pendant quatre heures, dans une salle de répétition de Radio-Canada et devant un public constitué d'une réalisatrice, d'une assistante et d'un scripteur, je me suis retrouvé face aux quatre Mononcles : Paul, évidemment, mais aussi Pierre, Jean et Jacques. Ils tenaient chacun le rôle d'une personnalité politique en vue et moi je menais le jeu, avec un brio qu'ils n'ont sûrement pas été sans remarquer, même s'ils réservent pour l'instant leurs commentaires. Après tout, ce n'était qu'une répétition. Je leur cédais la parole puis la leur enlevais, je les observais pendant qu'ils exécutaient leurs numéros de gags avec une précision maniaque pour en arriver à avoir l'air d'improviser. J'ajoutais subtilement mon grain de sel et j'ai ri avec eux comme si on avait été au cégep ensemble. C'était grisant. Ma première bonne journée depuis que j'ai vu le panneau devant la maison de Micheline. Ce soir, je n'aurai pas besoin de tabasser une fille pour m'endormir.

Les gars ont été très corrects : pas une trace de condescendance, un accueil chaleureux et naturel, des vrais pros. Mononcle Paul est même allé jusqu'à se mettre de mon côté pour tirer la pipe à Mononcle Jacques, le plus susceptible des quatre, qui est arrivé en retard à cause de son essayage. Quand Mononcle Paul lui a lancé qu'il aurait dû s'en douter, que c'était toujours plus long pour lui, j'ai renchéri.

« C'est drôle, plus ils sont petits, plus c'est long de les habiller. Comme pour les enfants ! »

Tout le monde a éclaté de rire, sauf Mononcle Jacques, évidemment, qui a grimacé en me regardant d'un drôle d'air. Mononcle Paul, après m'avoir fait un clin d'œil, a ajouté :

« Imaginez comment ce sera quand il va être vieux et voûté, l'habilleuse sera obligée de s'asseoir par terre pour lui mettre ses culottes… »

Fou rire général. Mononcle Jacques nous a observés, s'est retourné et il a baissé ses culottes pour nous montrer son cul.

« Allez donc tous chier, câlisse… »

On a ri. On a bu une bière. Je faisais partie de la gang. D'ailleurs, Mononcle Paul s'est mis à me tirer la pipe à mon tour.

« Coudonc, Julien, tu dois sûrement avoir le record des plus courtes saisons de télé, toi ? Combien de temps il a duré, ton dernier quiz ? Deux semaines ? »

Bon joueur, j'en ai rajouté.

« Même pas, ils m'ont *flushé* après six émissions. »

Mononcle Pierre me dévisageait avec curiosité, comme s'il voyait son idole en chair et en os pour la première fois. Il a fini par me poser la question qui lui brûlait les lèvres.

« C'est vrai que ta mère, c'était Florence Alarie ? Tu dois en avoir des bonnes à raconter sur le show-business des années

1960… Elle a eu une grosse carrière, à son époque, cette femme-là. C'était la reine, non ? »

Lui, c'est le journaliste de la gang. Il étudiait à l'université pour devenir Bernard Derome, avant d'être récupéré par l'humour et le *cash*. C'est aussi le plus têteux. Mais c'est probablement le plus facile à amadouer, justement à cause de sa curiosité sans borne pour les dessous du métier. S'il me parle encore de Florence, je jouerai le jeu et j'en beurrerai épais. Ça peut toujours servir, toutes les cartes de visite sont bonnes. D'ici deux semaines, je les tiendrai tous dans ma main.

Comme dirait l'autre : *« I'll be back. »*

J'ai attendu deux jours avant de rappeler Corinne. J'ai d'autres chats à fouetter, moi aussi, je ne vois pas pourquoi j'accourrais au moindre signe. J'avais même presque oublié son appel, d'ailleurs. Rien que ça, ça devrait suffire pour la vexer.

« Salut, c'est Julien. J'espère que c'est important, parce que je n'ai pas beaucoup de temps à te consacrer. Je suis en répète pour le *Bye Bye*, alors mon horaire est très serré. Je négocie aussi des grosses transactions sur plusieurs propriétés, alors c'est à peine si j'ai le temps de dormir un peu. »

Je n'ai rien vendu d'autre que la maison de Christine récemment et j'ai planté seulement une pancarte depuis le début de l'automne. Mais Corinne ne va pas vérifier. Question de fierté, je préfère qu'elle me croie plein aux as.

« Justement, c'est pour ça que je t'ai appelé. Je voulais confirmer la rumeur. Tu vas vraiment participer au *Bye Bye* ou bien c'est un canular ? Tu as tellement peu travaillé en télé ces dernières années, tu me permettras d'avoir des doutes. C'est un très gros *show*, qui coûte très cher. Normalement, ils n'engagent que des valeurs sûres. Pas des… »

Non, elle n'osera pas prononcer le mot. J'éloigne vivement le récepteur de mon oreille et je le regarde d'un air menaçant, comme si je pouvais ainsi lui faire ravaler ses paroles avant qu'elles sortent. Mes jointures blanchissent sur l'appareil tellement je le serre avec force. Dans ma tête, c'est le cou blanc et gracieux de Corinne paré d'un collier de perles noires de Tahiti que je comprime.

« Tu sais ce que je veux dire. »

Elle n'a pas osé le cracher, mais c'est tout comme. Elle a un petit rire gêné : après tout, pendant une très courte période, elle m'a considéré comme son mentor.

« Tu veux dire que tu me croyais fini et tu te demandais même si je payais encore ma cotisation à l'Union des artistes. »

« Disons que je suis un peu surprise. Mais je suis contente pour toi, évidemment. Si tu participes au *Bye Bye*, ça va te faire un beau cachet et augmenter ta moyenne annuelle de contributions aux assurances. Tu as besoin d'une bonne couverture. Tu vieillis, Julien, et à partir de cinquante ans, c'est bien connu, les hommes deviennent plus fragiles physiquement. »

Elle me déblatère tout ça sur le ton le plus gentil, le plus amical, à croire qu'elle est vraiment inquiète pour ma santé. Mais la vérité, c'est qu'elle jouit de m'imaginer fragile. En ce moment, elle a autant de plaisir que si elle m'enfonçait son talon aiguille dans les couilles.

« J'ai encore plusieurs années avant d'arriver à 50 ans et merci, ma santé est excellente. »

« Je te souhaite du succès au *Bye Bye*, Julien. Malheureusement, je ne pourrai pas te regarder. Je pars me reposer dans le Sud et je coupe toute communication avec le monde pendant deux semaines. Je ne sais pas si je te l'ai déjà dit, mais j'ai un amant… Et devine quoi ? Il a vingt-cinq ans, c'est drôle, non ? Tellement gentil, tellement disponible, il est prêt à tout pour me faire plaisir. Alors, inutile de te dire que j'en profite au max. C'est pour ça que mes deux semaines en Jamaïque, je vais les savourer avec lui! Je décolle le 28 décembre, parce que ma mère m'a suppliée d'être chez elle à Noël pour rencontrer son nouveau chum. Tu te rends compte, elle aussi, à son âge!»

Elle éclate de rire comme si elle et sa folle de mère venaient de jouer un bon tour à l'humanité entière. J'essaie d'imaginer la mère de Corinne, une blonde explosive et colorée, avec son nouveau chum. Elle a sûrement trouvé le moyen de mettre le grappin sur un retraité bien nanti et propriétaire d'un condo en Floride. Si elle le mène comme elle a mené son mari jusqu'à sa mort, il ne fera pas long feu. Ces deux femmes ont en commun la même ambition, le même besoin maladif de réussite sociale. Mais les temps changent: alors que sa mère grimpait sur les épaules d'un homme et se laissait porter le plus haut possible, Corinne ne veut devoir à personne sa réussite. Elle s'est vite débarrassée de l'homme, en l'occurrence moi, pour grimper toute seule.

«Bon, j'ai un conseil d'administration et je suis en retard. Allez mon cher, je te laisse avec un gros "merde". Et arrange-toi pour ne pas faire de conneries d'ici la fin décembre. Ça serait dommage de gâcher ta dernière chance…»

Elle m'assène ce dernier coup de massue avec la condescendance nonchalante de ceux qui se croient inatteignables et raccroche avant que j'aie pu répondre. Corinne, Corinne… Tu ne le sais pas encore, mais tu n'iras pas en Jamaïque.

Drôle de répétition, aujourd'hui. Mononcle Paul s'est montré plutôt froid quand j'ai improvisé un gag pendant notre sketch. Il m'a demandé sèchement de m'en tenir au texte, étant donné qu'on avait très peu de temps pour répéter.

« Contrairement à ce que bien des gens pensent, l'humour ne s'improvise pas. »

J'ai haussé les épaules pour cacher mon dépit et replongé mon nez dans le texte. De toute façon, je sais que je vais y mettre d'une manière ou d'une autre ma touche personnelle. J'ai mis la réaction du Mononcle sur le compte de la nervosité : il ne reste que cinq jours, alors tout le monde est sur les dents. Je crois qu'il se sent un peu menacé en tant que *leader* du groupe. Il ne m'a pas fallu beaucoup de temps pour retrouver mes repères et me sentir comme un poisson dans l'eau. Si je calcule bien mes années de métier, j'en ai plusieurs d'avance sur eux, alors franchement, ils n'ont pas grand-chose à m'apprendre. Mononcle Paul, ou ti-Guy comme je l'appelle intérieurement, n'a pas autant d'autorité sur moi qu'il le voudrait, ce qui le rend un peu agressif. L'autre jour, pendant que je me versais un café, je l'ai entendu murmurer à un technicien :

« J'ai hâte au 2 janvier pour pus y voir la face, à ce câlisse-là. »

Est-ce qu'il parlait de moi ? Peut-être, puisqu'on venait de discuter, pendant quelques minutes dans la salle de maquillage, à propos du texte. Je lui ai soumis quelques idées, mais rien à faire. Mononcle est terriblement contrôlant, il tient à garder tout le crédit.

Les autres n'étaient pas encore arrivés. Ils se permettent d'ailleurs pas mal de retard ; ces gars-là se prennent vraiment pour des stars. En tout cas, Mononcle Paul a glissé sa petite phrase perfide et le technicien a ri. J'ai l'impression que tous les techniciens du plateau font semblant de le trouver drôle. Méfie-toi, bonhomme, ton pouvoir ne sera pas éternel.

Attendez que j'aie ma propre émission. Là, ce sera « Tasse-toi, Mononcle ! ».

27 décembre. Je sors du club de tennis où je viens de me faire sérieusement planter, 6-2, 6-1, 6-1. Je suis d'humeur franchement massacrante. En plus, il neige à plein ciel. Je regarde passer un avion au-dessus de ma tête et ça me rappelle que Corinne m'a annoncé son départ pour le 28. Je n'ai plus le temps de réfléchir. Qu'elle le veuille ou non, je vais aller lui souhaiter bon voyage.

Mon ex-femme habite un loft immense et ultra moderne dans le Vieux-Montréal. De là, on domine le fleuve d'un côté, la ville de l'autre. À cette hauteur, l'illusion du pouvoir absolu est extrêmement forte. C'est sans doute pour cela que Corinne a choisi l'endroit. Elle a investi dans le luxe, mais surtout dans la puissance. Elle croit que, comme on ne prête qu'aux riches, on ne donne du pouvoir qu'à ceux qui en ont déjà. Elle n'a pas tort, bien sûr, même si le pouvoir le plus redoutable, c'est celui dont les autres n'ont pas conscience…

BYE-BYE !

Les médias, ce matin, n'en ont que pour la découverte du cadavre de la chef des opérations du réseau Radio-Futura. Pauvre Scott, en plus d'avoir à subir le choc de trouver sa maîtresse étranglée et de rater un voyage toutes dépenses payées en Jamaïque, il est la première cible des interrogatoires policiers. Ça se savait déjà dans le milieu que Corinne avait un jeune amant. Il est légitime que les soupçons se tournent d'abord vers lui. Si je le connaissais, je lui dirais de tirer le meilleur parti possible de ce moment de gloire, mais nous n'avons pas été présentés.

Évidemment, au premier test d'ADN, il perdra tout intérêt pour les enquêteurs, mais en attendant, ça me plaît de le voir souffrir un peu. Après quelques jours, ils se résoudront à mettre le meurtre sur le dos d'un itinérant égaré dans le quartier. Personne ne peut plus tisser de liens entre Corinne et moi. Divorcés depuis dix ans, pas d'enfant, pas de propriétés ni d'entreprises communes, des carrières différentes, ni amis ni ennemis. Non, personne ne peut faire de lien.

La tête de Scott, sur les photos du *Journal de Montréal*... C'est un peu pitoyable à voir, il a l'air de s'excuser d'exister, alors qu'hier encore, il devait se croire le roi de la montagne. Hé oui, c'est la vie, mon beau. Un jour, tu es le *king*, le lendemain tu es fini. C'est comme ça que ça marche.

Bon, on m'attend au studio.

Quand j'arrive à Radio-Canada, Mononcle Pierre, roi du potin et mémoire vive du *showbiz*, m'assaille presque en voulant m'offrir ses condoléances.

« T'as déjà été marié avec Corinne Garceau, toi ? Ça a dû te faire un sacré choc… »

Comment ça se fait qu'il soit au courant ? Très peu de gens le savaient. Alors que j'essaie de formuler ma question de manière à ne pas paraître inquiet, il y répond de lui-même.

« C'est Jean, Mononcle Jean, qui nous l'a dit. Il vient de Sherbrooke, il vous a déjà vus à la télévision quand il était jeune. Sa mère lui a dit que vous formiez un beau petit couple ! Pauvre toi, tu dois être pas mal secoué. »

Le Mononcle Jean en question, qui ne m'avait jusqu'ici à peu près jamais adressé la parole en dehors des répétitions, se lève et vient me donner une tape amicale dans le dos. En dehors de la scène, c'est un taciturne, mais il y a un message complet de condoléances dans son geste. Il retourne s'asseoir et plonge le nez dans un magazine scientifique.

« Ouais, ouais, c'est un choc… Mais ça a été un mariage très court et on était divorcés depuis dix ans. J'avais très peu de contact avec elle ; d'ailleurs, je ne l'avais pas vue depuis environ un an. »

Je me sens obligé d'ajouter ça, mais c'était une erreur. Je devrais avoir l'air un peu plus bouleversé. Je m'arrête au milieu de la pièce, baisse la tête et me tiens le front d'une main, les yeux fermés. Je hoche la tête lentement, l'air d'un gars qui n'arrive pas à y croire et qui essaie de surmonter sa peine pour pouvoir travailler normalement.

« Excusez-moi, je suis assez bouleversé. Mais ça va aller, on peut répéter comme d'habitude, ne vous en faites pas pour moi. »

Mononcle Paul est assis dans un coin lui aussi et il sirote pensivement un énorme café dans un gobelet de carton. Il a toujours un grand café à la main, une de ces mixtures exotiques et chères qu'on vous prépare dans les bistrots de luxe et que vous trimballez partout comme un trophée.

«Je ne savais pas que tu avais été marié avec Corinne Garceau. C'est surprenant que tu n'aies pas pu utiliser un contact pareil pour continuer de faire de la télé… Elle devait vraiment te trouver poche!»

Quelle mesquinerie! Le chat sort du sac, Mononcle Paul annonce vraiment ses couleurs: il ne m'aime pas. Je choisis de l'ignorer: il ne me reste plus que quelques jours avant l'émission, autant les mettre à profit pour soigner mes relations avec les autres auteurs. De toute façon, il n'y a plus rien à tirer de Mononcle Paul, ça se voit qu'il est rongé par la jalousie. En plus, à cause de Corinne, on va sans doute beaucoup parler de moi dans les prochains jours et je suis persuadé qu'il ne le supporte pas. La gloire du *Bye Bye*, il la veut en exclusivité.

Pendant la répétition, le réalisateur doit l'interrompre plusieurs fois pour lui demander de ralentir le rythme. Ti-Guy le magnifique a tendance à enchaîner ses textes à toute vitesse pour s'en débarrasser. Mononcle Jacques lui lance en blague que, quoi qu'il fasse, il ne parviendra pas à avancer le 31 décembre au 29.

«On le sait que t'as hâte que ça soit fini, on a TOUS hâte – il m'a regardé d'un air sombre en disant ça, il doit se douter que Mononcle Paul commence à me taper sérieusement sur les nerfs –, mais on va travailler en professionnels, comme d'habitude. On est payés grassement pour faire un bon *show*, on va en faire un même avec un excès de bagage.»

L'autre prend son trou mais me fixe d'un regard noir avant de préciser au réalisateur qu'étant donné que je ne participe qu'à un seul sketch, on pourrait l'enchaîner une fois encore puis me libérer. Il ajoute avec un sourire sournois que j'ai sûrement d'autres obligations.

« Il faudrait pas qu'un sketch au *Bye Bye* lui fasse manquer une transaction. Après tout, son vrai métier, c'est agent immobilier. »

J'ai rarement vu quelqu'un se sentir autant menacé. J'ai presque envie de lui parler de la réunion que j'ai prévue avec un producteur, pour le stresser encore plus. Mais puisque le producteur en question n'a pas encore répondu à ma demande de rendez-vous, je préfère attendre. Il sera toujours temps de venir lui passer mon gros contrat en dessous du nez.

Grassement, oui ; le mot choisi par Mononcle Jacques pour parler de leurs cachets est juste. Je me doute qu'ils sont tous les quatre payés beaucoup plus cher que moi, ces stars ! Je devrais peut-être aller renégocier mon cachet, maintenant qu'ils savent à qui ils ont affaire. À quatre jours de l'émission en direct, les producteurs ne pourraient pas se permettre de me virer pour engager quelqu'un d'autre. Et puis, on ne fait pas ça à un homme dont l'ex-femme vient tout juste d'être assassinée. Seulement voilà, Mononcle Paul fait partie de l'équipe de producteurs. D'après ce que j'ai compris, c'est même lui qui a eu l'idée de m'engager. Depuis qu'il m'a vu travailler, il sait de quoi je suis capable et il doit s'en mordre les doigts à l'idée que je pourrais bien être au *Bye Bye* encore l'an prochain, et en tête d'affiche ! Bon, je renégocie ou pas ?

Je vais me retenir. Les pouvoirs de Mononcle Paul – et sa hargne – sont considérables. Il pourrait bien décider, juste pour me faire chier, de retirer le sketch et d'écrire autre chose. Les gros cachets, ce sera pour la prochaine fois. De toute façon, je sens que c'est reparti pour moi. On dit que même les plus grandes vedettes ont toutes connu un creux de vague.

J'ai passé le reste de la journée devant la télé à suivre le déroulement des événements mais, après trois appels de journalistes, j'ai cessé de répondre au téléphone. J'ai prétendu être trop secoué pour répondre à leurs questions. J'ai promis à un seul d'entre eux, le plus important, que je ferais une déclaration le lendemain pour le téléjournal de dix-huit heures, mais que j'avais besoin d'un peu de temps pour absorber le choc. Corinne est partout, et moi aussi, par la même occasion. Certains fins finauds ont même réussi à mettre la main sur de vieilles photos où on nous voit ensemble, dans un studio de télé à Sherbrooke, et une autre de notre mariage. Puis quelqu'un a parlé de Florence Alarie, rappelant que j'étais son fils et qu'à ce titre j'avais vécu plus d'un drame dans ma vie, puisque j'avais assisté à la déchéance puis à la mort tragique de ma mère. Les tabarnak…

Le *Bye Bye* est pour demain. J'ai un sacré nœud dans le ventre. À vrai dire, j'ai mal partout. J'avais oublié que le trac pouvait avoir cette intensité-là. Pourtant, la douleur est délicieuse et je ne l'échangerais contre rien au monde. C'est congé de répétition pour moi aujourd'hui : la directrice de production m'a appelé hier soir pour me dire qu'on n'avait pas besoin de moi et que de toute façon, vu les circonstances, ce serait une bonne chose de prendre un peu de repos et de conserver mon énergie pour le *show*.

Je suis passé à mon bureau pour prendre mes messages et pour vérifier qu'il n'y avait pas de pépins dans mes transactions en cours, mais ce n'était pas utile. J'avais un seul message, de mon comptable. Quant à mes transactions, la dernière remonte à la vente de la maison de Christine. J'avais oublié ça. Le bungalow est à nouveau à vendre, mais l'ex-mari a pris les choses en main. C'est fou comme je suis de moins en moins un agent immobilier à mesure que je redeviens un gars de télé.

Françoise, la réceptionniste, m'a lancé un de ses habituels regards sournois puis, se reprenant, elle m'a salué poliment – une première! – en me remettant mon courrier. Puis elle m'a lancé, l'air de rien :

« Savez-vous si Corinne Garceau avait l'intention d'acheter un bungalow sur la Rive-Sud ? »

J'ai haussé les épaules sans répondre. Quelle conne, elle devrait se douter que Corinne n'était pas du genre bungalow.

En quittant l'immeuble, j'ai eu un frisson dans le dos. Le temps est très humide, ça sent la tempête.

J'attends le coup de téléphone du journaliste, pour le journal télévisé de ce soir. Je suis parfaitement préparé. Il ne pourra pas me prendre en défaut.

L'entrevue s'est très bien déroulée. En fin de compte, le gars est venu chez moi avec un caméraman, on a parlé à la table de la cuisine. Ça faisait plus intime. Le caméraman aurait préféré le salon, il semblait adorer mon décor. Je dois dire que j'y ai mis beaucoup de soins et que j'ai toujours eu du goût en matière de déco. Mais ça me semblait plus respectueux et moins pompeux pour parler d'une morte. Une cuisine, même belle et bien équipée comme la mienne, c'est toujours préférable pour exprimer le chagrin et l'incompréhension. Appuyé au comptoir, pas rasé, le front soucieux, j'avais l'air vraiment *cool*.

Je leur ai parlé de Corinne telle que je l'ai connue, une jeune fille un peu naïve, qui avait beaucoup à apprendre et qui s'est révélée être une élève extraordinairement douée pour le mentor dévoué que j'étais. J'ai mentionné ma fierté devant ses succès et exprimé ma déception à l'idée que les projets que nous avions ensemble pour l'avenir ne se réaliseraient jamais. Quand le journaliste m'a demandé de préciser ces projets, j'ai choisi la discrétion.

« Ça me semblerait très déplacé de parler *business* dans un moment pareil. De toute façon, je dois en ce moment ménager mes énergies pour le *Bye Bye*. Je le dois aux Mononcles qui m'ont fait confiance. »

Éric Beaumont se jette avec voracité sur le sandwich que son Jean-Louis vient de lui apporter et l'engouffre sans songer à le savourer, ce qu'il n'aurait pas manqué de faire en temps normal pour rendre hommage au talent de son mari. La croûte bien dorée et craquante, la mie très aérée, le parfum chaud et réconfortant du pain à peine sorti du four allié à la qualité du jambon au romarin agrémenté de roquette et d'emmental, tout cela lui échappe. C'est à peine s'il a pensé à remercier Jean-Louis qui vient de repartir, délesté d'un panier bien garni pour Éric et ses collègues affamés et épuisés. Éric n'a à peu près pas dormi depuis trois jours et le sandwich n'est pour lui qu'un autre moyen pour tenir le coup et pour arriver au bout de cette affaire complexe et captivante. Un sentiment d'urgence inhabituel l'habite, peut-être parce que l'année est sur le point de se terminer. Pas question qu'une nouvelle année s'amorce avec un tueur en série en liberté.

Éric, Marianna et Olivier refont sans cesse le point, échangent leurs informations au fur et à mesure qu'ils les recueillent et mettent leurs intuitions en commun, dans le but de trouver le fil conducteur qui va relier ces incidents disparates en un tout cohérent. On n'y est pas encore, mais Éric est plus que jamais persuadé que quelque chose relie chacune de ces morts prétendument naturelles. Et que tout ce qu'ils découvriront les conduira immanquablement à Julien Paulhus.

Olivier Bessette a passé la journée à interroger l'entourage de Christine Payer, y compris son ex-mari, hors de la présence de son fils. Il attend aussi les résultats d'une analyse d'empreintes digitales saisies sur le sac de médicaments conservé par Charles-Antoine. Françoise Favreau leur a fourni un stylo pris sur le bureau de Julien Paulhus, pour fins de comparaison. Enfin, Marianna revient d'une nouvelle rencontre avec Steve Beaulieu, le mari de Manon Touchette. Éric, quant à lui, s'est à nouveau penché sur le cas de Micheline Tanguay, là où tout a commencé.

«Micheline Tanguay souffrait de diabète, comme la chanteuse Florence Alarie. D'après les photos que j'ai vues d'elle, c'était une femme colorée. Elle s'habillait de manière voyante, se maquillait mal… Elle avait à peu près le même âge que Florence Alarie aurait eu si elle était encore vivante et peut-être avait-elle aussi le même style. Tous les témoignages des personnes présentes à leur table confirment qu'elle avait accaparé l'attention de Paulhus pendant tout le repas lors du casino-bénéfice et que celui-ci paraissait plutôt emmerdé. D'ailleurs, souvenez-vous que Stéphane Tanguay nous a mentionné que sa mère était plutôt du genre envahissant. De plus, la femme qui était assise à la droite de Paulhus a dit avoir perçu des bribes de conversation et m'a confirmé avoir entendu à plusieurs reprises le mot diabète.

Je pense que le diabète de Micheline Tanguay a servi de déclencheur. C'est pour ça qu'elle est la première victime. Comme si Paulhus avait revu sa mère… Il s'est passé quelque chose dans sa tête ce soir-là et il a basculé. Je serais prêt à parier qu'il avait une relation complètement dysfonctionnelle avec sa mère. De toute façon, ça m'avait l'air d'être tout un moineau, ce Julien Paulhus…

Après Micheline Tanguay, il n'a plus été capable de s'arrêter. Surtout quand il a découvert que Yolande Veillette avait connu Florence, que Christine était la fille de Yolande. Dans la tête de

Paulhus, c'était soit des loques humaines, soit des femmes castratrices, d'une manière ou d'une autre. Quant à Corinne Garceau, c'est facile de deviner qu'il devait la haïr profondément. Il l'a lancée dans le métier mais, pendant qu'il stagnait, elle est devenue une superstar. »

Olivier Bessette l'écoute sans rien dire, cherchant la faille dans le raisonnement d'Éric.

« Manon Touchette n'est ni une star, ni une ancienne chanteuse, ni une mère castratrice… »

« Manon Touchette, c'est une fan. D'après tout ce qu'on a entendu, elle trippait sur Paulhus rien que parce qu'elle l'avait vu à la télévision. Elle était prête à coucher avec lui juste à cause de ça. Paulhus n'a que du mépris pour ce genre de femme. En passant, un de ses collègues m'a laissé entendre que Paulhus aime beaucoup les prostituées et que le notaire Paul-Émile Grenon et lui fréquentaient les mêmes agences spécialisées, dans le genre sadomaso. Je pense que je vais aller faire un petit tour chez Grenon…

Tout ce qu'il me faut maintenant, c'est un prétexte pour ramasser Paulhus et l'interroger. Ça presse parce qu'il m'a l'air d'être en pleine escalade. Son prochain crime sera encore plus sordide. »

Je me suis réveillé en grande forme, pleinement conscient que c'était le matin de la plus belle journée de ma vie. Je m'offre le déjeuner des grands jours : œufs, bacon, toasts, une cafetière pleine à ras bord, je fais le plein d'énergie. Ensuite, je me bichonne : après une longue douche et un rasage méticuleux, je me fais quelques soins de peau. Gommage, crème hydratante, petite ampoule miracle pour le contour des yeux, pas question aujourd'hui que je ne sois pas le plus beau. Grâce aux progrès de la science, on peut parfaitement avoir l'air d'un jeune homme à près de quarante-trois ans. À partir de ce soir, toutes les femmes du Québec vont redécouvrir Julien Paulhus et elles le voudront à nouveau tous les jours sur leur écran.

Un avion passe dans le ciel. Je le regarde filer par la fenêtre de ma salle de bain. Corinne a raté son départ pour la Jamaïque. Tiens, je m'offrirais bien des vacances dans le Sud après toutes ces semaines mouvementées. Un départ dans quatre ou cinq jours, ce serait parfait. J'aurais le temps de savourer les critiques du *Bye Bye* et de recevoir quelques coups de téléphone, puis je disparaîtrais quelques jours, juste assez longtemps pour me laisser désirer.

Avant de partir pour le studio, je passe quelques minutes à fouiller sur Internet à la recherche d'un forfait pas trop cher puis je décide, sur un coup de folie, de m'offrir un cinq étoiles en Jamaïque. Dans ce genre d'endroit, ils sont très forts pour vous fournir des « services particuliers ». Je dédierai mon séjour à Corinne. Je choisis la date, effectue la réservation avec mon numéro de carte de crédit, puis je prépare mes affaires pour une journée qui s'annonce longue.

Il est tombé quelques centimètres de neige pendant la nuit. Normalement, je me plaindrais du climat merdique dans lequel on vit, comme tout le monde, mais c'est dans la bonne humeur, en sifflotant, que je passe un coup de balai sur ma voiture. Je suis habituellement un peu maniaque quand il s'agit de ma vieille BMW, mais je la traite avec désinvolture aujourd'hui. Après tout, elle a presque cinq ans et, si tout va comme prévu, je pourrais peut-être m'offrir un modèle plus récent dans les prochains mois. Ouais, je le sens, mon téléphone va se remettre à sonner. Porte-parole pour une marque de voiture, ce serait idéal, j'ai ce qu'il faut pour ça. Ouais, je me vois très bien, en train d'annoncer juste avant les nouvelles le lancement d'un nouveau modèle de luxe de Mercedes… On m'en fournirait une, évidemment… Ce matin, rien ne peut m'atteindre, le monde m'appartient.

J'ai assisté sagement et discrètement à la dernière répétition, sans dire un mot. Ce n'est pas le moment de faire des vagues et encore moins de provoquer la mauvaise humeur de mononcle Paul. Et puis, dans le métier, la solidarité passe avant tout. Un jour de *show*, surtout en direct, tout le monde vit le même trac, alors on se respecte et on parle doucement, on rigole, on dit des niaiseries pour déjouer nos nerfs à vif.

Tout l'après-midi se déroule comme une veillée d'armes ou une retraite fermée. Comme il n'est pas question de mettre le nez dehors, à dix-huit heures, le producteur fait livrer des sushis en quantité industrielle. Je ne suis pas certain d'avoir faim, j'ai l'estomac un peu noué.

Olivier Bessette raccroche le téléphone et regarde Éric comme s'il venait de gagner à la loterie.

« Les empreintes ! C'est les mêmes, c'est les mêmes. Sur le sac de médicaments et sur le stylo de Julien Paulhus ! Je pense qu'on l'a. »

Au même moment, parce que le hasard offre parfois des cadeaux inespérés, Marianna surgit dans le bureau en criant :

« On l'a Éric, on l'a ! Le portier de l'immeuble d'en face ! Il a reconnu la photo de Julien Paulhus, il l'a vu entrer dans l'immeuble de Corinne Garceau le 27 vers 18 heures ! »

Éric est déjà debout, son cœur bat à tout rompre. Il sait que c'est ridicule, mais malgré lui, il se sent comme dans un film dont il serait le héros. En même temps, lui qui n'en est pourtant plus à sa première enquête ni à sa première arrestation, il a un peu peur, comme s'il allait risquer sa vie. Puis il se ravise, sachant fort bien où se trouve Julien Paulhus à cette heure-ci. Le *Bye Bye* de cette année se déroulera un peu plus tôt que prévu.

Mon niveau d'euphorie vient encore de grimper : il y a tellement de plateaux de sushis qu'ils se sont mis à deux pour venir
les livrer. C'est à ces petits détails qu'on reconnaît les produc-
tions qui ont du budget. Ce n'est pas que j'aie faim, mais j'aime
l'abondance.

Derrière les livreurs se pointent deux hommes et une femme
que personne ne semble connaître. Des cadres de la société
d'État peut-être, qui travaillent aux étages supérieurs et qui sont
venus nous souhaiter bonne chance ? Ou bien des journalistes
venus tâter le pouls juste avant le grand événement ? C'est facile
aujourd'hui de remplir un journal ou un magazine : il suffit de
dépêcher deux ou trois potineurs dans les coulisses d'un événement et de faire suffisamment de photos des préparatifs pour
occuper les pages pendant trois ou quatre jours. On y ajoute
trois ou quatre rumeurs juteuses et tout le monde se régale.

C'est tout de même bizarre, personne ne semble connaître les
nouveaux arrivants, mais un agent de sécurité de Radio-Canada
leur ouvre le passage avec déférence et une certaine inquiétude.

« Monsieur Paulhus ? Monsieur Julien Paulhus ? »

Je me retourne avec un grand sourire. Je sors à peine de la
salle de bain et je suis en train de m'éponger le visage. Un petit
coup de rasoir, par mesure de précaution. Il vaut mieux éviter
le *five o'clock shade*, c'est difficile à maquiller et c'est très laid dans
l'éclairage.

« Oui, c'est moi, qu'est-ce que je peux faire pour vous ? »

Ils s'approchent de moi, très sérieux, suivis de loin par
quelques curieux. La femme me regarde d'un air acide, mais
reste silencieuse. Ils ouvrent leur porte-cartes pour me montrer
leur identification et se plantent de chaque côté de moi.
L'homme s'adresse à moi d'une voix feutrée.

« Monsieur Paulhus, je suis le sergent-détective Éric Beaumont de la Police de Montréal. Voici ma collègue, le sergent Marianna Martel, et le sergent Olivier Bessette du Service de police de Longueuil. Je vous invite à nous suivre, nous voudrions vous interroger au sujet du meurtre de Corinne Garceau. Nous avons aussi des questions à vous poser concernant les morts suspectes de Micheline Tanguay, Manon Touchette, Yolande Veillette et Christine Payer. Veuillez nous accompagner au poste. »

Il me montre discrètement une paire de menottes, comme pour me faire peur, mais les menottes, ça ne m'impressionne pas beaucoup. Elles m'ont très souvent servi de jouets dans les grandes occasions. D'ailleurs, j'ai du mal à croire ce qu'il vient de me baragouiner. On dirait un gag, peut-être que les Mononcles ont décidé de me jouer un tour avant le *show*. C'est quand même un peu fort.

« Écoutez, s'il s'agit de Corinne Garceau, je répondrai à vos questions avec plaisir, mais pas ce soir. Comme vous voyez, je me prépare à participer au *Bye Bye*. Vous savez sûrement que c'est la plus grosse émission de télévision de l'année. Je ne peux pas leur faire faux bond. Ces gens-là comptent sur moi ! Alors demain matin, même si c'est le jour de l'An, je serai disponible sans problème. Mais évidemment, pas ce soir. Et puis, pour ce qui est des autres bonnes femmes que vous avez nommées, je n'en ai jamais entendu parler. »

Le sergent Martel, la gribiche dans son petit manteau vieux rose, ouvre la bouche pour la première fois : elle me lit mes droits comme dans les films, m'offrant même l'aide juridique, comme si j'étais un clochard. Le ton est monocorde, mais son regard essaie d'être menaçant. Je la dévisage avec mépris : j'ai horreur des femmes qui choisissent l'uniforme pour se donner de l'auto-rité. Pendant ce temps, le sergent Beaumont regarde autour de lui d'un air agacé : il n'a pas l'air de comprendre ce qui se passe ici. Les gens sont si ignorants des exigences du monde de la télé. Il insiste.

« Monsieur Paulhus, je vous demanderais de nous suivre sans discuter. Si vous résistez, nous devrons vous menotter et je ne pense pas que vous apprécieriez cela devant vos collègues de travail. »

« Posez-les vos questions, de toute manière je n'ai rien à vous dire au sujet de Corinne Garceau, on était divorcés depuis dix ans ! Et tout le milieu sait que c'était une salope qui a marché sur la tête de tout le monde pour arriver où elle est. »

« Où elle était, vous voulez dire ? »

J'agrippe discrètement la table devant moi : je commence à sentir le sol bouger sous mes pieds. Ce n'est pas un gag après tout. Nous sommes assez nombreux dans la pièce : les quatre Mononcles, quelques techniciens, l'assistante à la réalisation, deux costumières et les livreurs de sushis, qui ont l'air de se demander s'ils ne sont pas en plein milieu d'un tournage de film. Tout le monde est figé et me dévisage avec stupeur. Mononcle Paul s'adresse aux policiers avec autorité.

« Êtes-vous absolument certain de ce que vous dites ? C'est sérieux une accusation comme ça. Vous ne pouvez pas enquêter encore un peu ? Ça peut pas attendre ? »

Il a l'air préoccupé de mon sort, le pauvre homme ! *The show must go on*, hein, Mononcle ? C'est sûrement le gros trou dans la feuille de route de l'émission qui t'inquiète, hein ?

« On est désolés pour votre *Bye Bye*, messieurs, mais on doit faire notre travail. Monsieur Paulhus, mettez votre manteau, vous allez nous accompagner sans faire d'histoires. »

Il montre encore ses menottes, mais cette fois de manière à ce que tout le monde les voie.

Je lâche la table, me compose une attitude stoïque, une costumière m'apporte mon manteau que j'enfile comme un automate. Extérieurement, je reste d'un calme olympien mais à l'intérieur, c'est le chaos, un volcan en éruption, un tremblement de terre de force 12. Non, ça ne peut pas être vrai. Pas maintenant, pas avant le *Bye Bye*. Je ne les laisserai pas faire. Heille, c'est ma carrière que je suis en train de jouer, ils ne se rendent pas compte ! C'est le *Bye Bye*, crisse !

Je le sais, c'est un geste stupide, mais je n'ai pas pu m'en empêcher. Pris de panique, je me faufile entre les deux policiers et m'élance vers la porte pour tenter de fuir. J'irai me cacher dans un atelier de costumes ou dans un bureau jusqu'à l'heure de l'émission. Je ferais n'importe quoi pour ne pas quitter cet immeuble. Pas avant minuit trente, l'heure à laquelle le générique de fin commence à rouler. Pour la première fois depuis des années, il y a mon nom sur ce générique.

C'est peine perdue ; le grand costaud me rattrape vite fait et la poigne de Beaumont, malgré ses airs très polis, est extrêmement serrée. Il refile les menottes à sa collègue et, sans ménagement, tire sur mes deux bras pour les ramener derrière mon dos. La femme se place derrière moi, j'entends le clic-clic du métal, me voilà menotté. Elle revient se mettre devant moi, comme pour vérifier l'effet que les entraves auront sur mon humeur. Je la regarde par en dessous, en souriant légèrement.

« Sergent Martel, est-ce qu'on vous a déjà mis les menottes pour vous baiser ? »

Elle sursaute, je sens une réplique acide monter à ses lèvres, mais Beaumont intervient. Quant au troisième, le petit flic de la Rive-Sud, il semble sur le point de me frapper. J'entends toutes sortes de murmures autour de moi. D'une seconde à l'autre, le réalisateur devrait arriver. Beaumont se dresse devant moi, l'air sévère.

«Ça suffit, Paulhus. N'aggravez pas votre cas, c'est déjà assez sérieux. »

Je ne sais pas pourquoi, mais malgré sa grosse voix, son alliance et sa carrure de *bouncer*, je mettrais ma main au feu que ce gars-là est gay. Il y a quelque chose en lui…

«Vous n'avez pas le droit de me priver du *Bye Bye*! C'est le moment le plus important de ma vie, vous n'avez pas le droit, je vais vous poursuivre en justice pour arrestation abusive. »

Toutes les personnes présentes, y compris le super Mononcle qui a perdu ses moyens, me regardent comme si j'étais un extra-terrestre atterri au beau milieu d'une réunion de production. L'assistante a les larmes aux yeux; c'est probablement l'événement le plus dramatique de sa jeune vie. Je dois avoir l'air pathétique aussi, surtout que ma voix s'est cassée comme si j'allais me mettre à pleurer quand j'ai dit que c'était le moment le plus important de ma vie. Mononcle Paul tient toujours son gobelet de café. On a dû lui en apporter du frais, depuis le temps. Il me dévisage d'un air d'abord indéfinissable, puis je finis par y lire de la pitié. Alors je détourne la tête et marche vers la sortie, entouré par mes trois chiens de garde. Autant dire que, si je ne participe pas à cette émission, ils peuvent bien faire de moi ce qu'ils veulent, je n'en ai plus rien à foutre.

Mon avocat m'a déconseillé de refuser le test d'ADN. Quand je lui ai demandé comment on avait fait le lien, comment ils avaient pu savoir que j'avais rendu visite à Corinne, il m'a parlé du portier, dans l'immeuble d'en face, qui m'avait identifié d'après une photo parue dans le journal avec un article sur Corinne. Il a d'ailleurs ajouté qu'il avait déjà vu ma photo sur des pancartes d'agences immobilières et qu'il m'avait déjà vu à la télé, dans le temps. Pour ce qui est des autres femmes, c'est bien pire que je pensais.

C'est Françoise, cette connasse de Françoise, la réceptionniste du bureau, qui, en apprenant que j'avais déjà été marié avec Corinne, a fait un lien entre sa mort et celle de mes quatre clientes. J'aurais dû saisir le message quand elle m'a posé une question au sujet de Corinne. Sur le coup, je l'ai juste trouvée conne, comme d'habitude. Crisse… Je lui aurais pourtant réglé son compte avec plaisir à cette vieille peau. Mais j'ai été stupide en voulant garder mes nouvelles activités à l'abri du bureau. Elle aurait été parfaite dans mon tableau de chasse, Françoise la féministe ! Il aurait fallu que je prenne le temps de l'étudier, que je trouve son point faible. Et voilà qu'à cause de cette garce, je me retrouve dans une cellule. Tout ça à cause de la maison de Micheline. Micheline qui ressemblait trop à Florence. Peut-être que Corinne a fait exprès de nous placer à la même table, pour me faire péter les plombs. J'aurais dû le demander à Corinne. Elle aurait fait n'importe quoi pour me faire chier, cette garce !

J'allais y arriver enfin, effectuer mon grand retour ! Pas grave que j'aie l'air d'un con au *Bye Bye*, j'aurais eu assez de visibilité pour me remettre sur le marché. J'aurais pu leur montrer ensuite ce que j'avais dans le ventre. Le public serait tombé amoureux de moi, je l'aurais tenu dans ma main. Je leur aurais prouvé que je pouvais aller loin, devenir vraiment célèbre, plus que Corinne Garceau, plus que Florence Alarie. Je leur aurais montré que j'étais autre chose que le fils d'une chanteuse quétaine. Ce n'est pas Florence Alarie qui devrait être le sujet d'un livre, c'est moi. Et je vais l'écrire moi-même, avant qu'un autre imbécile se saisisse de l'histoire. Je vais tout raconter, vous allez voir. Je vais leur parler de Micheline, de Manon, de Yolanda Caruso, de Christine, de… Florence. Oui, maintenant je vais tout dire, parce que ma vie avec ma mère me gagnerait un sacré capital de sympathie.

La dernière fois que Florence m'a fait le coup du coma diabétique, j'avais seize ans. Elle était dans son lit, toute nue. J'étais assis à côté d'elle. J'avais juste un t-shirt sur moi. Il était rouge.

Rouge comme ma figure, comme ma honte, comme ma queue que ma mère tenait encore dans sa main. Florence m'a observé avec ses yeux tout à l'envers, des yeux qui suppliaient, ses yeux de malade. C'était presque de la même façon qu'elle m'avait imploré quelques minutes avant. J'avais cédé, encore, juste pour me débarrasser d'elle et pour qu'elle me donne enfin l'argent que je lui avais demandé. Elle avait trop bu, pour engourdir le peu de sens moral qui lui restait, puis elle avait «cajolé» son fiston, selon sa propre expression. Elle m'a dit, comme si ça pouvait tout excuser, que j'étais le seul amour de sa vie. En tout cas, la honte a peut-être fini par prendre le dessus parce qu'elle est tombée en crise. Pour la première fois en deux ans, je l'ai eue à ma merci. Trop faible pour se lever, elle m'a réclamé une seringue d'insuline. Je l'ai regardée et j'ai attendu.

«Je veux l'argent avant. Tu me l'as promis.»

Elle était incapable de me répondre. Trop faible, plus de mots. Pas grave, je pouvais très bien aller fouiller dans son sac et me servir. C'est ce que j'ai fait. Puis j'ai remis mon pantalon de coton ouaté et je me suis lavé les mains.

Je savais aussi où était la seringue. Je n'avais que trois pas à faire, mais je ne les ai pas faits. J'ai attendu, attendu en regardant Florence dans les yeux pour qu'elle comprenne ce qui était en train d'arriver. Je me suis dit qu'elle venait de profiter de moi pour la dernière fois. J'ai attendu encore quelques minutes, tâté son pouls pour être bien certain, puis j'ai filé sans me retourner. Mes chums m'attendaient dans la ruelle.